Ellen Widmaier

Spatzenkirschen

Roman

Gollenstein Verlag

Für Marie Catherine · Für Vera

Die Oktobersonne kommt noch einmal hinter den dunklen Wolken hervor und wirft ihre Lichtbündel über die bewaldeten Höhen. Der Zug fährt langsamer.

Forbach, Frankreich. Eng zusammengedrängtes Städtchen, Kirchturmspitzen, ein vor sich hin rostender Förderturm, auf dem Hügel im Hintergrund eine Burg, dann das langgestreckte zweigeschossige Bahnhofsgebäude mit den Rundbogenfenstern. Das propere Schild mit der Aufschrift »Zoll-Douane Française« wirkt wie ein liebevoll restauriertes Ausstellungsstück im Freilichtmuseum für Grenzgeschichte.

Hier machten vor siebzig Jahren Emigranten aus Deutschland Station, als das Fluchtziel noch Frankreich hieß. Hier wurde, gut getarnt, gefährliche Fracht auf den Weg gebracht, Druckschriften des politischen Widerstandes. Hier schmuggelten Frauen Nachrichten auf Seidenpapier in ihren Haarknoten über die Grenze. Und hinter einem dieser Rundbogenfenster saß jener Offizier des französischen Geheimdienstes, von dem ich bisher nur zwei Decknamen kenne, und verschlüsselte die Meldungen nach Metz und Paris.

Später, zur Zeit meiner Kindheit, ein Ort anderer Unruhe.

Meine Großmutter Valerie Lehnert, geborene Doulb, hatte mich mitgenommen auf den Mittwochsmarkt, wo es gute und preisgünstige Stoffe gab. Dunkle, blaugrün karierte Faltenröcke waren in Mode, dazu Slipper und weiße Söckchen, wie die französischen Mädchen sie trugen, die aufs Lyzeum gingen. Wir fanden einen chicen Wollstoff, den man bei uns in der Stadt plissieren lassen konnte. Tante Alice würde den Rock daraus machen, Papa müßte das Geld für die Schuhe schicken. Doch in die Vorfreude mischte sich Angst, ein zwittriger Gemütszustand, der mich an frühere Weihnachten erinnerte, wenn Papas Paket aus der amerikanischen Zone bereits abgeschickt, aber noch nicht bei uns angekommen war. Man wußte nie, was beim Zoll beanstandet wurde ... Jetzt trug ich den Stoff, von der Verkäuferin in steifes Papier eingeschlagen und mit Ficelle verschnürt, in der Einkaufstasche, darüber hatten wir Orangen gelegt, ein rundes Pain de Campagne bildete den Abschluß und ragte gut sichtbar aus der Tasche. Würden die Zöllner uns erwischen? Ich nahm Oma Rias Hand, auch wenn es mir kindisch erschien, immerhin war ich bald zwölf.

Meine Großmutter hielt plötzlich an, begutachtete die Anordnung in der Einkaufstasche und wollte, daß ich mir in einer Garageneinfahrt den Stoff unterm Pullover um den Leib wickelte. Sie trug immer eine Sicherheitsnadel im Portemonnaie, diesmal hatte sie vorsorglich eine zweite eingesteckt. Ich schämte mich bei der Vor-

stellung, auf dem belebten Bahnhof von einem Zöllner ertappt und bloßgestellt zu werden. – Und wenn ich mich ausziehen muß? – Oma Ria lachte und meinte, ich könnte es ja am nächsten Samstag beichten.
Ich weiß nicht mehr, ob ich den Stoff um mich gewickelt habe, wahrscheinlich, der Rock sollte mein Geburtstagsgeschenk werden. Wir kamen an die Sperre. Oma Ria sagte fröhlich »Bonjour«, ich fügte ohne eine Spur von Lampenfieber »Monsieur« hinzu. Das hatte ich in der Schule gelernt, daß man einen Gruß immer mit der Anrede verbindet, dann verbesserte ich mich und sagte mit Augenaufschlag zum zweiten Zöllner: Pardon, Messieurs. Schon waren wir durch, und ich wunderte mich, daß nach diesem gelungenen Auftritt niemand applaudierte.
Hallo, Bonjour. Personalwechsel.
Der Zugbegleiter hat gute Laune. Die junge Frau mir schräg gegenüber zieht ihren Fahrausweis aus der Tasche und blinzelt ihm zu, während sie weiter telefoniert, die weiß lackierten, rechteckig geformten Fingernägel harmonieren mit der Farbe ihres Handys. »Eh bien, Marcel, comment tu vas? Ouaiii ... d'accord, d'accord ...« Sie ist hübsch, trägt das volle Haar glatt nach hinten gekämmt, gebunden zu einem Knoten. Wie meine Großmutter früher, die aber kein gekräuseltes Schmuckband besaß. Oma Ria war auch nicht hübsch, außer wenn sie lächelte, was nicht häufig vorkam. Ihr

Haar war dünn, sie legte keinen Wert auf Äußerlichkeiten, wie sie das nannte, sah abgearbeitet aus, und ich frage mich, ob sie je in ihrem Leben telefoniert hat.
Sanft gewellte Hügel gehen über in großflächige Felder, hin und wieder Weiden mit Rindern und Schafen, abgelöst von dichtem, niedrigem Laubwald. Stationen mit Schildern, von Blumen umrankt, als seien sie zur Zierde angebracht, zugehörige Ortschaften sind nicht zu erkennen. Das Hupsignal des Lokführers schneidet durch den weiten Himmel.
Bening. Rangiergleise mit alten, leeren Güterwaggons. Vor einem Haus flattert ein Transparent: Maison Victime de Dégats Miniers. Protest gegen Bergschäden oder Sitz des Regulierungsamtes? Das Erz- und Kohlerevier oder das, was von ihm übrig geblieben ist im Zeitalter der Industriedenkmäler, legt noch einmal Zeugnis ab.
St. Avold. Hotel Café Restaurant de la Gare. Die Fassade bröckelt, ein letztes Aufblühen der Geranien in den Blumenkästen am Gleis. Niemand trinkt hier seinen Café, die Fensterläden sind geschlossen.
In der Ferne die Strommasten, gespreizte Landmarken in Richtung Faulquemont. Hier irgendwo verläuft die alte Sprachgrenze der fränkischen Mundarten, von Thionville im Nordwesten bis Saarbourg im Südosten. Ab hier spricht man nur französisch.
Auch Rémilly hat sein Bahnhofscafé: Auberge Dansante, als Disco-Schuppen kaum vorstellbar. Es tanzt die alte

Zeit vorbei, flankiert von einem Wandgemälde mit himmelblauer Madonna vor Felsgrotte und Efeu-Ornament, dem Magasin Vert Lorca und der schnurgeraden Horizontlinie lothringischer Äcker.

Courcelles sur Nied. Laut Landkarte gibt es zwei Flüsse, eine deutsche und eine französische Nied, die dann zusammenfließen und die Vereinigte Nied bilden. An den Quellen wurden Reste vorchristlicher Denkmäler gefunden, die einer wohltätigen Wassergöttin geweiht waren. Müßte ich das wissen? Heimatkunde hatten wir bei Herrn Kuhlberger, doch an weibliche Gottheiten kann ich mich nicht erinnern. In der Region hält sich hartnäckig dic Mär von cincr Wasscrfrau im Uferschilf. Ob es sich um eine deutsche, französische, eine vereinigte oder europäische Undine handelt, wird zu klären sein, wenn man ihrer habhaft wird. Im Moselfränkischen heißt sie einstweilen »de Nittnix«.

Peltre. Der Zug hält vor der Einfahrt in den Bahnhof. Die Blätter der Kastanien plötzlich gelb. Neben dem Bahnhof der Friedhof, hohe steinerne Kreuze auf den Gräbern, weiter hinten vereinzelt Gehöfte und am Waldrand ein schloßähnliches Anwesen. Dann die ersten Vorortsiedlungen von Metz, Hauptstadt des Département Moselle.

Metz – Ville. Niemand holt mich ab, schon gar nicht Marie, um derentwillen ich hergekommen bin. Es war

Anfang April 1922, als sie hier aus dem Zug stieg. Wahrscheinlich hat ihr Bruder sie abgeholt.
Er erwartet sie auf dem Bahnsteig, hilft ihr beim Aussteigen – etwas umständlich geht es. Sie hat das Haar kurz geschnitten, asymmetrisch, wie die Frauen in der Hauptstadt, die man in den illustrierten Zeitungen sieht. Das steht ihr gut, aber sie sieht müde aus, die Lippen sind blaß, der Strickpaletot spannt über dem Leib. Wangenküsse links und rechts. Der Bruder trägt ihren Koffer durch die Bahnhofshalle. Auf dem Vorplatz blühen die Kirschen, noch erinnern sie an Schnee, das Grün fehlt. Marie dreht sich um und betrachtet den Bahnhof, einen neoromanischen Schmuckbau aus dem Jahr 1908, schön anzusehen, aber verglichen mit den Bildern von Paris, die sie im Kopf hat?
Hier würde das Kind zur Welt kommen, in dieser Stadt keltischen Ursprungs, im Verlauf ihrer Geschichte zur stärksten Festung Europas ausgebaut, zuletzt über vierzig Jahre von den Deutschen besetzt – aber das war vorbei, endlich. Die Zwangsgermanisierung (was für ein Wort) unter der wilhelminischen Kaiserkrone hatte viele Lothringer empört, wer es sich leisten konnte, war weggezogen. In den wenigen Jahren seit dem Ende des Weltkrieges war die Stadt wieder schnell gewachsen.
Metz, an der Mündung der Seille in die Mosel, einer malerischen Flußlandschaft mit großen und kleinen, alten und neuen Brücken, der prächtigen Kathedrale, Wohn-

häusern der Gotik und Renaissance, den barocken Platzanlagen mit den öffentlichen Gebäuden – hier hätte Marie vielleicht auch gern eine Stelle gefunden, damals, als der Krieg vorbei war. Es war die Landschaft ihrer Heimat, verbunden mit Hauptstadtatmosphäre, Kino, Cafés, Tanzlokalen. Aber sie ging nach Paris. War es in Paris leichter gewesen, Arbeit zu finden? Der Pastor vermittelte Mädchen mit guten Zeugnissen in wohlhabende Familien, die, wie er versicherte, in bestem Rufe stünden. Außerdem, nur in Paris könne man korrektes, gepflegtes Französisch lernen. Die Mädchen aus den Lothringer Dörfern waren gern gesehen als Hausgehilfinnen und Zimmermädchen, sie galten als anstellig, fleißig und bescheiden. Und wenn sie gut lernten, hieß es, könnten sie auch eine Stelle als Kindermädchen finden, dann wären sie ganz von Hausarbeiten befreit. Metz oder Paris? Wahrscheinlich war Paris 1919 Maries erste Wahl. Nicht nur Hunger, Armut und Arbeitslosigkeit bestimmten das Leben am Ende des schrecklichen Krieges, auch Hoffnung und Aufbruchstimmung, der Wunsch, die dörfliche Enge hinter sich zu lassen, der Sog der Weltstadt, in der die Goldenen Zwanziger sich ankündigten.
Pierre biegt in eine Seitenstraße ein, wo er noch Brot und Wein kaufen will.
Der Bruder, sechs Jahre älter als Marie, hat es gut getroffen, in Metz eine interessante Tätigkeit und ein

bescheidenes Auskommen gefunden, arbeitet als Redaktionsassistent bei der Zeitung und kann sich eine eigene, wenn auch winzige Wohnung leisten. Er hat studiert, humanistische Wissenschaften, und, als die Priesterausbildung einsetzte, das Seminar verlassen; diese Entscheidung hat er noch nicht bereut. Er hält sich raus aus dem Familienkrach um die aufgelöste Verlobung und die Schwangerschaft. Pierre hat Abstand gefunden zum dörflichen Milieu, auch wenn er nicht gutheißen kann, was passiert ist.

Sie fahren in seine Wohnung. In der Mittagspause hat er den Ofen angemacht. Gleich wird es gemütlich warm, sagt er. Wann bist du in Paris losgefahren? Pierre weiß schon ein Spital, wenn es soweit ist. Wie lange dauert es noch? – Ungefähr drei Wochen. – Wie stellt sie sich die Zukunft vor, mit ihren zweiundzwanzig Jahren, dem Kind und der Arbeit? Und der Kindsvater, ein Leutnant des französischen Zolls – der sollte es sich leisten können! – steht er zu seiner Vaterschaft? Wird Marie ihn notfalls auf Alimente verklagen? Pierre kennt da einen Notar ...

Nein, davon will sie nichts wissen. Er wird zahlen, sagt sie, er hat es versprochen.

Versprochen? Versprochen hat er vieles, oder? Die Fürsorgeunterstützung für das Kind reicht bei weitem nicht aus, erst recht nicht, wenn es ein Mädchen wird. Für die gibt es weniger.

Marie schweigt.
Nein, er wollte sie nicht kränken, sagt er.
Auf jeden Fall will sie zurück nach Paris. Sie hat gute Zeugnisse.
Schön, doch wie sollen die helfen, wenn sie tagsüber ein kleines Kind zu betreuen hat und eine Mansardenkammer im Dienstbotengeschoß bewohnt? So etwas – er meint einen Fehltritt dieser Art – ist nicht vorgesehen im Arbeitsverhältnis.
Ja, sie weiß das, besser als er. Schon eine Verlobung wird auf der Vermittlungsagentur ungern gesehen und von den meisten Mädchen verschwiegen. Schwangere werden nur für die niedrigsten Putzarbeiten auf Stundenlohn eingestellt. Trotzdem, irgendwie könnte es gehen, sie ist eine gute Kraft, vielleicht findet sich ein gutherziger Patron, der ein krankes Kind zu versorgen hat, dann könnte ihr eigenes ...
Pierre hält das für einen frommen Wunsch. Und wenn sie das Kind abgeben würde? Die Wörter Pflegestelle, Waisenhaus vermeidet er, weiß er doch, was das für sie bedeutete: lebenslangen Verzicht auf Kontakt zum Kind. Keinerlei Information, niemals mehr ... Die Gesetze sind streng.
Sei still, sagt sie. Tais-toi, Pierre.
So könnte das Gespräch zwischen ihnen verlaufen sein. Ich glaube nicht, daß Marie zu diesem Zeitpunkt bereits wußte, daß ihre Schwester das Kind in Obhut nehmen

würde. Madeleine wohnte im Elternhaus, wo man Marie die Tür gewiesen hatte. Die Schande der verbotenen Frucht. Madeleine hat ihre Entscheidung spontan getroffen, unter dem Eindruck des Neugeborenen mit seinen kleinen Händchen und den vollkommenen rosa Fingernägeln ... »Ils ont encore le bleu du ciel dans le regard«, wie man sagt. Wenn sie noch das Blau des Himmels in den Augen haben.
Ich weiß nicht, wie Marie sich fühlte, kurz vor der Niederkunft, verlassen von dem Mann, den sie immer noch liebte. Enttäuschung, Trauer, Angst, Gefühlsleere, Schicksalsergebenheit, Zuversicht, neugierige Ungeduld, das Baby – ein Mädchen, einen Jungen? – endlich im Arm zu halten: was wog am schwersten?
Offen gestanden, weiß ich gar nichts, ich setze mir etwas zusammen aus den Bruchstücken, die ich gesammelt habe. Der letzte Zeuge, der es hätte wissen können, falls Marie je darüber gesprochen hat, ist seit mehr als zwanzig Jahren tot.

La Chope – Bierstub. Daneben der Kiosk. Presse Internationale. Die lasse ich links liegen, kaufe mir den »Républicain Lorrain«, 1919 von Victor Demange gegründet, der die Tageszeitung zunächst zweisprachig herausgab, um auf die Generation im Metzer Land zuzugehen, die zwangsweise Deutsch hatte lernen müssen und nicht mehr richtig französisch konnte. Die Zeitung sollte konfessionell unabhängig sein, ein ehrgeiziges Ziel in dieser katholischen Stadt. Auch die Unabhängigkeit vom Minen-Patronat war Programm. Es wird zu klären sein, ob der langjährige politische Redakteur nach 1945 Maries Bruder war oder nur ein zufälliger Namensvetter. Auf dem Weg zum Ausgang eine große Gedenktafel der französischen Eisenbahn mit den Namen der Opfer, die, vermutlich bei Bombenangriffen, hier ums Leben gekommen sind: »La SNCF à ses morts Guerre 1939-45.« Maries Mädchenname ist auch dabei, der Name kommt häufig vor in Lothringen.

Marie hätte ich gern kennengelernt, weil sie lustig war. Wenn sie es denn war.
Lustig, ja, so steht es in dem Brief, den ich vor kurzem erhielt. Ich wunderte mich über das Wort, las es mir mehrmals laut vor. Es befremdet mich immer noch, klingt altmodisch, nach Kindergeburtstag mit ausgelassenen Spielen. Lustig. Warum nicht? Nur weil es dem Bild widerspricht, das ich mir von Marie gemacht habe? Vielleicht neige ich dazu, die Schatten ihres Todes auf ihr Leben fallen zu lassen. Die Auskunft stammt von Klara, die ihr nahestand, es gibt keinen Grund, ihr zu mißtrauen.
Das Wort lustig zur Charakterisierung eines Menschen zu gebrauchen, war bei uns nicht üblich. Auch kann ich mich nicht erinnern, daß in unserer Familie jemand frei-

willig lustig gewesen wäre; eine polemische Überspitzung, zugegeben, Rest eines frühen Grolls gegen den inflationären Gebrauch des Wortes Schicksalsschlag. Bis ich eines Tages lautstark rebellierte: Ihr seid alle depressiv! Da war ich fünfzehn und hatte gerade Uwe kennengelernt, der im ersten Semester Psychologie studierte. Eine trotzige Wut überschwemmte mich – gegen das Unglück, gegen das Unglücklichsein ...

Lustig! Was war lustig? Ich höre die Stimme meiner Mutter, es ist Sonntag vormittag, sie stopft meine guten weißen Kniestrümpfe: Als die Bomber kamen, mußten wir verdunkeln. Das war gar nicht lustig. Wehe, du hast nicht ritzenfrei verdunkelt. Einmal kam der Ludwig, der Obernazi, und hat kontrolliert ... Meine Mutter fädelt neues Garn ein und sticht zu. (Warum fällt mir die Verdunkelung ein?)

Vielleicht hätte Marie den Bann in unserer Familie gebrochen, dem Fremdwort Inhalt verliehen. Wahrscheinlich kannte sie eine Menge lustiger Geschichten, die ich alle verpaßt habe.

Ganz andere Geschichten erzählte meine Großmutter, wenn sie meinen Kinderstuhl an den Küchentisch heranzog und mich aufforderte, ihr zu helfen. Ich zog die Fäden von den grünen Bohnen, während sie Zwiebeln schälte und die Gelegenheit nutzte, ihren Tränen freien Lauf zu lassen. Sie hätte gern öfter geweint, doch sie hielt sich für rührselig, die barsche Spottlust meines

Großvaters hinderte sie daran, sich gehen zu lassen, wie sie das nannte. Ich durchschaute sie, kletterte auf ihren Stuhl und streichelte ihr Gesicht. Ich hatte entdeckt, daß sie hübsch war, wenn ihre Züge sich entspannten und die Mundwinkel nach oben zeigten.

Zwiebelkuchen und Bohnensuppe zu Abschiedstragödien und Evakuierungsmärschen; Mehlklöße und Birnenkompott zu Saalschlachten und SS-Visagen – gewöhnt an Menüs dieser Art, war ich irgendwann zu dem Schluß gekommen, die Geschichten aus jener Zeit seien alle erzählt worden.

Bis ich jener Verdunkelungsgeschichte auf die Spur kam, die niemand erzählen wollte oder erzählen konnte. Warum war Marie verschwunden? Warum mußte sie sterben? Hier versagte das Familiengedächtnis, glich einem verbunkerten Keller, zu dem niemand einen Schlüssel besaß. Doch, einer hatte den Schlüssel, aber der wollte nicht reden, hatte sich das Sprechen abgewöhnt.

Ich träumte eine Zeitlang einen blutigen Traum von Maries Kopf und erinnere mich, daß es Anspielungen gab, die mit der halblauten Mahnung »Doch nicht vor den Kindern ...« unterdrückt wurden. Und ich erinnere mich, daß ich Maries Grab sehen wollte. Wo war es? Die Antwort weiß ich nicht mehr, nur, daß wir nie dort waren und daß ich dachte, es befände sich auf einem Friedhof hinter der Grenze, irgendwo in Frankreich.

Wiederholte Versuche, mehr über Marie und ihr Schicksal zu erfahren, blieben erfolglos, die Antwort war immer die gleiche: Das ist eine traurige Geschichte. Niemand weiß etwas Genaues, und es wird auch niemals aufgeklärt werden. Die Toten soll man ruhen lassen. Ruhen? Wo? Warum blieb ich nicht hartnäckig, gab mich mit Ausflüchten zufrieden? Ich kann es mir nur so erklären: Ich unterwarf mich einem Tabu, von dem ich nicht wußte, daß es eines war. Es heißt ja, das Schweigen breite sich machtvoller aus als der Schall.
Ja, ich will es immer noch wissen, nach so langer Zeit, nach so vielen gescheiterten Anläufen, jetzt erst recht. Bald ist niemand mehr da, den ich fragen könnte.

Die Toten soll man ruhen lassen. Mit dieser Mahnung – oder ist es eine Warnung? – endet auch jener Brief, dessen Verfasserin nicht genannt sein will und die in einer späten, zwiespältigen Regung beschloß, ihr Wissen oder ihre Wahrheit mit mir zu teilen. Dieser Brief brachte mich auf die Spur. Er handelt vom Fluß, von der Brücke, dem Zollhäuschen der Grenzer, vom Verschwinden Maries, von der Art ihres Todes. Geschrieben mit Kugelschreiber, blaue Schriftzeichen auf liniertem Papier, Wörter zwischen sichtbaren Grenzlinien, die etwas preisgeben, zugleich Maries Geheimnis gegen zudringliche Neugier schützen wollen. Gab es da etwas zu verbergen, ging es um eine zwielichtige Sache?

Wie dankbar bin ich der Verfasserin dieses Briefes. Wie undankbar zugleich. Wie soll ich ihre Mahnung befolgen? Mit der Ruhe ist es vorbei, und die Bereitschaft, mich meiner Wißbegier zu schämen, mich zu rechtfertigen, schwindet von Nacht zu Nacht. Kurz vor der Abreise hatte ich zum ersten Mal diesen Traum. Ich habe mich heimlich mit Marie getroffen. Wir haben ihr Grab gesucht. Seit ich ihr Foto besitze, besucht sie mich nachts. Wir gehen über die Brücke, biegen ein in den Feldweg, sie neben mir in ihrem wadenlangen, taillierten Wollkostüm, das dunkle, gelockte Haar schaut unter der Hutkrempe hervor. Sie blickt nach unten, als müsse sie vor jedem Schritt prüfen, wohin sie den Fuß setzt. Letzte Nacht schaute sie zum ersten Mal geradeaus. Legenden, Lügen, Verdunkelungsgeschichten – sie hat das nicht nötig. Marie ist des falschen Friedens müde.
Ich bitte jene Briefschreiberin um Verzeihung, aber ich kann die Frage nicht unterdrücken: Habt ihr es gewagt, Trauer zu tragen? Habt ihr für Marie die Messe lesen lassen? Voiler de deuil: In Schwarz tauchen, Trauerkleidung. Auch verdunkeln. Le black-out: die Verdunkelung beim Luftschutz. Aber auch verbunkertes Wissen.
Viel Papier ist nach Maries Festnahme beschrieben worden, wie ich inzwischen weiß. Es verschwand hinter Aktendeckeln mit dem Stempel »Geheime Reichssache«. Den Hinterbliebenen der Opfer wurde in der Regel unter Androhung von Strafe untersagt, eine Todesan-

zeige aufzugeben. Tante Klara schreibt: Wir hatten Angst. Die Gestapo kam ins Haus. Opa Jupp wurde nach Sachsen strafversetzt. Es war die Zeit der Sippenhaft.

Doch die Zeit, die man die dunkle Zeit nennt, ging vorüber, das Tausendjährige Reich dauerte nur zwölf Jahre. Was habt ihr später getan, Marie einen Platz in eurer Mitte zu geben? Marie, die aus Frankreich kam, keine von uns? Ihr habt sie vergessen, verleugnet, verraten ...

So hadere ich nachts mit ihnen, wenn ich keinen Schlaf finde, beschuldige sie, die Begleiter meiner Kindheit, Marie und mir etwas Wesentliches vorenthalten zu haben, fühle mich immer noch ihrer schweigenden Allmacht ausgeliefert. Bis ich aufstehe, durchs Zimmer wandere, vor Oma Rias Kommode aus Kirschholz stehenbleibe und mühsam begreife, daß dort nicht mehr meine weißen Kindersöckchen liegen; daß auch ich längst der Spezies der Erwachsenen angehöre, geübt in der Überlebensstrategie des Vergessens, allzu oft darauf angewiesen, mich mit zweifelhaftem Halbwissen zu begnügen. Ja, ich verstehe, ich habe nicht nur dieses Möbelstück, ich habe auch die alten Fragen geerbt. Und niemand klopft an die Tür und sagt, daß er uns endlich die Antwort bringe. Vorwürfe sind müßig und gehen ins Leere.

Geheime Reichssache: Aktenbestände dieser Kategorie wurden in den letzten Wochen des Krieges bei »Feindannäherung« gezielt vernichtet. Oder sie fielen in den Bombennächten den Flammen zum Opfer. Andere verschwanden auf Jahrzehnte in den Archiven der Alliierten. Und in den Kellern mancher Archive geht es nicht anders zu als damals bei uns daheim. Für die Einsichtnahme in eine Gerichtsakte wurde mir neulich eine Wartezeit von vierzig Jahren in Aussicht gestellt, falls ich ein Todesdatum nicht exakt ermitteln könne. Daten- und Personenschutz. Ausländische Polizei- und Geheimdienstarchive schrecken ab mit Sperrzeiten von hundert Jahren. Staatsschutz? Verdunkelung?

Vielleicht werde ich hundert Jahre alt? Vielleicht ist Einsicht möglich ohne Einsichtnahme in die Akten? Nein, so schnell gebe ich nicht auf. Ich war schon immer ungeduldig, wenn ich endlich einen Entschluß gefaßt hatte. So widme ich mich der Lektüre von Gefangenenregistern und Meldekarteien, dem gewissenhaften Ausfüllen von Besuchsanträgen für Archive und Dokumentationsstellen, der wortreichen Vortäuschung eines historisch bedeutsamen Forschungsvorhabens, dem Spekulieren an der Kontaktbörse, immer auf der Suche nach sympathischen, aufgeschlossenen Archivaren, kundigen Juristen. Ich bin geübt im geschickten Werben um Einverständnis und dem lückenlosen Sammeln von Unterschriften weitläufiger Verwandtschaft. Das alles mit dem ehrgeizigen Ziel, Warteschleifen zu verkürzen, Sperrfristen auszuhebeln, endlich Antwort auf die alten Fragen zu finden.

Und die ersten Erfolge stellen sich ein. Eine »Nebenakte« aus Maries Ermittlungsverfahren ist aufgetaucht, eine Mappe mit Kassibern aus dem Untersuchungsgefängnis. Mit Bleistift geschriebene Briefe. Die Schrift ist verblaßt, von schwachem Druck, sie mußten sparen, Anspitzer gab es offiziell keine, Messer schon gar nicht. Nicht kopierfähig, aber immer noch gut lesbar, wie mir der Archivar mit seiner jugendlichen Stimme am Telefon versichert. Auch Gnadengesuche hat er gefunden. Doch Vorsicht, ein Gnadengesuch des Opfers, zumal in einem Spionagefall, darf man nicht wörtlich nehmen, klärt er mich auf. Es wurde meist unmittelbar nach der Urteilsverkündung niedergeschrieben, unter extremem Druck und in außergewöhnlicher seelischer Verfassung. Ich könnte ihn umarmen. Das sage ich natürlich (natürlich?) nicht, es wäre distanzlos, unprofessionell. Nüchterne Sachlichkeit wird mehr geschätzt als emotionaler Überschwang, man würde an der Ernsthaftigkeit meines Vorhabens zweifeln.

– Schön, daß Sie das gefunden haben, danke für Ihre Bemühungen ... Mit wem hat Marie heimlich korrespondiert?

– Mit ihrem inhaftierten Mann, sagt der Archivar.

– Mit Paul? Und die Briefe sind erhalten? Nicht möglich!

– Doch.

– Wo waren sie?

– Im NS-Archiv der Stasi. Seit der »Wende« findet sich einiges ...

– Wann kann ich kommen?
– Wann Sie wollen. Anmeldung vier Wochen vorher. Ausweis, Antragsformulare, Benutzerhinweise, Platzreservierung, Sicherheitsbestimmungen ... (Ich höre nicht mehr zu.)
Was haben sie sich geschrieben?
Ich werde nach Berlin fahren, um Maries Handschrift kennenzulernen, ihren Schreibstil, ihren Tonfall. Nein, nicht diesen Tonfall. Bei der Niederschrift plötzlich Trauer. Niemals werde ich ihre Stimme hören, die warm und dunkel gewesen sein soll, etwas schüchtern. Die Wahrheit werde ich auch in diesem »Beweismaterial« der Gestapo zur Vorlage beim Oberreichsanwalt nicht erfahren. Die Wahrheit über das, was man ihnen vorwirft, konnten sie auf diesem Wege nicht kundtun. Vielleicht gibt es versteckte Hinweise auf die Wahrheit. Wenn ich sie richtig zu deuten vermag.
– Und die Hauptverfahrensakte bleibt definitiv verschwunden?
– Sehr wahrscheinlich, sagt der Archivar. Aber wir suchen weiter.
Ich könnte ihn ... (Die Regung ist hartnäckig.)

Doch jetzt bin ich in Metz, an einem sonnigen Nachmittag im Herbst, ein Jahrhundert europäischer Katastrophen und Umbrüche ist zu Ende gegangen.
Der erste Bekannte, der mir auf dem Weg zur Innen-

stadt begegnet, ist ein Dichter, kein General. Die Bronzeskulptur Paul Verlaines, der 1844 hier geboren wurde und später nach Paris ging, steht in der Nähe der Festungsmauer inmitten eines Beetes mit blauen und violetten Zierastern, im Hintergrund die sprühende Fontaine des Stadtgartens. Wohin man schaut, Wasser und Brücken. Auf dem Altarm der Mosel und den Kanälen mit den vielen Inselchen tummeln sich Enten, Schwäne, Rallen, entlang der Ufermauern wachsen dickfleischige Wasserpflanzen, an den Holzgeländern hat man Blumenkästen angebracht, deren üppige Pracht an elsässische Dorfstraßen erinnert. Auf den Bänken ist kein Platz mehr frei, man genießt die letzten warmen Tage. Eine »Oase des Friedens«.

An der Rampe der ehemaligen Festungsanlage führt die Promenade des Remparts zur Mosel hinunter. Schiffsanlegestellen, Bootsverleiher, der Kanuclub »Regatte Messine de 1861«. Seille und Mosel präsentieren sich als pittoreske Seenlandschaft, mittendrin die Ile de Saulcy mit der Universität. Eine Schnellstraße mit viel Lärm teilt die Insel in zwei Hälften. Auf der Uferwiese Studentinnen, einige lesen, ein Geigenkasten dient als Kopfstütze, andere knacken Bucheckern, werfen sich lachend ins Gras: »Eh bien, tu sais ... c'est drôle ça ...«

Beim Schild »Baignade Interdite« knattern Mopeds vorbei. Immer ist an den schönsten Stellen der Flüsse das Baden verboten und Lärm erlaubt. Plötzlich Düsenjäger am Himmel, eine Flugübung. Ich suche Zuflucht im Garten des Temple Neuf. Unter einer Platane eine Bank für mich allein. Warum bin ich hergekommen, was hat das alles mit Marie zu tun?

Es fällt mir nicht leicht, nach so langer Zeit als erste zu sprechen, als Nachgeborene mir die Rolle der Zeugin anzumaßen. Ganz abgesehen von der Frage der Anordnung meines Berichts. Ich könnte mit Maries Geburt beginnen, im Sommer 1899, als die alte Bogensteinbrücke noch über den Fluß führte und die beiden Dörfer verband. Also chronologisch nach vorne erzählen.
Nein, vorwärts war noch nie meine Sache.
Rolle vorwärts, Rolle rückwärts. Als ich zwölf Jahre alt war, haben wir im Schwimmverein den Salto geübt. Ich war stolz, aus dem Alter der simplen Purzelbäume war ich rausgewachsen. Rückwärts konnte ich mühelos die richtige Dosis Schwung abschätzen, um exakt, mit den Fußspitzen zuerst, ins Wasser einzutauchen. Elegant, ohne einen Spritzer. Vorwärts setzte ich plump auf, mit Bauchplatschern, die mir Tage später noch ein heftiges Ziehen bis in die Flanken bescherten, vergleichbar dem Menstruationsschmerz, den ich bald darauf kennenlernen sollte. Beim ersten Mal – ich war dreizehn, als es losging mit dem Frausein – dachte ich entsetzt: Das ist die Strafe für dein Versagen beim Salto vorwärts. Eine Schüssel voll Blut.

Schuld und Strafe: Ich führte ein Doppelleben. Sonntags im Dorf ging ich pünktlich zum Hochamt. Lamm Gottes, mea culpa, zehn Bußgebete, Weihrauch und Kirchenchor. Werktags ging ich, weniger pünktlich, in der Stadt zur Schule. Mädchenrealgymnasium, am Schloß. Anschließend Eisdiele mit Jukebox, Elvis, Gitanes und Salto. Die Freiheit. Und endlich meine Tage! Alle in meiner Klasse hatten es schon, nur ich nicht. Erst Binden und schmutzige Wäsche, dann Tampons. Le tampon, der Stempel. Auf die Erinnerung drückt ein Stempel mit Reichsadler und Hakenkreuz, umrundet von der Aufschrift »Gefängnis Saarbrücken«. Eine Kontrollmitteilung an die Staatspolizeistelle III, Schloßplatz, nach Maries Verhaftung.

Samstags kam meine Großmutter, um die schmutzige Wäsche abzuholen und frische zu bringen. Das geschah an der Pforte, sie durften sich nicht sehen. In der Wäsche versteckten sie Grüße und Nachrichten. Bis die Gestapo veranlaßte, den Wäschetausch zu unterbinden. Marie wurde Gefängniskleidung verordnet. Für Untersuchungshäftlinge war das nicht üblich. Hatte man in der Wäsche etwas entdeckt, oder war es ein schlechtes Omen, Hinweis darauf, daß man sie für überführt hielt? Schuldig. Unschuldig. So viele Meinungen wie befragte Personen. Und niemand weiß etwas Genaues. Das meiste weiß inzwischen ich, aber ich sage ihnen nicht, was ich weiß. Noch nicht.

Marie hatte ein Kind, das sie allein zurückließ. Hat man ein Kind, wird man immer schuldig, egal, was man tut oder läßt. Schon mit der Wahl des Vaters wird man schuldig am Kind, der macht sich aus dem Staub und das Kind ist Halbwaise, noch bevor es das Licht der Welt erblickt, wie es so schön heißt, auch in finsteren Zeiten.
Marie hatte in Paris diesen Mann kennengelernt, über den ich außer seinem Beruf nichts in Erfahrung bringen konnte. Die Verbindung hielt nicht lange, er löste die Verlobung auf.
Dachte meine Großmutter an Marie, wenn ich von Paris schwärmte? – Was, nach Paris? Willst du's machen wie die armen Lothringer Mädchen? Sie sagte »Lottringer« Mädchen, und sofort klingelten die Alarmglocken gegen das Pariser Lotterleben. Sie schimpfte, zwischen Mitleid und Verachtung hin- und hergerissen: Dort für die Haute Volée den Schrubber schwingen, den Fußabtreter spielen und mit einem Bankert im Bauch heimkommen? Dann geh doch gleich ins Wasser!
Das war eine Beleidigung. Ich konnte prima schwimmen, und schwanger würde ich schon gar nicht werden, niemals ...
Mama sah die Sache mit Paris lockerer. Als Auslandskorrespondentin war sie manchmal mit der Firma auf Geschäftsreise dort und kam immer in bester Stimmung, mal mit einem chicen Kostüm, dann mit einem Seidenschal, und einmal mit schwarzen Spitzendessous

zurück. – Eine Frau muß sich ab und zu selbst verwöhnen, wenn niemand anders es tut, sagte Mama, als ich im Wäschefach ihres Kleiderschrankes die schwarze Unterwäsche entdeckte und sie befragte.

Entdeckung und Befragung – so glatt sich das anhören mag, so kompliziert war es, eine günstige Gelegenheit herbeizuführen. Mamas Wäscheschrank war ihre Privatsphäre und ging mich nichts an. Ich hatte einige Zeit zuvor heimlich ihre Büstenhalter anprobiert – ohne Erfolg, noch der kleinste war viel zu groß gewesen –, dabei hatte ich die Spitzenwäsche mit dem durchbrochenen Rosenmuster gefunden. Faszinierend, beunruhigend: solch bezaubernde Unterwäsche in der Farbe der Trauer? Wie konnte ich mit ihr darüber reden? Dann hatte ich die Idee mit der Bügelwäsche. Ich half Mama freiwillig beim Bügeln, faltete die Handtücher, die Baumwollhemdchen, ging mit dem Stapel ins Schlafzimmer und räumte beflissen die Wäsche in den Schrank. – O, rief ich, was hast du denn da ... Und ich erfuhr von Mama, daß es einen neuen Mann in ihrem Leben gab.

Irene geht mit Klaus, schrieb ich in mein Tagebuch. Ich freute mich für sie. Jahr um Jahr, bis zur endgültigen Trennung und Scheidung von Papa, war sie traurig gewesen. Jetzt sang sie wieder. Wenn vom Balkon der Nachbarn das Lied der Trapp-Familie verklungen war und das Kofferradio ausgeschaltet wurde, war Mama dran. Bei geöffneten Balkonfenstern sang sie französische Chansons, als wolle sie die Pappeln am andern Ufer des Flusses becircen:

Plaisiiiir d'aaamour - ne dure q'unhun moment
Chagrin d'amour dure toute la viiiiiee ...

Mama hatte einen geschmeidigen Mezzosopran, die Pappelstämme bebten, die Blätter zitterten, verzückt vom melodiösen Luftstrom ihrer Stimme. Warum sang sie gerade dieses Lied, sollte das Liebesglück wieder einmal nur von kurzer Dauer sein? Ich stellte mir vor, wie der neue Mann in Mamas Leben mit seiner rauhen Hand über die schwarze Seidenspitze streichelte und, während Mama vor Lust seufzte, den Abschied plante.
Meine Großmutter Valerie wurde nicht müde, mich vor den Gefahren und tragischen Verstrickungen der Liebe zu warnen, und da ich mehr Zeit mit ihr als mit meiner Mutter verbrachte, erfuhr ich einiges über Frauen wie Marie, ohne daß ihr Name gefallen wäre.
Die schwangeren Mädchen diesseits und jenseits des Flusses waren die ersten, die die Grenze abschafften. Sie gingen bei Dunkelheit ins Wasser, der Patrouillendienst konnte sie nicht mehr ängstigen. Wo sie untergingen, in deutscher Strömung oder französischen Strudeln, kümmerte sie nicht. Die Verzweiflung war staatenlos, sank auf den Grund des Flusses und versandete dort. In der Zeitung hieß es dann: Vorgestern fand man N.N. an der

Schleuse Nr. ... Man nimmt an, sie handelte in einem Anfall von Schwermut ...
Manchmal stand ich am Ufer – ich soll ein altkluges Kind gewesen sein –, schaute zu den mächtigen Pappeln empor und dachte: Was ihr alles mitansehen müßt, ihr seid die einzigen Zeugen. Wenn der November kam, trauerten sie und streuten den Mädchen ihre silberweißen Blätter. Und wenn der Westwind von der Alstinger Höhe blies und der Regen nicht aufhören wollte, summten sie das Lothringische Lied, ils murmurèrent le Chanson Lorraine:

Petite pluie
Est-ce toi qui pries
Les litanies de nos misères?

Petite sœur
Est-ce toi qui pleures
Toute seule au bout de la terre?

Petite mort
Est-ce toi qui dors
Dans mon cœur gros qui désespère? [1]

---

1 *Kleiner Regen / Bist du es, den ich beten höre / Die Litaneien unseres Unglücks? / Kleine Schwester / Bist du es, die weint / Am andern Ende der Welt - allein? / Kleiner Tod / Bist du es, der schlummert / In meinem Herzen, schwer von Kummer? (gesammelt von Yvan Goll)*

Marie konnte der Versuchung widerstehen, sie war entschlossen, ihrem Kind auch ohne seinen Vater einen Weg ins Leben zu bahnen. Jean-Claude wurde 1922 in der Metzer Maternité geboren, einem Entbindungsheim für ledige Frauen und Mädchen unter der Leitung der Barmherzigen Schwestern von Queúleú, nicht weit entfernt vom Fort Queúleú, germanisiert Fort Göben, in dem die Gestapo später ihr berüchtigtes Folterverlies errichtete.
Aus Metz kehrte Marie für kurze Zeit in ihr Heimatdorf zurück, doch hierzu gibt es widersprüchliche Aussagen. Eine Verwandte glaubt, sich erinnern zu können, daß Maries Schwester Madeleine das Kind in Metz in der Maternité abgeholt habe und Marie sofort nach Paris weitergefahren sei. Im Elternhaus war kein Platz für sie. Die empörten Eltern hatten sich im ersten Zorn von ihr losgesagt. Marie hatte die Schwangerschaft so geschickt verborgen, daß sie erst im achten Monat davon erfuhren. Wie auch immer, Marie mußte Geld verdienen, bald war sie wieder in Paris, wo sie – so die Erinnerung ihrer Nichte – eine neue Stelle als Zimmermädchen fand. Marie selbst bezeichnete ihren Beruf später einmal als Pflegerin, vermutlich eine zu wörtliche Übersetzung ihrer französischen Arbeitsbezeichnung.
Jean-Claude blieb bei seiner Tante Madeleine, im Haus der Großeltern, Tür an Tür mit ihnen. Schon bald avancierte der kleine »Schandfleck« zum Liebling von Oma und Opa.

Marie schrieb sonntags, wenn sie ihren freien Nachmittag hatte, einen Brief nach Hause, in der Hoffnung, von der Schwester einen ausführlichen Antwortbrief zu bekommen, mit allen Neuigkeiten über ihren Schatz, der jetzt schon Zwetschgenkuchen mampfte. Jeden Tag fragte sie die Concierge, ob Post für sie gekommen sei. Einmal im Monat schickte sie Geld. Ab und zu, wenn sie ein paar Tage Urlaub herausschlagen konnte, stieg sie am Gare de l'Est in den Zug, verstaute die Kartons und Bonbonnièren mit pastellfarbenen Dragées im Gepäcknetz und fuhr über Metz nach Hause. Jean-Claude durfte die Geschenke auspacken, er lernte laufen und plappern, sonntags trug er sein frisch gebügeltes Kittelchen, wie es Brauch war bei den französischen Buben. Zum Abschied winkte er seiner Maman und lächelte, um auch ihr ein Lächeln zu entlocken. Médor, der weiße Spitz, jaulte an seiner Kette, bis das Kind zu ihm kam, vielleicht trösteten sie sich gegenseitig.
Als Jean-Claude drei Jahre alt war, lernte Marie Paul kennen.

Paul wohnte auf der anderen Seite der Brücke, im Dorf gegenüber, auf unserer, der deutschen Seite. Paul war mein Großonkel, einziger Bruder meiner Großmutter Valerie Lehnert, geborene Doulb.
Pauls Mutter, meine Urgroßmutter Katharina Doulb, habe ich nicht mehr kennengelernt. Sie war noch jung,

als sie starb. Auf dem einzigen Foto, das es von ihr gibt, eine Vergrößerung hing in Oma Rias Schlafzimmer über der Kommode, sieht man eine schöne Frau mit ovalem Gesicht, hoher Stirn und dunklen, sanften Augen. Sie trägt ein schwarzes, im Oberteil verziertes Taftkleid und sitzt in einem Holzsessel mit geschnitzter Rückenlehne. Leicht aufgestützt, ruht ihr Arm im Schoß, in der Hand hält sie einen weißen Rosenzweig aus Seide, der mich an die Plastikgestecke auf französischen Gräbern erinnert. Der Studiofotograf hat ihren stattlichen, ernst dreinblickenden Mann (meinen Urgroßvater, der zu meiner Zeit »der alte Vatter« hieß) stehend neben sie plaziert. In einer zärtlichen Geste umschließt er das Handgelenk seiner Frau. Eine Wahrnehmung, die ich nach all den Jahren, die das Foto in einer Schublade verschwunden war, einer kritischen Prüfung unterziehe. Solch eine Geste gibt es auf keinem Foto meiner Großeltern. Ich kann mich an nichts Zärtliches zwischen ihnen erinnern. Meine Großmutter behauptete, das sei nicht üblich in einer Ehe, schon gar nicht vor den Augen der Kinder. Ich glaubte ihr nicht, gab es doch dieses wunderbare Foto über der Kommode. Und dann erfuhr ich von Oma Ria, und ich mußte versprechen, es für mich zu behalten, daß es da einen anderen, einen »sehr, sehr lieben Menschen« gegeben habe vor Opa Jupp. Sie neigte nicht zu geschwätzigen Wortwiederholungen, deshalb nahm ich diese Aussage sehr ernst. Der heimlich Verlobte war aus dem Ersten Weltkrieg nicht zurückgekommen. Und »eigentlich« habe sie danach keinen anderen heiraten wollen. Aber sie hatte nur Volksschule und nichts gelernt ...

Doch zurück zu Paul. Im Januar 1917 feierte er seinen fünfzehnten Geburtstag. Die Mutter war nicht da, deshalb hatte Valerie ihm einen Kuchen gebacken. Sie hatte vier Stunden gebraucht, um im Nachbardorf Mehl aufzutreiben, die Zeiten waren schlecht, der Krieg ging in seine letzte Phase, Hunger und Entbehrungen bestimmten den Alltag. Der Kuchen war noch nicht aufgegessen, als der Postbote das Telegramm brachte, das die Nachricht vom Tod der Mutter enthielt. Sie war in einer Klinik in Straßburg operiert worden und nicht mehr aus der Narkose aufgewacht. Man versuchte zunächst, die Nachricht vor Paul geheimzuhalten, er war seit der Krankheit der Mutter so seltsam und »anhänglich« geworden. Der Vater fuhr sofort nach Straßburg, angeblich um sie abzuholen. Valerie, selbst nur wenig älter als Paul, oblag es, dem Bruder die Wahrheit zu sagen.

Man erzählt sich, daß Paul nach dem Tod seiner Mutter auf die schiefe Bahn geriet. Auch wenn er mit dem Gesetz nicht in Konflikt kam, auf seiner Lehrstelle als Schlosser gab es zunehmend Schwierigkeiten, morgens war er unpünktlich, bei der Arbeit zerstreut und einsilbig. Abends kam er unregelmäßig, oft spät nach Hause, wurde in der Stadt in Bars und Kneipen gesehen. Auch eine Liebesaffäre mit unglücklichem Ausgang soll es gegeben haben, für eine Eheschließung war er noch zu jung.

Vater und Schwester bangten, ob sein Jahrgang noch eingezogen würde, das Töten wollte kein Ende nehmen.

Paul hatte Glück.

Nach dem Ende des Krieges fing er sich wieder, seine Prüfung schaffte er mit »gut«, wie Valerie später nicht ohne Stolz betonte. Sie war es gewesen, die nach dem Tod der Mutter den Haushalt übernommen, dem »kleinen« Bruder, so gut sie es vermochte, geholfen hatte, über den Verlust der Mutter hinwegzukommen. Wie es ihr selbst erging? Das zu fragen, hatte niemand die Kraft und die Zeit – oder den Willen.

Einige Jahre später, 1925, als Paul mit Marie »poussierte«, hieß es, Paul suche sich eine Frau von drüben, weil seine Mutter – »das arme Kathrina, so früh gegangen« – auch von drüben stammte, aus Lothringen, jetzt wieder Lorraine, Département Moselle, Frankreich.

Vielleicht gefiel es Paul aber auch, einem kleinen Jungen die Mutter zurückzubringen. Marie verließ Paris endgültig 1926, um Paul zu heiraten.

In der Nähe des Botanischen Gartens kann man eine Kreuzfahrt buchen. Die »Val de Lorraine« startet in dreißig Minuten ins Moseltal, zu den Weinbergen. Eine Gruppe gut gelaunter Rentner steht an der Anlegestelle

und wartet auf das Schiff. Sie machen ihre Witzchen über das Angebot »Croisières à la carte« – Wollen wir auch mal über Kreuz? – und freuen sich, daß sie ihren Wein an diesem schönen Nachmittag auf Deck trinken können.
Ich stelle mir vor: Marie hat ihren Paul zu einer kleinen Hochzeitsreise eingeladen. An einem Sonntagmorgen geht's los, über Forbach nach Metz. Sie bummeln durch die Stadt. Sie versteht alles, übersetzt für ihn, was ihn beeindruckt, hin und wieder ein Vergleich mit Paris, obwohl ja gar nicht vergleichbar ... aber dieses Palais des Gouverneurs mit dem schweren, reichverzierten Portal, das könnte auch in Paris ...
– Nicht daß ich Sehnsucht hätte, aber nach Paris würde ich dich auch gern mal mitnehmen, dir alles zeigen, die wunderbaren Brücken, den Pont Neuf mit seinen halbrunden Ausbuchtungen. Dort kann man sich rittlings auf die Brüstung setzen, da ist ein Vorsprung, der schützt vor dem Blick in die Tiefe. Aber ich bin schwindelfrei, wie ist es bei dir? Ich weiß noch so wenig über dich, obwohl ich schon so viel weiß ...
– Mit wem hast du dort gesessen, mit ihm bestimmt ...
– Ach, frag nicht so dumm, ist doch alles vorbei. Wir zwei in Paris, ich zeig dir die stillen Plätzchen am Wasser, die Sehenswürdigkeiten, das elegante Haus, in dem die Patronne wohnt, für die ich die Wäsche ...
Sie stehen an der Brüstung der Festungsmauer, Hand in Hand, einander zugeneigt wie auf dem Hochzeitsfoto,

sie, die kleinere, lehnt sich an, aber nur ein wenig, sie schauen aufs Wasser. Dann gehen sie die breiten Treppen hinunter, setzen sich auf eine Bank und warten auf das Schiff. Marie nimmt das rotweiß karierte Geschirrtuch aus der Tasche, legt es auf den Schoß und packt den Kranzkuchen aus. Zwei Stücke Hefekranz hat sie jeweils zusammengelegt und mit Butter bestrichen.
– Wo hast du die Butter her, will Paul wissen.
– Pierre hat sie letzte Woche mitgebracht. Die Mémé-Oma und Madeleine haben auch welche bekommen. Er verdient doch gut. Weißt du eigentlich, daß er es war, der mich damals hier abgeholt hat ...

Gleich setzen wir uns aufs Vorderdeck ... Ein Glas Wein ... Wieviel Geld haben wir dabei?
Paul und Marie werden anstoßen, auf das Glück, auf die Zukunft.
Vielleicht haben sie auch Jean-Claude mitgenommen. Es ist ein warmer Frühlingstag, Ende April 1926, sechs Wochen nach der Hochzeit. Jean-Claude wird vier Jahre alt und es ist sein Geburtstagsgeschenk. Lange vorher haben sie ihm von dem Dampfer erzählt, mit dem sie fahren werden. Marie hat ihm ein Papierschiffchen gefaltet, er hat es angemalt. Und nach dem Ausflug hat Paul ihm ein Holzschiff gebaut. Im Hof hinter dem Haus gab es einen Schuppen, dort hatte Paul seine Werkbank. Auf zwei Apfelkisten, hochkant aneinandergestellt, saß Jean-Claude und schaute beim Schiffsbau zu. Dann sind sie

zusammen ans Ufer des Flusses gegangen. Dort, am Steg der Fischer, hat Paul ihn ermahnt, hier nie alleine hinzulaufen, weil der Krobetzmann so einen Lausert wie ihn ins Wasser ziehe, da werde er nicht nur naß, sondern bliebe für immer unten, hier, am Mühlenwehr. Jean-Claude hat sein Schiff vom Stapel gelassen und es nach einer wilden Kreuzfahrt durch die Strudel an der langen Leine zurückgeholt.
Tatsache ist, Jean-Claude zog es später zur Schiffahrt. Marie und Paul waren glücklich. Klara hat es anders ausgedrückt: »Immer, wenn ich kam, waren sie fröhlich. Sie führten eine gute Ehe.«

Unübersehbar: die Wegweiser zur Kathedrale.
In der Nähe der Oper ein Autokorso mit Hupkonzert. Spediteure demonstrieren gegen die hohen Benzinpreise. Dann die Philharmonie de Lorraine, an der Litfaßsäule ein großes Plakat: Journée Européenne de la Culture Juive. Europäischer Jahrestag der Jüdischen Kultur. Geschäfte, Boutiquen, ein geräumiges Ladenlokal mit bonbonrosa Markise: »A l'Elegance du Chien«, ein chicer Hundesalon. Nichts für traurige Hunde wie Médor, die nachts auf den lothringischen Dörfern den Hühnerstall bewachen.
An der Place d'Armes die mächtige Kathedrale von Metz. Und nun doch die Generäle. Mitten auf dem Platz, vor dem Haupteingang, ein überlebensgroßes Denkmal für

General Walker, Kommandeur bei der dritten amerikanischen Armee unter General Patton.
Das ist der richtige Moment, den anderen Brief, den aus Frankreich, hervorzuholen. Aus ihm ergibt sich folgendes:
Oktober 1938: Jean-Claude erhält die Nachricht von der Hinrichtung seiner Mutter. Ihren Abschiedsbrief trägt er von nun an immer bei sich.
September 1939: Der Zweite Weltkrieg hat begonnen. Jean-Claude bewirbt sich als Freiwilliger bei der französischen Marine. Da er noch zu jung ist, hat er vorsorglich sein Geburtsdatum gefälscht und wird angenommen.
1940: Hitlers Westfeldzug. Paris wird besetzt, Frankreich kapituliert. Jean-Claude hört Radio London: »Ici Londres ...« Er schlägt sich durch zu General de Gaulle nach England.
Juni 1944: Die Truppen der Alliierten landen im Norden Frankreichs. Jean-Claude ist dabei. Seine Einheit gehört zu den ersten, die in der Normandie an Land setzen. Vom Süden rücken französische Truppen vor, die in St. Tropez gelandet sind, unter ihnen Robert, Jean-Claudes Cousin.
Am 22. November 1944 wird Metz befreit.
Nüchterne Informationen. Aber im letzten Satz eine freundlich formulierte Einladung. Ich stecke den Brief in den Umschlag zurück.
Jetzt hätte ich gern einen Café au lait, in diesem Straßencafé mit den Korbstühlen, im Herzen der »Ville de Metz

libérée«, wie es in Stein gemeißelt zu lesen ist. Die Sonne verschwindet hinter der Kathedrale. Die NS-Zeitgeschichte führte sie unter der Rubrik »Unsere deutschen Baudenkmäler«.

Am nächsten Morgen, im Archiv, erfahre ich, daß die Gerichtsakten des Falles, den ich untersuchen will, bis zum Jahr 2038 gesperrt sind. BREM ist im Spiel, ein »Studienbüro« für Spezialdienste, was immer das bedeuten mag. Eine Warteschlange hinter mir übt sich in Geduld. Ein Antrag auf Sondergenehmigung ist möglich, müßte nach Paris weitergeleitet werden, wo nach gründlicher Prüfung der nationalen Sicherheitsbelange entschieden wird. – Wann hätte ich Nachricht? – Ah, Madame, das kann dauern.

Aber ein Geburtsdatum wird preisgegeben: Der Spion Nikolaus H. – ich werde ihn Hackmann nennen – ist am 28. Dezember 1901 geboren und wurde 1938 vom Militärtribunal Metz wegen Aufbau und Leitung eines Spionageringes in Frankreich zur Höchststrafe von zwanzig Jahren Festungshaft verurteilt, leider in Abwesenheit. Womöglich geht er zwei Jahre später in Paris spazieren, wo sich sein Auftraggeber, der militärische Geheimdienst der Nazis, die sogenannte »Abwehr«, im Hotel Lutetia am Boulevard Raspail einquartiert hat.

Das Geburtsdatum, Türöffner für ein Archiv. Vielleicht wird es mir in Berlin weiterhelfen. Am späten Nach-

mittag nehme ich den Zug zurück nach Deutschland. Wenn ich zu diesem Zeitpunkt geahnt hätte, was sich hinter dem Decknamen BREM verbirgt, wäre ich geblieben, hätte gezielt die Stichwortkartei durchforstet und wäre auf den Namen des Colonel Joseph Doudot alias Meunier alias Carlier alias Klein alias Petit alias Schweitzer alias Toussaint, die »Nummer Eins« unter den Doppelagenten Frankreichs, gestoßen. Doudot, der berühmt-berüchtigte »Maulwurf«, Chef der Sektion Gegenspionage im Osten Frankreichs, der die Nazispione in den dreißiger Jahren »nur so auf die Schippe nahm«. In den ersten Jahren nach Hitlers Machtantritt hatte er an den Grenzstellen einzelne Mitarbeiter, Kommissare der Police Spécial; 1936 wurde die Spionageabwehr effektiver organisiert, es wurden reguläre Außenstellen errichtet, die sogenannten »Antennen« Forbach und Thionville.
BREM – ein Wort, und die Bibliothekarin hätte mir Lektüre für eine Woche auf den Tisch gepackt. Wahrscheinlich wäre ich anschließend nach Ban-Saint-Martin ins Quartier Roques gefahren, um zu schauen, ob dort noch die alten Kasernen stehen, zu Maries Zeiten Sitz des Geheimdienstes, der dem Service Central von Paris unterstellt war.

▮ Ich bin auf dem Weg nach Hause, genauer gesagt, dorthin, wo früher mein Zuhause war. Die beiden Dörfer, zwischen ihnen der Fluß, liegen sich gegenüber wie eh und je, die Hauptstraßen, parallel zueinander verlaufend, haben immer noch – oder inzwischen wieder – denselben Namen, die eine französisch, die andere deutsch. An der einen Hauptstraße wohnten wir, an der anderen stand Maries Elternhaus.
Neue Schnellstraßen, Umgehungsstraßen. Landschaft als Leitplankenkulisse. Der Zug fährt immer noch die alte Strecke am Fluß entlang, die Topographie erlaubt es nicht anders. Eine Lärmschutzmauer halbiert die Sicht auf Erlen, Weiden, Pappeln, die Insel zwischen Fluß und Kanal, die Ziegelfabrik. Gegenüber, auf französischer Seite, die Lehmgrube oberhalb des Ortes.
Früher führte eine Drahtseilbahn von der Grube über den Fluß zur Ziegelfabrik und schaffte das Rohmaterial heran. Am Himmel schwebten luftige Wägelchen aus Frankreich ein, bis wir einmal auf dem Weg zum Baden, als wir die verbotene Abkürzung über das Gelände der Ziegelfabrik nahmen, feststellten, daß es schwere Karren waren. Das visuelle Gedächtnis zeigt sich unbeeindruckt von dieser Korrektur, hat die plumpen Eisenkarren ig-

noriert und die schwerelos vorbeiziehenden Wägelchen abgespeichert, die luftige Phantasie hat gesiegt: Dort oben war der Kleine Häwelmann des Nachts unterwegs, machmal saß Irmchen neben ihm, meine Lieblingspuppe mit Bubikopf aus Bakelit; mein Bruder dachte wohl eher an seinen Wunschzettel mit Zubehör für den Märklin-Baukasten, wenn er zu den Wägelchen hochschaute.

Was überwiegt, das Beharrende oder die Veränderung? Der Zug ist eine moderne Schnellbahn im Zeittakt, fast geräuschlos gleitet er dahin, welch ein Fortschritt! Gleise wurden zurückgebaut, der Güter- und Fernverkehr eingestellt. An diesem Bahndamm, unweit des Bahnhofs, stand unscr Haus, und das Hörgedächtnis duldet keine Beschönigung. Ich höre die Personenzüge mit den Holzbänken vorbeischnaufen, den Lokführer quietschend zur Bremsung ansetzen oder pfeifend zur Beschleunigung, je nachdem, aus welcher Richtung er kam.

Und erst die Güterzüge, Tag für Tag, Nacht für Nacht. Es heißt, man gewöhne sich an regelmäßig wiederkehrende Geräusche.

Mag sein, daß man sich daran gewöhnt, es war etwas anderes an diesen Zügen, an das ich mich nicht gewöhnen wollte. Mit ihrer unerbittlichen Wichtigtuerei machten sie mich klein und wütend. Was ich selbst gerade wollte, zählte nicht, immer waren sie stärker als ich. Reden, singen, streiten, auf der Stufe zum Gartentor sitzend das Gesicht in die ersten Strahlen der Frühlingssonne halten und die Stille genießen, einer Amsel bei ihrem Abendlied lauschen, mit Paul im Hof Radio Luxemburg hören: Sobald ein Zug nahte, wurde alles vom Klappern des Frachtguts, vom harten rhythmischen Dröhnen der Gleisschwellen zerhackt.

– Warum habt ihr das Haus gerade hier gebaut?
Es war die Zeit der politischen Fragen, mein Großvater lauerte mißtrauisch auf radikale Untertöne.
– Glaubst du, sie haben uns vorher gesagt, daß wir demnächst an der Straße des Führers wohnen?
Was für ein Mißverständnis! Bei aller Kritik wäre es mir nie in den Sinn gekommen, ihnen vorzuwerfen, daß die Straße, an der sie gebaut hatten, von den Nazis umbenannt wurde.
– Nein, wegen der Züge. Warum habt ihr ausgerechnet hier unten gebaut, wo die Züge vorbeidonnern? (Immerhin waren wir ein »eingetragener Luftkurort« mit einem Erholungsheim der Schwestern vom Hl. Geist, umgeben von bewaldeten Höhenzügen, Wiesen und Feldern.)
Die so präzisierte Frage war noch brisanter. Mein Großvater Joseph Lehnert lebte mit den Zügen, er war der Enkel eines Leinenwebers und stolz darauf, ein Eisenbahner im Staatsdienst zu sein. Wenn ich keine anderen Sorgen hätte ... Als ich hartnäckig blieb, hielt er mir einen Vortrag über Bescheidenheit. Auch wenn das Haus von

Rosius, unseren Nachbarn, breiter war als das unsrige – 1,30 Meter, genau gesagt –, gab es keinen Grund, unzufrieden zu sein. Dieses Beispiel gehörte zu Opa Jupps Standardrepertoire, schon als Kind hat es mich nicht überzeugt, da bei Rosius zwischen den Fenstern so viel Platz war, daß ich es beim Wandball bis zum Achter schaffte.

– Den Bauplatz haben wir uns vom Mund abgespart. Und die Vorfahren deiner Oma waren Tagelöhner, die hätten sich die Finger danach geleckt, sagte er. (Essensvergleiche waren beliebt in unserer Familie.)

– Da gab es auch einen Klavierbauer, widersprach meine Großmutter Valerie Lehnert, geborene Doulb. Glaub ja nicht, ihr seid was Besseres als wir ...

– Ja, und einer ließ sich auf dem Amt eintragen als Ackersmann, damit man ihn nicht Knecht nannte, spottete Opa Jupp. Jedenfalls haben wir gebaut – ein zweigeschossiges Haus, wir haben nämlich auch an die Enkel gedacht –, und dann? Noch nicht abbezahlt, da fliegen uns die Bomben und Granaten um die Ohren. Die Haustür war weg, als wir aus der Evakuierung kamen.

– Nicht nur die Haustür! (Oma Ria vom Spülbecken.)

– So. Und jetzt ist alles wieder ganz, und da kommst du daher und meckerst ...

Opa Jupp verstand mal wieder Bahnhof. Ich unterbrach ihn, versuchte zu beschwichtigen, obwohl das Wort mekkern schon genügt hätte, meinen Widerspruchsgeist zu reizen, waren doch in der Nazizeit Kritiker als Meckerer mundtot gemacht worden, wie ich aus Büchern wußte. Da näherte sich ein Zug vom Schwarzen Berg. Hoffentlich der Straßburger Schnellzug, dachte ich. Aber es war ein Güterzug. Opa Jupp verstand nun auch akustisch nichts mehr. Ich wiederholte meine einlenkenden Worte, notgedrungen lauter, doch diese Lautstärke weckte erst recht sein Mißtrauen. Er mußte jetzt sowohl den Zug als auch mich übertönen: Wir Jungen hätten mal wieder keine Ahnung, aber eine große Klappe ... Seine Stimme überschlug sich. Der Zug dröhnte und kreischte, die Waggons ratterten vorüber, als hätten sie die Tagesproduktion sämtlicher Lothringer Erzgruben geladen, endlos lang, ein Lärmanschlag, gegen den es keine Verteidigung gab, dem mein Großvater dennoch versuchte, Paroli zu bieten.

Wenn er schrie, kam unweigerlich der Moment, in dem er mitten im Satz, mitten im Wort verstummte, den Kopf in den Nacken legte und die Augen schloß. Das sah nicht nur bedrohlich aus, sondern war es auch. Er wurde blaß, rang nach Atem, manchmal fiel er in Ohnmacht, da er an einer seltenen Form der Anämie litt, wie man uns Kindern erzählt hatte. Heute denke ich, es war ein epileptisches Anfallsleiden, ein Petit Mal, das ihn von Zeit zu Zeit heimsuchte, das man auch dann noch geheimhielt, als die Zeit der eugenischen Säuberungen vorbei

war. Ich sah, wie er die Lippen aufeinanderpreßte und bleich wurde. Ich wußte, jetzt wird es ernst.
Wenn es nach mir gegangen wäre, hätte ich ihn mit sanfter Stimme beruhigt, doch dieser Zug entzündete wieder einmal meine ohnmächtige Wut. Ich stopfte mir die Finger in die Ohren und schrie so laut ich konnte: Schrei mich nicht so an, verdammt nochmal!
Darauf meine Großmutter mit drohend erhobenem Arm: In meinem Haus wird nicht geflucht!
Das mußte sie gerade sagen! Sacrélotte und Nundidieee (au Nom de Dieu), verflucht, verflixt und zugenäht ... Ihr Repertoire war nicht von schlechten Eltern, um mit ihren Worten zu sprechen.
– Du kriegst gleich was auf dein freches Mundwerk!
Aha, ich mal wieder. Immer schuld. Ich lachte verzweifelt und knallte die Tür hinter mir zu, was den Güterzug nicht beeindruckte. Oma Ria lief mir nach, durch den Flur bis an die Haustür, wo gerade ein Schwerlaster vorbeifuhr, der mir Genugtuung verschaffte, weil sein Höllenlärm es mit dem Güterzug aufnehmen konnte. Bevor ich mir eine fangen konnte – sie streifte schon energisch die Hände an der Kittelschürze ab –, machte sie auf dem Absatz kehrt, weil ihr einfiel, daß ihr Mann vielleicht ohnmächtig zusammengebrochen war und keuchend auf dem Linoleum lag. Sie rief, die Hände über dem Kopf zusammenschlagend: O, Maria, jetzert isser widder umgekippt.

Wegen dieser leidenschaftlichen Stoßgebete zur Heiligen Jungfrau hieß sie Oma Ria – oder habe ich mir das zusammengereimt?

An diesem Tag kam ich zu der Überzeugung: Auch wenn ich zehn Sack Kreide fräße, mit der samtigsten Stimme die höflichsten Fragen stellte, inniglich Versöhnung predigte, die Güterzüge – mil diables, tausend Teufel – blieben der Fluch dieser Familie, fauchende Sabotage jedes aufkeimenden Gesprächs, lauernder Hinterhalt ehrlichster Absichten, kurzum: die Quelle aller Disharmonie.

Und der Eisenbahner Komplize dieses Systems. Ich weiß, das geht zu weit. Meine paranoide Veranlagung. Ich höre die mahnende Stimme meiner Mutter, ich solle auf dem Teppich bleiben. – Oder in den Teppich beißen, antwortete ich. Das fand sie geschmacklos, solche Vergleiche unpassend. Sie hatte recht, die Frage nach der Reichsbahn und der Rolle des Eisenbahners in der braunen Zeit hatte mit diesen Güterzügen nichts zu tun. Oder doch, auf ganz andere Weise? Waren die Züge schuld daran, daß Paul verstummte? Hatte er in seiner Kellerwohnung, die zum Bahndamm hinausging, kapituliert vor der kreischenden Übermacht der Güterzüge? Weil das, was er hätte erzählen können, Stille erforderte, schweigendes Zuhören, flüsterndes Mitgefühl. Er war mißtrauisch geworden.

Das war der Schwarze Berg, schon vorbei. Völlig geräuschlos, die neue Zuggeneration. Jetzt geht es schnell, die Rückseite der Häuserfront mit den Balkonen und Gärten, unverändert, wie es scheint. Der Kirschbaum in unserem Garten steht noch. Er hat sie alle überlebt: meinen Großvater, der ihn pflanzte; meine Großmutter, die auf ihn schimpfte, weil er scharenweise Vögel anlockte, die vor uns die Kirschen ernteten; meine Mutter, die sich beklagte, weil in seinem Schatten der Pflücksalat nicht anging; Paul, der jedes Jahr versprach, ihn zu stutzen, dann aber krank war oder sich wochenlang in seiner Kammer einsperrte, weil er niemanden sehen wollte. Mein Großvater weigerte sich, den Kirschbaum aufzugeben, und noch wenige Monate vor seinem Tod stritt er mit den Vögeln um die Ernte.

Es gab Leute, die von ihrem Balkon aus Schnüre mit Glöckchen zum Kirschbaum spannten. Das liebliche Geklingel erinnert eher ans Christkind, als daß es die Spatzen vertreibt, meinte Opa Jupp. Er hatte seine eigene Methode.

Er besorgte sich bei den Anglern eine Rolle reißfestes Nylongarn, fädelte drei leere Konservendosen hintereinander auf und füllte sie mit Kieselsteinen. Dann bat er Hänschen Rosius, die Schnur in der Krone des Kirschbaums zu befestigen. Von dort führte sie über das Balkonfenster bis in sein Schlafzimmer, wo er sie am Kopf-

teil seines Bettgestells fest verknotete. Ende Mai, als die Kirschen allmählich rot wurden, stellte Opa Jupp den Wecker auf sechs Uhr in der Frühe und zog an der Schnur. Beim blechernen Getöse der Konservendosen fielen die Vögel bei ihrem ersten Frühstück vor Schreck vom Ast und die Nachbarn aus ihren Betten. Der Beamte i.R. Joseph Lehnert drehte sich zufrieden auf die andere Seite, er war seiner Pflicht, sein Eigentum zu schützen, auf genial bequeme Art nachgekommen und gönnte sich erneut ein Nickerchen. Sobald er wieder aufwachte, wiederholte sich die Prozedur. Er zog an der Schnur, daß es nur so schepperte, die Vögel ergriffen panikartig die Flucht, er zupfte sein Kopfkissen zurecht und schlummerte wieder ein. Es war nur gerecht, daß er als Pensionär so lange im Bett bleiben durfte, wie es ihm gefiel.
Den Nachbarn gegenüber, denen das weniger gefiel, beharrte er auf seinem Recht, laut Gemeindesatzung an jedem Werktag pünktlich ab sechs Uhr Lärm machen zu dürfen. Als Streit darüber aufkam, ob das auch für den – inzwischen arbeitsfreien – Samstag gelte, sagte er, die Räuber richteten sich nicht nach Uhrzeit und Gewerkschaft, man solle sich nicht so anstellen, vor kurzem hätten hier in aller Herrgottsfrühe noch die Hähne gekräht. »Vor kurzem« war zwar schon 25 Jahre her, doch dann fielen ihm die Güterzüge ein, die dürften schließlich auch samstags verkehren, wer sich beschweren wolle, solle zum Schiedsmann gehen.

Doch bevor es dazu kam, war die Ernte glücklich eingebracht. Die Vögel, die sich längst an die Züge gewöhnt hatten, zeigten sich dieser neuartigen Lärmbelastung nicht gewachsen. Hänschen Rosius durfte, wie versprochen, zur Belohnung die Kirschen ernten. Dann kehrte wieder Ruhe ein. Und im Gedächtnis der Nachbarn blieb mein Großvater – pünktlich und immer im Recht – bis an sein Lebensende der preußische Beamte der ehedem Königlichen Eisenbahn von 1870, der für die Sozialdemokraten im Gemeinderat saß, auch wenn er es mit den Errungenschaften der Arbeiterklasse nicht so genau nahm.

Der Bahnsteig ist immer noch der alte. Auch das alte Bahnhofsgebäude aus rotem Sandstein steht noch, ist aber verschlossen. Paul stand immer links von der Sperre, bei den Erwachsenen, die mit dem Frühzug in die Stadt zur Arbeit fuhren, rechts standen wir, die Fahrschüler, im Pulk. Paul nahm eine Aktentasche mit zur Arbeit, die leer wirkte, wahrscheinlich enthielt sie nur ein Vesperbrot und seine obligatorische Zeitung, die einmal wöchentlich aus der Schweiz kam und, wenn er mal wieder krank war und nicht aufstand, mehrere Tage auf der Kellertreppe liegen blieb.

Der Jägerzaun, der früher den freien Zugang zum Bahnsteig verwehrte, ist verschwunden, kein Schaffner steht mehr an der Sperre und knipst Fahrkarten. Entlang des

Bahndamms wuchsen stachelige Hecken, rankten im Juni rote Buschrosen, leuchteten im Herbst die weißen Knallerbsen; der Schotterweg ist inzwischen asphaltiert. Nach vielen Jahren der Abwesenheit gehe ich diesen Weg, als hätte ich verbriefte Besitzrechte an ihm erworben. Mein Weg ist das, auf dem ich Rekorde im 100-Meter-Lauf aufstellte, um den Frühzug nicht zu verpassen. Hier lernte ich, auf Stelzen zu laufen, die Paul für uns gebaut und blau lackiert hatte. Hier sauste ich mit meinen Rollschuhen haarscharf an den alten Mütterchen vorbei, die gerade mal vierzig Jahre alt waren. Hier lernte ich Fahrrad fahren, es war das Fahrrad mit den riesigen Rädern, das Paul mir schenkte, als er sich den Roller von Manurhin kaufte, den wir Vespa nannten.
Kein Kind in unserer Straße besaß ein eigenes Fahrrad. Ich war zehn Jahre alt und kam noch nicht in den Sattel, ich fuhr im Stehen und hätte den Fluß durchquert, wenn Paul es von mir verlangt hätte.
Was Paul von mir verlangte, war technisches Interesse und sorgsamen Umgang mit diesem Fahrrad. Ich mußte Nachmittage mit ihm im Hof zubringen, er erklärte mir die einzelnen Teile und ihre Funktionsweise und holte das entsprechende Werkzeug aus dem Stall. Ich lernte eine Mutter von einer Schraube zu unterscheiden, an der Lenkstange den passenden Schlüssel anzusetzen, Bremsklötze und Reifenprofile zu prüfen.
Im Stall, wo einige Jahre zuvor noch die Milchziege

meiner Großmutter gestanden hatte, war Pauls Werkstatt untergebracht. Wenn wir Stall sagten, war Paul beleidigt. Dort, neben der Nische für Brennholz, stand seine Werkbank, an den Wänden hatte er Regale befestigt. Sein penibler Ordnungssinn flößte allen Furcht ein. Ein Tick, den er aus dem Zuchthaus mitgebracht hat, sagte Oma Ria. Da saß er ein paar Jahre an der Strickmaschine. Sie haben ihn zusammengeschlagen, wenn die Wolle auf der falschen Seite lag. Aber laßt ja nichts darüber verlauten.
Es kam vor, daß jemand etwas auslieh und nicht an die richtige Stelle zurücklegte. Dann bekam Paul seinen Wutanfall. Dann konnte er den betreffenden Gegenstand mit dem Vorschlaghammer in Stücke hauen.
An der Wand hingen unterschiedlichste Gerätschaften in Reih und Glied, auch ein umfangreiches Sortiment von Bartschlüsseln, Dietrichen und Nachschlüsselgeräten, Pauls Spezialität, garantiert nicht im freien Handel erhältlich.
– Darf ich dich etwas fragen?
– Hm, brummte er.
– Was machst du damit? Hast du die schon mal gebraucht? Damit kommst du doch in jede Wohnung rein. Ich wußte vom Hörensagen, da war mal was gewesen, vor dem Zuchthaus.
– Werkzeug eines normalen Schlossers, antwortete er barsch. Kümmere du dich um dein Fahrrad.

Ich fragte also lieber, wie die Luft in der Luftpumpe erzeugt wird. Technisch neutrale Fragen waren erwünscht, sie rangierten weit oben auf der Skala der Tugend Wißbegier. Halte dich an das, was man anfassen kann und vermeide persönliche Themen. Die Welt der unschuldigen Gegenstände war die unverfängliche Welt, andere Fragen fielen unter die Rubrik »zudringliche Neugier«. Zwischen Fragen und Ausfragen wurde nicht unterschieden. – Im Dorf weiß man nie, wer einen mit der freundlichsten Miene aushorchen will, um es fünffach verdreht hinter deinem Rücken auszuposaunen, sagte Paul. Ins Gesicht schöntun, das können sie ... Man kann keinem trauen, merk dir das.
Das hatte man schnell gelernt, daß man da keine Ausnahme war. Unmöglich, einen Satz zu sagen wie: Ach, Paul, ich bin doch anders, sag es mir, mir kannst du trauen, nie würde ich etwas hinter deinem Rücken ... das kannst du mir glauben, ich bin nicht so. Ich hätte ich sagen müssen – mit allem Mut, der dazugehört.
Der Welt der Gegenstände entspricht das unpersönliche man, da geht man kein Risiko ein. Ein Satz, der mit Ich anfängt, ist ein zweifelhafter Satz; einen Brief fängt man nie mit Ich an, hatte ich gelernt. Ein Ich ist nicht jemand, der das Du sucht, sondern ein Ich-Mensch, der in alle Töpfe gucken will. Wenn ich kein selbstischer Ich-Mensch sein wollte, mußte ich mich mit dem man und

den unpersönlichen Fragen abfinden. Es waren Regeln, die mir widerstrebten, aber gegen Paul wagte ich nicht zu rebellieren. Ich gab es endgültig auf an jenem Tag, als ich ihn fragte, wie ein »toter Briefkasten« funktioniere.
Wir hatten uns ein Baumhaus am Schwarzen Berg gebaut, Zugang nur über eine dicke Kletterliane. Mein Bruder deponierte verschiedene Schätze dort oben, unter anderem eine Zigarette, die wir gemeinsam rauchen wollten; ich hatte aus dem Keller ein Glas mit eingelegten Essiggurken mitgehen lassen. Mein Bruder wollte ein Geheimfach dort installieren, um für unsere Freunde Nachrichten zu hinterlassen, wie Paul und Marie, sagte er. Wo hatte er das aufgeschnappt?
Als ich Paul nach dem »toten Briefkasten« fragte, kam die grimmige Gegenfrage: Bist du der Blockwart?
Als meine Mutter mich über den Begriff aufklärte, war ich tief gekränkt.
Paul hatte sein Geheimnis, das hatten wir zu respektieren. Trotzdem: Mir schenkte er sein Fahrrad. Es war der erste Vorgeschmack auf die große Freiheit, auch wenn ich manchmal Angst hatte, ich könnte es plattgeschlagen im Schuppen wiederfinden. Quatsch, sagte Oma Ria, die ich ins Vertauen zog, jetzt übertreibst du, du hast eine blühende Phantasie.
Heute denke ich, nicht seine sporadischen Wutanfälle machten ihn für das Kind unberechenbar, seine Ver-

schlossenheit war es. Ich befolgte Pauls eiserne Regel, die Zuchthausregel, wie ich sie heimlich nannte, und hielt das Fahrrad in Ordnung.

Es war an einem Sommernachmittag. Das Fahrrad hatte einen Platten. Ich schnappte über vor Stolz, als unsere Nachbarin im Garten erschien, um ihren hausfraulichen Pflichten nachzukommen. In ihrer Wanne lag die saubere Kochwäsche der Familie Rosius, während ich unsere Zinkwanne mit Wasser gefüllt hatte, um zu prüfen, wo der Fahrradschlauch blubberte. Und während ich fachmännisch das Loch im Schlauch suchte, um es zu flikken, saß meine Großmutter Valerie Lehnert, geborene Doulb, auf dem Balkon und flickte die Socken ihres Herrn Gemahls, schüttelte Frau Rosius die Wäsche auf und hängte sie an die Leine, wie es Frauen seit Jahrhunderten tun. Ich schwor mir, niemals meinen Mädchennamen aufzugeben und die Socken eines Gemahls zu waschen.

Ich erläuterte Frau Rosius, die gerade einen Hüftgürtel Größe 48 aufhängte, die technischen Kniffe für die schnelle Fortbewegung auf Rädern. Sie zeigte sich beeindruckt und lobte meine ungewöhnlichen Fähigkeiten. – Ganz wie e Bub, sagte sie, und zwinkerte Paul zu. Der verzog den Mundwinkel zu einem leichten Grienen. Lachen sah man ihn nie. – Haschd e guder Patt, sagte sie zu mir. Paul war mein Patenonkel.

Doch nicht lange, und auch ich landete auf dem harten

Boden der Tatsachen, genauer gesagt, der geschlechtsspezifischen Arbeitsteilung, wie ich es zehn Jahre später im Soziologieseminar formuliert hätte. Mein Fahrrad entpuppte sich als Danaer Geschenk, es versetzte mich in die Lage, täglich Brot und Milch zu besorgen. Bisher hatte ich mich mit meinem Bruder abgewechselt, nun war ich allein zuständig. Ich protestierte, doch es half nichts, schließlich schleppte er im Winter die Kohlen aus dem Keller. Dafür mußte ich abtrocknen. Wir zankten uns eine Weile, bis ich mich mit meiner neuen Aufgabe abgefunden hatte. Immerhin war ich Fahrradbesitzerin und er ein armseliger Fußgänger. Doch dann zog er seine Trumpfkarte: Er sollte zu Weihnachten ein echtes Rennrad bekommen!

Aber es wäre ungerecht, diese Wendung der Dinge Paul in die Schuhe zu schieben. Ich weiß, was ich ihm zu verdanken habe.

Dort willst du hin? Mein Bruder hat mich gewarnt. Seit seinem Tod hat dort niemand mehr gewohnt.

Ja, dort will ich hin, in die zwei winzigen Kellerräume, die Paul im Haus meiner Großeltern bewohnte. Es sollte eine Notunterkunft sein, eine Übergangslösung, als Paul noch nicht ahnte, daß er seinen Prozeß verlieren würde. Zwei niedrige dunkle Zimmer, als Nachkriegsbehausung wären sie akzeptabel gewesen. Fast zehn Jahre nach Kriegsende, als Paul dort einzog, waren sie

ein ärmliches Quartier. Die Gemeinde hatte die letzten Notwohnungen, die Baracken in der Friedhofstraße, Relikt einer Zeit, an die niemand mehr erinnert werden wollte, längst beseitigen lassen. Pauls Einzug in den Keller: Verkehrte Welt, Rückfall in die Zeit der Verdunkelung. Hier lebte er bis zum Jahr 1974, im »Durchgangszimmer« und dem »gefangenen« Zimmer. Der Keller sein Verlies, eine Zelle mit Freigang.
Die Stufen der Kellertreppe sind mit altem Linoleum belegt, von den Kanten bröckelt der Mörtel. Die Tür, mit einer Milchglasscheibe aus Kriegsproduktion versehen, ist noch schmaler, als ich sie in Erinnerung hatte, die Türklinke so niedrig angebracht, daß ich mich bücken muß, um den Schlüssel ins Schloß zu stecken. Paul war hochgewachsen, doch er ging krumm, die Schultern eingezogen, den Blick zu Boden gesenkt.
Wenn er sich eine Reval anzündete, konnte man erschrecken über die großen knochigen Hände vor dem schmalen Gesicht. Seine Daumengelenke, stark ausgeprägt, knackten. Er schaute kurz auf, legte den Kopf in den Nacken und nahm den ersten Zug so, als sauge er den letzten Rest aus seinem letzten Zigarettenstummel. Die Zigarette hielt er nicht zwischen Zeige- und Mittelfinger, er hielt sie zwischen Daumen und Zeigefinger eingeklemmt, das glimmende Ende unter die Hand geschoben, wie Seeleute auf Deck. Sturmwarnung. Oder wie in Western und Krimis, eine Masche des breitbeini-

gen Helden oder nervöser Tick des angespannten Kommissars. Schnell noch zwei Züge, bevor die Kippe ausgetreten wird. Action ist angesagt.
Bei Paul sah es anders aus, gefährlich, absolut unauffällig. Die brennende Zigarette war – undercover – in der gekrümmten Hand verschwunden. Wenn er einen Zug nahm, erinnerte mich das an den Feuerschlucker, den ich im Zirkus Krone gesehen hatte. Ich fragte Paul: Warum rauchst du so, verbrennst du dich nicht? Er lachte und gab keine Antwort. Oma Ria meinte: Vielleicht hat er im Zuchthaus heimlich geraucht. Wenn man die Zigarette in der Hand versteckt, sieht der Wachmann sie nicht sofort. Darauf mein Großvater: Quatsch, dort gab's nichts zu rauchen. – Du weißt wieder alles besser. Aber manch einer hat seine Weisheit mit dem Schaumlöffel gefressen ... Oma Ria wußte, wie man das letzte Wort behält.
Heute frage ich mich, warum wir uns damit abgefunden haben, immer über Paul und nicht mit ihm zu reden, ob sein Rückzug unvermeidlich war. Daß er uns Kinder nicht ins Vertrauen ziehen wollte, kann ich im Nachhinein verstehen. Aber warum erfuhr auch sonst niemand je etwas Genaues von ihm?
Offenbar hat es frühe Versuche gegeben, konfliktreiche Anläufe, die in Resignation mündeten.
Einmal soll es einen Riesenkrach gegeben haben.
Als Paul nach dem Krieg aus der Haft befreit und zu-

rückgekehrt war, forderte Valerie ihn auf, jetzt endlich, da keine Gefahr mehr bestünde, über den wahren Hergang der Ereignisse, die zur Verurteilung geführt hatten, Auskunft zu geben. Landesverrat – wieso? Im Dorf machten immer neue Gerüchte die Runde, jeder behauptete, etwas erfahren zu haben von einem, der etwas in Erfahrung gebracht hätte. Nach dem Ende der Diktatur wollte Valerie wieder erhobenen Hauptes auf die Straße gehen und all denen, die es hören wollten, die Meinung sagen. Sie glaubte, es sei ihr gutes Recht, von Paul eine Antwort zu erhalten. Die Zeit war gekommen, über alles zu reden.

Paul verstaut ein paar Töpfe, Geschirr und Besteck im Einkaufsnetz, um sie mit in die Hofstraße zu nehmen, von seiner Kücheneinrichtung ist nicht viel übrig geblieben. Als er gehen will, hält Valerie ihn zurück. Als Paul keine Anstalten macht, auf ihre Fragen zu antworten, wird sie deutlicher. Nicht nur er hat gelitten. Auch sie ist von der Gestapo verhört und bedroht worden. Unter hohem Risiko hat sie den Kontakt nach drüben, zu Maries Sohn und Familie aufrechterhalten. Und Jupp hatte nach der Urteilsverkündung in Berlin noch einmal fünf Vernehmungen auf der Gestapo. Sogar die Vorladungen mußte er jedes Mal mitbringen, sie wurden einbehalten. Die Gestapo hat ihnen, unter Androhung von

Schutzhaft, Stillschweigen verordnet. So, sagt Valerie, jetzt weißt du es.
Paul schweigt.
Jupp ergänzt: Marxisten und Landesverräter stehen auf einer Stufe, haben sie mir bei der Vernehmung gesagt. Im Protokoll mußte ich unterschreiben: Josef Lehnert steht nicht voll hinter der nationalen Bewegung. Weil ich nicht in ihre Partei eintreten wollte. Sie hatten herausgefunden, daß ich seit 1922 SPD-Mitglied war.
– War! sagt Paul und lacht, spöttisch, verbittert. Bis du in die Deutsche Front gegangen bist.
– Kann ich was dafür? Sie haben mich gezwungen, ich war Beamter. Jupp ist beleidigt und fügt gereizt hinzu: Auf der Gestapo haben sie behauptet, wir hätten von dem Verrat gewußt.
– Verrat? Sag das nochmal ... Paul hält nur mühsam an sich, schiebt abrupt seinen Stuhl zurück und will gehen. Valerie hält ihn am Arm fest. (Später behauptete mein Großvater, er habe nicht »Verrat« gesagt, sondern »Affaire«.)
Jupp fährt fort: Am 1. November 1938, wenige Wochen nach Maries Hinrichtung, hat man mich nach Mitteldeutschland strafversetzt, in einen kleinen schmutzigen Ort im Braunkohlegebiet.
– Und dann war Schluß mit der Karriere? sagt Paul unbewegt.

Was geht vor in diesem Menschen? denkt Jupp. Seelisch ist er ein Wrack, sagt nicht einmal, daß es ihm leid tut. Was geht vor in diesem Menschen, hat er überhaupt eine Seele? denkt Paul.
Und Valerie: Sie ist ein Jahr lang nicht vor die Tür gegangen. (Diesen Satz habe ich heute noch im Ohr; er fiel immer wieder, wenn ich über dieses Kapitel der Familiengeschichte Nachforschungen anstellte.)
Paul scheint den Satz nicht so wörtlich zu nehmen. Immerhin hatte Valerie den Eisenbahnergarten und ein Feldstück zu bestellen, außerdem, wer machte die Einkäufe?
Das hätte Paul besser nicht gesagt. Jetzt kommt es von allen Seiten.
Als Schwester des Zuchthäuslers wurde Valerie von den Leuten nicht mal mehr von der Seite angeschaut. Um den Demütigungen zuvorzukommen und einige besonders Stramme wie den Ortsbauernführer nicht deutsch grüßen zu müssen, wechselte sie die Straßenseite. Sie lief Slalom im Dorf, und sie stand um fünf Uhr früh auf, um die Kartoffeln auszumachen, da waren noch keine Leute unterwegs. So, jetzt weißt du es. Und noch etwas sollst du wissen, sagt Irene: Winfried, mein Verlobter, hat die Verlobung aufgelöst nach dem Urteil in Berlin.
– Kommen wir zum Ende, sagt Paul. Ich bin an allem schuld.

– Nein, aber alles war so schrecklich. Und jetzt sag uns die Wahrheit.
Paul hat Magenkrämpfe und sagt, er müsse sich hinlegen. Es war nur das Vorspiel zum großen Krach.

Die Fortsetzung folgte an einem schönen Sonntagnachmittag, Ende Juli. Man fing an, sich im Frieden einzurichten, alle saßen zusammen in der Küche, Jupp, Valerie, die beiden Töchter Irene und Klara. Paul war zum Kaffee gekommen (Kaffee? Zichorienbrühe). Valerie hatte zwar keinen Kuchen, aber eine Schüssel Griespudding mit Zuckercouleur zustande gebracht. Balkontür und Fenster standen weit offen.
– Was ist passiert damals, weswegen seid ihr abgeholt worden? fängt Valerie wieder an. Sie meint, sich vorsichtig und taktvoll ausgedrückt zu haben, vermeidet mit Bedacht, Maries Namen zu nennen. Sie steht auf, schließt nach alter Gewohnheit Fenster und Türen und schaut Paul erwartungsvoll an.
Paul schweigt. Es folgen einige Halbsätze, verworren, ohne Zusammenhang, dann schweigt er wieder. Als Valerie insistiert, ist von einem Wachsabdruck und einem Schlüssel die Rede. Paul spricht so leise oder unverständlich, daß Valerie ihn ungeduldig anfährt: Mach doch mal die Zähne auseinander, man versteht kein Wort! (Eben zurückgekehrt in dieses Haus, an den Ort

des Geschehens, höre ich ihre Stimme, als wäre ich dabei gewesen: Mach doch emol die Zähn ussenanner, ma versteht jo kään Wort!)

Paul erstarrt, schiebt seine Tasse zur Seite, steht auf, hölzern, und verläßt, ohne noch ein Wort zu sagen, den Kaffeetisch. Schluß – aus! hören sie ihn an der Haustür, bevor er sie zuknallt.

Valerie, den Tränen nahe, will nicht aufhören, sich Vorwürfe zu machen, was hat sie falsch gemacht?

Jupp behauptet, ihre Nerven seien kaputt, ja, seit der Bombardierung des Zuges, noch gar nicht lange her, als sie bei der Heimkehr aus der Evakuierung von Kassel bis Homburg zweiundsiebzig Stunden gebraucht haben (Valerie weint haltlos) – weißt du noch, als das mit dem Schuh passiert ist und die Tieffliege ...

Irene unterbricht ihn: Bleib mal bei der Sache. Sie äußert die Vermutung, Paul habe sich im Zuchthaus angewöhnt, mit zusammengepreßten Lippen lautlos zu sprechen. Sie habe gehört, Häftlinge hätten darin eine hohe Kunstfertigkeit erlangt, um beim Hofgang oder bei der Arbeit nicht aufzufallen, wenn sie sich untereinander verständigten.

Klara meint, man hätte ihn vorsichtiger fragen müssen. Schon damals, beim ersten Besuch im Zuchthaus 1942, wißt ihr noch, als die Besuchssperre aufgehoben war, hat Paul uns das Familienfoto zurückgegeben. Das hatten wir doch nur für ihn machen lassen. Er hat es nur kurz angeschaut. Wer war damals dabei, es war in Siegburg, nicht in Moabit, in Moabit durfte ich nicht mit rein. War der Vatter dabei? Paul wollte es nicht annehmen, das Foto. Wir hatten den Hauptwachtmeister extra um Erlaubnis gefragt.

– Ja, das stimmt. Ich weiß noch, was Paul sagte. Da fehlt Marie, hat er gesagt, was soll ich damit.

– Stimmt, wir haben das Foto nur für ihn machen lassen, ich hatte das Gerstenkorn am Auge, nie hätte ich mir so ein Foto machen lassen ...

– Ja, ganz so, als wären wir schuld, daß Marie nicht drauf ist. Das ist schrecklich, daß ein Mensch im Unglück alle Maßstäbe verliert. Marie war für ihn ein und alles. Da kann man nichts machen.

– Das ist das Schlimme, daß man nichts mehr machen kann ... Er wollte nicht, daß wir ihn noch einmal besuchen. Das regt ihn zu sehr auf, hat er gesagt.

– Aber die Ringe hat er uns noch geschenkt, die er aus diesem Material gearbeitet hatte, aus dem sie Waffen produzierten, was war das noch für ein Material, Titan für die neuen Raketen? ... und unsere Namen waren eingraviert. Meinen Ring hab ich in der Nähmaschine versteckt, in der Schublade bei den Garnröllchen. Ich hab Wolle um ihn gewickelt und Nahtband dazugelegt. Wir sollten die Ringe im Garten vergraben, weißt du noch,

damit bei einer Hausdurchsuchung ... aber ich hab ihn ... wo ist er eigentlich geblieben, liegt er noch in der Nähmaschine?
– Man hätte Paul nicht fragen dürfen, wo Marie begraben liegt, sagt Irene.
– Maries Bruder hat im Auftrag der Mutter die Überführung beantragt, aber sie haben es nicht genehmigt in Berlin. Mehr weiß Paul wahrscheinlich auch nicht. Sie haben ihm bestimmt nicht gesagt, daß seine Frau in einem anonymen Massengrab liegt.
– Oder in der Anatomie zer...
– Sei still, sagt Valerie.
So oder so ähnlich, nach dem Bericht Klaras.
Ich stelle mir vor, wie Valerie weint, ohne aufhören zu können. Keiner nimmt sie in den Arm, das ist nicht üblich. Ich habe sie als Kind getröstet, wenn sie ihre Weinkrämpfe hatte. Das ist seit Marie, hat sie damals gesagt. Mein Großvater wollte das nicht gelten lassen. Er war der Meinung, die »Anfälle« habe sie seit der Totaloperation. Man wisse ja, wie das bei Frauen wirke.
Paul ließ sich ein Jahr lang nicht blicken.
Bis Valerie eines Tages erneut versuchte, ihn zum Reden zu bringen. Sie ging zu ihm in die Hofstraße, wo sie einen Kniefall machte, wie sie das anschließend nannte. Mach doch mal die Zähne auseinander: Diesen Satz hätte sie damals in der Küche nicht sagen dürfen. Es war der Satz, den einer der Gestapos, die zur Vernehmung

aus Berlin angereist waren, zu Paul sagte, nachdem sie ihn aus dem Gefängnis abgeholt und auf die Zentrale am Schloßplatz gebracht hatten. Als er im Verhör bei seiner Version blieb und auf weitere Fragen schwieg, kam dieser Satz, und dann hatte er zwei Zähne weniger im Mund. Fünf Tage und Nächte hat es geblutet. Valerie hat ihm mit der frischen Wäsche Kamillenblüten geschickt, in einer Socke versteckt. – Weißt du das noch? – Ja, natürlich! Aber du hast was geschrieben von Magendrücken. – Was sonst? Ein Glück, daß der Brief durch die Zensur ging. – Das konnte ich doch alles nicht wissen!

Es stellt sich weiterhin heraus, daß Paul seiner Schwester nach dem Geständnis (Marie hatte als erste bei der Gestapo ein Geständnis abgelegt, ein halbes, genauer gesagt) einen ausführlichen Brief geschrieben hat, ebenfalls frisiert, versteht sich, aber mit den wichtigsten Fakten. Ob sie diesen Brief nicht bekommen habe, es sei ein offizieller Brief mit Briefbuchnummer aus der Haftanstalt gewesen. Nein, niemals. Valerie weiß nichts von einem solchen Brief, er wurde offenbar einbehalten. Dann weint Paul.

Valerie, bestürzt, beschämt, bittet ihn um Verzeihung. (Ich wüßte gern, welche Worte sie dafür fand. Tante Klara kann diese Frage nicht beantworten.) Jedenfalls haben sie sich an diesem Tag wieder versöhnt.

In seinen Briefen aus der Untersuchungshaft hatte Paul immer wieder beteuert, er habe »nichts gemacht«. Nun kam Valerie aus der Hofstraße zurück und es war von einem Einbruch die Rede. Marie habe von Hackmanns Wohnungsschlüssel einen Wachsabdruck genommen und Paul habe nach diesem Modell einen Nachschlüssel angefertigt. Sie seien in eine »größere Sache« verwickelt und die ganze Geschichte sei sehr gefährlich gewesen. Sie ist fertig, sagt Valerie, sie braucht jetzt ihre Ruhe, sie will sich hinlegen. Man hält sie in der Küche fest. Von Ruhe kann keine Rede sein, man bedrängt sie, will es genau wissen.

– Was für eine größere Sache?

– Ein Einbruch, sag ich doch.

– Etwas Kriminelles?

– Ja und nein. Weiß ich nicht genau. Man hat doch damals schon von den Papieren gemunkelt, die verschwunden sind, Namenslisten.

– Ja, ich entsinne mich.

– Wie kam Marie an den Wachsabdruck?

– Hat sie nicht bei Hackmanns geputzt?

– Doch, ja, sie war öfter dort.

– Marie hat man nicht retten können, hat Paul gesagt.

– Wer ist »man«?

– Die Franzosen.

– Also war es doch Spionage?

– Ja. Der Krieg ist vorbei, aber man kann nicht wissen, welche Wendung die Politik noch nimmt, hat Paul gesagt. Er will nicht, daß irgend etwas nach außen dringt. Er stellt sich dumm, wenn er gefragt wird. Es ist besser für uns alle, Stillschweigen zu bewahren. Die Peiniger laufen noch frei herum, hat er gesagt. Nickel Hackmann ist untergetaucht, was ist, wenn er zurückkommt? Wenn der sich was einfallen läßt? Nach dem Prinzip der Sippenhaftung. Der ärgert sich schwarz, daß Paul sieben Jahre zu früh rausgekommen ist.

– Meinst du den SS-Mann von der Krappstraße? Paul spinnt. Hackmann soll froh sein, wenn er nicht selber sieben Jahre absitzen muß!

– Egal, der jedenfalls soll die Gestapo damals auf sie gehetzt haben. Vom SD soll er sein. Ging nicht in Uniform, aber alle sagen, er ist bei der SS.

– War!

– Meinetwegen. Paul sagt, er ist vom Militär, vom Nachrichtendienst.

– War!

– War, war, war, meinetwegen! Und wo ist er jetzt, was macht er jetzt? Haben sich alle in Luft aufgelöst, wie? War jedenfalls Spion für Berlin, der Hackmann. Gegen Frankreich. Er war der Kopf des Spionageringes und ist den Franzosen entwischt.

– Das wußten wir doch damals schon.

– Nein, ich nicht.

– Doch, du auch!

– Was hat Paul noch gesagt?
– Marie hat ihn im Prozeß entlastet. Das wird er ihr nie vergessen.
– Wieso?
– Mehr weiß ich nicht. Er hält sich bedeckt. Geht doch selber zu ihm. Wißt ihr, wie er aussieht? Wie sein eigenes Leichentuch sieht er aus. Und wie er geht, ganz krumm. Die Nieren sind hin, sagt er. Monatelang die Kälte in der Zelle. Alle Scheiben kaputt. Nachts, als die Flieger kamen, ging alles zu Bruch. Bunker oder Keller war nicht vorgesehen für solche wie ihn. Aber die Flieger waren die Rettung. Ja, so ist das, da beißt keine Maus einen Faden ab. Wenn die nicht gewesen wären, würde er heute noch sitzen und könnte die restlichen sieben Jahre ...
– Ja, ja, so kann man das auch sehen ...
Mehr war nicht von ihr zu erfahren. Einiges behielt Valerie für sich, vergrub es ganz tief, das brauchte niemand zu wissen. Irgendwo gibt es immer eine undichte Stelle, sogar im engsten Familienkreis. Nicht daß sie jemanden im Verdacht hätte, aber Vorsicht ist die Mutter der Porzellankiste. (Der Volksmund hat immer recht, auch wenn das Volk kein Porzellan mehr hat.)

Im Dorf machte das Thema die Runde. Paul zu fragen, traute man sich nicht, in der Gerüchteküche brodelte es weiter. Jetzt, da man wieder frei reden konnte, kam auch der Klatsch nicht zu kurz.

– Der Doulb ist aus dem Zuchthaus zurück. Da war wirklich was. Die haben spioniert, er und seine Frau von drüben. Das war kein gewöhnlicher Einbruch, oder weil sie mal einen Witz gemacht hätten. Das war Spionage.
– Quatsch! Was soll eine Hausfrau groß spioniert haben? Daß man den Westwall baut? Das wußte doch jeder.
– Doch, da war was. Das war Spionage ...
Spionage ist ein Geschäft, weiter nichts, ein schmutziges Geschäft. Da will jemand gut verdienen, auf großem Fuß leben ohne zu arbeiten, pfui Teufel. Warum wird jemand Spion? Aus Geldgier, Gewinnsucht, Charakterschwäche. Weil er keine Moral im Leib hat. Weil er ein Säufer ist. Weil er Spielschulden hat. Weil er sich in Bars herum treibt und Frauen aushält. Spione sind Nichtsnutze, Vagabunden, gescheiterte Existenzen, oder einfach Kriminelle. Und dann noch eine Frau! Eine Mata Hari, die sich nackt auf dem Sofa räkelt, vor einem Kerl, der ihr hörig ist, pfui Teufel, die gehört zweimal geköpft (wörtlich!)
Oder, da kommt jemand in Not und weiß nicht mehr weiter, schon wird er in die Enge getrieben, genötigt. Man hat sie gezwungen, eines Tages, am Grenzübergang auf der Brücke. Das Kind von ihr ist doch ein kleiner Franzose, geht drüben in die Schule. Da ist eine Mutter erpreßbar und gibt sich für alles her. Die haben ihn als Geißel genommen. Den Franzosen ist das zuzutrauen, man weiß ja, was man von denen zu halten hat. Wenn

man feige ist, gibt man nach. Egal, aus welchem Motiv auch immer: Verräter sind sie alle.
Eine Spionageaffäre – ein Schandfleck für jede Familie, gestern, heute, morgen ...
So oder so ähnlich.
Valerie spielt zig Mal alle Varianten durch, stellt Marie und Paul kompromißlos auf den Prüfstand. Sie wappnet sich mit einem Griff in die Schublade allgemeiner Redensarten gegen böse Überraschungen beim Blick in den Abgrund der menschlichen Seele. Es gibt nichts, was es nicht gibt. Keiner werfe den ersten Stein. Sie schwankt zwischen moralischer Verurteilung und Verständnis. Ein Einbruch, ein Diebstahl, heimlich, hinterhältig vorbereitet – so etwas gehört sich nicht, da sollte man sich schämen, dafür gehört ein jeder bestraft. Da hat Valerie strenge Maßstäbe. Spionage an sich und als solche: verwerflich. Der Mensch soll offen, ehrlich, geradeheraus sein, auch wenn er damit aneckt. Da sitzen sie neben Hackmanns im Kino, Paul und Marie, um jeden Verdacht von sich abzulenken. Der Einbruch ist von langer Hand geplant, die Franzosen haben die Schlüssel bekommen. Haben sie telefonisch unter einem Codenamen das Datum durchgegeben? Nein, sagt Valerie laut vor sich hin, auf Lug und Trug darf man sein Leben nicht aufbauen. Andererseits: Die Tugend der Ehrlichkeit führte seinerzeit geradeaus ins KZ. Und die Strafen, die man gegen die beiden verhängt hat, waren barbarisch,

völlig unangemessen, davon geht sie nicht ab. Außerdem, Hitler hat die Hauptschuld, er hat angefangen, er war es, der den Krieg wollte, das ist eine Tatsache. Doch, ja, sie kann die beiden verstehen. Vorausgesetzt, sie sind im inneren Kern ehrlich geblieben. Sind sie das? Paul ist ihr Bruder, da kann sie nicht objektiv sein, kommt ihr zu Ohren. Das empört sie am meisten. Sie, die dafür bekannt ist, immer erst die fremden Kinder anzuhören, wenn ein Zank die Gemüter erhitzt; anders als diese Glucken, die in falsch verstandener Mutterpflicht grundsätzlich die eigene Brut in Schutz nehmen. Nein, das läßt sie sich nicht nachsagen. Paul kennt sie von Kindsbeinen an, den hat sie erziehen müssen wie ein eigenes Kind, und war doch selbst noch ein halbes Kind. Das war bitter nach dem Tod der Mutter. Strenge mußte sie lernen im Umgang mit ihm. Aber sie war gerecht; wenn ihr das nicht immer glückte, wußte sie das selber am besten.

Warum wird jemand Spion? Valerie geht die Argumente noch einmal durch. Da war sein Irrweg, damals, nach dem Tod der Mutter, da hat er sich herumgetrieben, wer wüßte das besser, in allen Einzelheiten, als sie? Aber diese Phase war schnell vorbei. Paul geht seit zig Jahren nicht mehr in die Wirtschaft, außer an Kirmes. Wann trinkt er mal ein Schnäpschen? An Neujahr, da könnte der alte Vatter sich mal ein Beispiel dran nehmen. Nein, auf Paul läßt Valerie nichts kommen, auch wenn er ein sturer Esel sein kann. Und Marie hat er ehrlich und treu geliebt. Da war nichts mehr mit anderen Frauen. Das konnte jeder sehen, der Augen im Kopf hatte. Manchmal war sie sogar neidisch auf Marie, ehrlich gesagt.

Waren sie in Not, brauchten sie Geld? Paul war eine Zeitlang arbeitslos, das stimmt, aber nicht lange, und damals war die schlechte Zeit, da waren viele arbeitslos, da hätten sie alle Spione werden müssen. Er hat sich fortgebildet als Kraftwagenfahrer und Elektriker, hat für Baufirmen gearbeitet. Paul und Marie hatten das Haus schon für sich, der alte Vatter nur noch das Schlafzimmer, er hatte eine gute Pension als Eisenbahner, und geizig war er nicht. Außerdem hat Marie dazuverdient, mal im Gemüsehandel, dann beim Bruder drüben. Bei den Eltern hat sie auch geholfen und kam immer mit Lebensmitteln nach Hause. Marie war an Arbeiten ja gewöhnt. Nein, so schlecht ging es ihnen nicht, daß sie für Geld eine so gefährliche Sache auf sich genommen hätten, bei der von Anfang an die Todesstrafe drohte.

Marie war ein anständiger Mensch, basta. Marie hatte Charakter und Gerechtigkeitssinn. Das wurde deutlich, wenn sie mit den Kindern zusammen war. Allerdings, sie erklärte zuviel und strafte zuwenig. Das hat Valerie ihr ab und zu deutlich gemacht. Marie hat ihr aber nie nach dem Mund geredet, also war sie nicht feige. Sie hatte andere Vorstellungen von Erziehung, zu modern, nach Valeries Geschmack, aber nicht ohne Erfolg. Die Kinder

waren immer ausgeglichen, wenn sie nach Hause kamen. Marie war ja selber wegen ihres Fehltritts in jungen Jahren von den Eltern hart bestraft worden, das hat sie geprägt, wer weiß ... so wollte sie nicht werden.
Marie hat nie auf großem Fuß gelebt, also ging es ihr nicht um Geld. Wie war sie angezogen? Ganz normal, wie im Dorf üblich. Halt – ab und zu ein chices Kostüm. Der Vater war Schneider, hatte seine »Tour de France« gemacht und sogar in Paris gelernt. Außerdem, Marie hat jahrelang selber in Paris gearbeitet, der Welthauptstadt der Mode, wie jedermann weiß. Das färbt doch ab. Und die französische Schwägerin nähte aushilfsweise im Atelier dieses jüdischen Stoffhändlers (was ist eigentlich aus dem geworden? Konnte der sich retten?) Wenn man das alles bedenkt, war Marie hier im Dorf sehr bescheiden aufgetreten, findet Valerie. Außerdem, Maries Bruder ist ein frommer Mann, legte Wert auf eine gute, standesgemäße Erziehung seiner Tochter, Julienne heißt sie. Wäre Marie ein oberflächliches, charakterloses Weibsbild gewesen, hätte er nicht so enge Beziehungen zu ihr gepflegt, schon gar nicht das eigene Kind zu ihr in die Ferien geschickt.
Das Gemeinste, was Valerie bisher gehört hat, wird ihr aus dem Nachbarort zugetragen. Dort erzählt man sich, Marie habe ihren Jungen als Kurier benutzt. Die Gestapo hätte das achtjährige Kind mit geheimen Dokumenten in der Tasche auf der Brücke geschnappt. Es

stimmt, daß die Gestapo auch den Jungen verhaftet hat, aber der war fünfzehn und nicht acht, außer seinen Schulheften hatte er nichts in der Tasche und von nichts eine Ahnung, deshalb haben sie ihn nach zwei Wochen wieder laufen lassen, den armen Kerl.

Was fällt ihr noch ein? A propos Erpressung. Marie machte kein Hehl daraus, daß sie im Herzen Französin geblieben war, auch wenn sie seit der Heirat den deutschen Paß hatte. Valerie erinnert sich an eine Anekdote, die Marie gern zum besten gab und immer wieder neu ausschmückte.

Zur Zeit der deutschen Besetzung Lothringens fuhr ihr Vater, der Pépé, wie sie ihn nannte, jedes Jahr am 14. Juli mit seinen Freunden zum Nationalfeiertag nach Nancy. Nancy, das nicht besetzt war, feierte alljährlich mit einem großen Festumzug. Einmal, es war im Jahr 1916, sangen sie auf der Heimfahrt abends im Zug die Marseillaise. Seit Kriegsbeginn 1914 war das ein Vergehen und stand unter Strafe. Sie wurden erwischt und sollten eine Geldbuße zahlen.

Der Pépé drehte die Taschen nach außen und sagte zu dem deutschen Wachmann: Alles in Nancy verpraßt, da gibt's guten Schnaps. – Wahlweise Haft, sagte der Polizist ungerührt. Der Pépé gab sich als Dorftrottel und ließ sich ausrechnen, wieviel Tage Haft seine Geldbuße wert sei. Der Polizist rechnete und rechnete, bis seine Backen

vor Anstrengung rot wurden. Hundert und drei Tage, sagte er endlich. – Was? Der Pépé schlug in gespieltem Schrecken die Hände vors Gesicht. Ob die Deutschen noch so lange bleiben wollten? Unter dem Gelächter der Mitreisenden sah der Polizist zu, daß er weiterkam.
Sobald sich eine Gelegenheit bot, sprach Marie französisch, manchmal auch mit den Kindern, die ihren Spaß dabei hatten. Le bœuf, der Ochs, la vache, die Kuh – Ferme la porte, die Tür mach zu. – Wie heißt die Kuhmagd in Lothringen? wurde Valerie gefragt. – Weiß nicht. – Rindvieh-Gouvernante, riefen die Kinder im Chor.
Klara hat als Kind die Buchstaben vertauscht, konnte lange Zeit nicht Mirabelle sagen. Miribella war schon ein Fortschritt. Bis Marie eines Tages Klara bei den Händen nahm, in die Hocke ging und ihr auf Augenhöhe schmeichelte: Bin ich die schöne Marie? Sag mal »Mariebelle«! Und siehe da, Klara rief »Mirabelle« in die applaudierende Runde.
Zeitweilig war Marie mehr drüben als hier, wieso hätte sie sich von ihren eigenen Leuten erpressen lassen sollen, wo bleibt da die Logik?
Aber der Junge? Konnten die Franzosen mit dem Kind Druck auf sie ausüben? Wie denn? Marie hätte Jean-Claude ohne weiteres hierbehalten können, er ging in der Hofstraße täglich ein und aus, genug Platz war längst. Die Franzosen hätten von heute auf morgen keinen Zu-

griff mehr gehabt. Drohungen, Zwang, Erpressung, nein, so läuft das vielleicht im Roman, aber hier ergibt es keinen Sinn.

Die ganze Affäre ging ins Politische. Valerie hat ja nicht viel Ahnung von Politik, kommt kaum dazu, die Zeitung zu lesen. Sie hat nur Volksschule, aber ihren Grips beisammen, da läßt sie sich nichts nachsagen, sie hat auch ihren Stolz. Bei Paul und Marie wurde oft politisch diskutiert, das ist eine Tatsache. Paul brachte aus der Stadt Zeitungen und Zeitschriften mit, »Grenzland«, »Westland«, und wie sie alle hießen. Da war ein Laden in der Nähe des Hauptbahnhofs, da gab es alles noch frei zu kaufen, was im Reich längst verboten war. Paul ließ einmal – unabsichtlich? – eine Broschüre bei ihnen auf der Chaiselongue liegen: »Treibt Deutschland zum neuen Krieg?« Jupp wollte nicht, daß das Heft im Haus bliebe, aber sie wollte es in Ruhe lesen und sagte: Laß das liegen, das frißt kein Brot. Und Marie brachte Zeitungen aus Frankreich mit. Jupp bestätigt das.

Valerie erinnert sich an eine Situation in der Hofstraße, kurz vor der Verhaftung. Sie kam an einem Samstag vorbei, weil der Vatter sich eine Marinade für die roten Rüben wünschte, so wie Valerie sie machte, mit Wacholderbeeren und Lorbeer. Sie stand mit der Schüssel neben dem Spülstein, Paul und Marie saßen auf der Eckbank und unterhielten sich über Waffen. Valerie wunderte sich über das Thema, vor allem darüber, daß Marie, als Frau,

von neuartigen selbstoperierenden Panzerarmeen sprach, die nur die deutsche Wehrmacht im Programm hätte. Ob sie sich für so etwas interessiere, fragte Valerie erstaunt. Nee, eigentlich nicht, antwortete Marie.
– Marie hatte Angst vor dem großen Schreihals, sagt Jupp, mehr Angst als wir. – Und sie haßte speziell die braun und schwarz Uniformierten, die waren ihr zuwider, zu arrogant und brutal. – Stimmt, sagt Jupp. – Marie war besser aufgeklärt als wir alle zusammen, sagt Valerie. – Jupp brummt etwas, Zustimmung oder Protest. Immerhin hat er heimlich BBC gehört. – Ja, im Krieg, als es dem Ende zuging, da wollte man auf einmal ... Aber Marie war von Anfang an unterrichtet, ging bei ihrem Bruder, diesem gebildeten Mann von der Zeitung, ein und aus. Wer, wenn nicht er, kam an die Nachrichten aus aller Welt, als hier bei uns schon gleichgeschaltet war? Das ging doch vor dem Anschluß schon los, da wurden Kinder verprügelt, wenn sie die »Volksstimme« im Dorf verteilten, erinnerst du dich nicht? – Doch, Jupp erinnert sich, aber ungern. Es war die Zeit, als er Beitragsmarken ins Mitgliedsbuch der Deutschen Front einklebte.
Wahrscheinlich wird man nie die ganze Wahrheit erfahren, denkt Valerie, was genau Marie getan hat, warum sie es getan hat, welche Rolle Paul bei alldem gespielt hat, warum Marie im Verhör schwach geworden ist, warum sie sterben mußte.

Valerie kann sie am Ende verstehen, aber Helden waren sie beide nicht. Als Held geht man geradeaus, läßt sich nichts zuschulden kommen, wird bewundert und geehrt. Valeries Buch mit den Heldensagen, ein Geschenk des Rektors bei der Schulentlassung, hat Krieg und Evakuierung überdauert, niemand wollte es mitgehen lassen, es steht immer noch im Wohnzimmerbuffet hinter Glas. Aber feige waren sie nicht, im Gegenteil, es gehörte eine Riesenportion Mut dazu, im Angesicht der Todesstrafe so etwas Gefährliches zu riskieren. Auch wenn es, rein moralisch gesehen, nicht zu vertreten ist, Unschuldige leiden zu lassen. Valerie hat ihre Prinzipien. Sie denkt in erster Linie an Jean-Claude. Der Junge war doch noch ein Kind und mußte bei Hitler – vergeblich – um Gnade für seine Mutter flehen, wie entsetzlich für ihn. Wie wird Marie gelitten und bereut haben bei dieser Vorstellung. Valerie brüht sich einen Baldriantee auf, für die Nerven. Lange hat sie gegrübelt, immer wieder gezweifelt: Hat Paul die Wahrheit gesagt? Am Ende hat folgendes Bestand: Marie gebührt die Ehre der letzten Ruhe. Auch wenn sie kein Grab hat nach all ihren Leiden, so hat sie doch den gleichen Anspruch wie jeder Tote auf dem Friedhof. RUHE IN FRIEDEN. Und das wird Valerie in Zukunft all denen sagen, die weiterhin Gerüchte in die Welt setzen und Marie schlecht machen wollen. Das will sie auch ihren Enkelkindern beibringen, wenn es soweit ist, wenn die anfangen, neugierige Fragen zu stellen.

Und Paul? Der soll sich selbst zur Wehr setzen, er hat bereits einen Antrag gestellt.
– Jetzt kommt erst einmal das Verfahren, da wird man sehen, sagt Valerie, wenn die Leute versuchen, sie über Paul auszuhorchen und freche Fragen stellen.
– Was für ein Verfahren?
– Die Wiedergutmachung.
– Was? Ahaaa?! Na so was!
Aber es gibt auch andere Stimmen im Dorf.
– Die haben wenigstens was gemacht, die zwei, sagt man hinter vorgehaltener Hand zu Valerie und stupst sie kumpelhaft am Ellbogen. Auf die könnt ihr stolz sein!

Pauls »Landesverrat« wurde 1949 vom Verwaltungsgerichtshof als Widerstand gewürdigt und er als Verfolgter des Naziregimes anerkannt.
Laut ärztlichem Zeugnis war er nach der Haftzeit »seelisch und körperlich völlig entkräftet und heruntergekommen. Er war bis zum ... 1948 arbeits- und erwerbsunfähig.« Für die acht Jahre Zuchthaus erhielt er eine Haftentschädigung, nichts Großes, aber immerhin. Er kaufte sich neues Werkzeug und richtete sich wieder eine kleine Werkstatt ein; von seiner Wohnung und der gut ausgestatteten Werkstatt der Vorkriegsjahre war nicht viel übriggeblieben. »Es ist mit Bestimmtheit anzunehmen, daß infolge meiner Verurteilung wegen Landesverrats die gesamte Innenausstattung meiner Wohnung (Möbel,

Wäsche und sonstige Vermögenswerte) absichtlich verschleppt bzw. vernichtet wurde«, gab Paul zu Protokoll. Der Sachschaden wurde in den Akten mit 11500 Reichsmark angesetzt. (Anderen Betroffenen waren ihre Schäden von den Nazibehörden ersetzt worden. Paul hatte man nichts ausbezahlt, da man ihm, wie so vielen Opfern, nicht nur die eigenen Gerichts- und Haftkosten, sondern auch die Hinrichtungskosten für seine Ehefrau auf Heller und Pfennig in Rechnung stellte.)

Nun konnte er einen bescheidenen Neuanfang wagen. Eine Anerkennung der gesundheitlichen Schäden, die er während der Haftzeit nachweislich erlitten hatte, und der damit verbundenen Rentenansprüche stand noch aus. Paul konnte nicht ahnen, daß ihn diese existentielle Frage achtzehn Jahre später noch immer beschäftigen würde.

Anfang der fünfziger Jahre verlor Paul die Wohnung in der Hofstraße. Der alte Vatter war gestorben, Paul konnte seine Schwester nicht auszahlen, das Haus mußte verkauft werden. Valerie gab ihrer Tochter Klara den Erlös als Vorauszahlung auf das zukünftige Erbe. Tante Klara wanderte aus. Paul kaufte von seinem Anteil ein kleines Grundstück, vielleicht gab es ja noch eine Zukunft für ihn. Aber jetzt, wohin mit ihm? Oma Ria hatte eine Idee. – Bei uns ist kein Platz, sagte mein Großvater. – Doch, beharrte sie, im Keller, warum haben wir die Fenster

vergrößert? Da kann man wohnen. Man muß jetzt zu ihm halten. Bald hat er alles überwunden. Es kommen neue Zeiten, es geht aufwärts.
Und Paul zog bei uns ein.

Eisig kalt ist es hier unten, es riecht muffig. Es gibt einen Kohleofen, der noch funktioniert, eine Matratze steht an der Wand, obenauf ein zusammengerollter Schlafsack. Pauls Bett mit dem hohen Kopfteil und der dreiteiligen blaugemusterten Matratze ist verschwunden.

Als ich den Schlafsack wegnehme, purzelt mir ein wolliges haariges Etwas vor die Füße. Eine zusammengekauerte Maus. Wo sie lag, hinterläßt sie einen modernden, spinnwebartigen Kokon. Sieht aus, als wäre sie unter dem Schlafsack eingeschlafen und nicht wieder aufgewacht. Keine Anzeichen eines Todeskampfes. Sie ist sehr leicht, fast gewichtslos. In der Totenstarre hat der Schwanz, den sie zu einer perfekten Spirale zwischen den Füßen zusammengerollt hat, die Form einer Skulptur.

Was rührt mich an dieser toten Maus? Ich habe nie einen Gedanken darauf verschwendet, wie Mäuse schlafen und eines natürlichen Todes sterben. Die Ordnung einer Spirale über den Tod hinaus hat etwas Tröstliches.

Ich öffne das Fenster, die Läden aus massivem Holz. Das dauert eine Weile, Pauls zusätzliche Sicherungen, besonders stabile Scharniere, reißfeste Nylonschnüre, Haken und Ösen. Beim Öffnen des Ladens flattern zwei Dutzend Spatzen kreischend aus dem Kirschbaum hoch.

Die Oberlichtluke ist immer noch vergittert. Paul hatte sie mit Draht bespannt. Irgendein Unbefugter hätte womöglich eine Leiter anschleppen, mit ihr durch den Garten schleichen, sie an der Hauswand aufstellen, hochklettern, mit dem Arm durch die Luke langen und das Fenster von innen öffnen können. – Und dann? Wozu? – Besser nicht fragen, solche Fragen gehen an die Ehre. Angst ist Angst. Über die Art meiner Ängste soll auch niemand zu Gericht sitzen.
Mehrmals am Abend hat Paul kontrolliert, ob alle Türen im Haus verschlossen sind. Wenn ich mit dem letzten Zug gegen Mitternacht nach Hause kam, weil ich in der Stadt im Theater oder Konzert war, hörte ich ihn die Kellertreppe hochschleichen und an der Haustür hantieren. Wie hatte er mich hören können, von der Gartenseite des Kellers aus? Ich gab mir alle Mühe leise zu sein, um zu verhindern, daß meine Mutter aufwacht, die einen leichten Schlaf hatte, wenn sie mich auswärts wußte.
War es sein besonderer Tick? Waren es die veränderten Gewohnheiten im Dorf? Mein Großvater behauptete, früher hätte hier niemand abends die Haustür abgeschlossen – bis zum Jahr 1934, als die Aktivisten der Deutschen Front, die meisten von ihnen verkappte Nazis, unangemeldet in die Häuser kamen. Mit Versprechungen und Drohungen warben sie Mitglieder, um die Saar-Abstimmung in ihrem Sinne zu beeinflussen. Opa

Jupp: Sie haben auch Sozis und Christliche geschickt, die hat man eher reingelassen. Die waren raffiniert, die Braunen, solange sie verboten waren. Mir haben sie auf der Dienststelle offiziell mitgeteilt: Als Beamter bin ich nicht mehr tragbar, wenn die Abstimmung erst gelaufen ist. Stichtag 13. Januar. Die Nacht der langen Messer. War doch klar, daß Hitler gewinnt. Man war eingeschüchtert. Was hätte ich machen sollen? Jedenfalls haben wir seither die Türen abgesperrt. Das wollte keiner, daß die Kerle plötzlich in der Küche stehen und schnüffeln.

Pauls Luke, dreißig mal dreißig Zentimeter groß, vergittert. In penibler Handarbeit mit engmaschigem Draht bespannt. Doch vielleicht aus einem ganz harmlosen Grund? Immer wieder kam es vor, daß ein Vogel aus dem Nest gefallen oder bei einem verfrühten Flugversuch gescheitert war und Paul ihn retten mußte. In einem Schuhkarton wurde ein Nest gebaut, gemeinsam päppelten wir ihn auf, besorgten Mehlwürmer von den Fischern und fingen Insekten. Oma Ria steuerte Haferflocken bei. In Pauls Wohnküche konnte er dann ungefährdet seine ersten Flugstunden absolvieren, während draußen im Hof die Katze mit starrem Blick das Drahtgitter im Oberlicht beobachtete, das Piepsen und Flügelschlagen ließen ihr keine Ruhe. Irgendwann zog sie ab, nicht nur, daß sich in ihrem Revier freche Beute tummelte, jetzt war sie auch noch ausgesperrt.

Die Tür zur zweiten Treppe, die in die Waschküche, in Hof und Garten führt, ist durch zwei Schlösser und einen Schieber gesichert. Mit ihrem komplizierten Schließmechanismus entpuppt sie sich als Falltür in die Wahrheit: Paul hat sich eingeschlossen, nachdem er endlich frei war – warum brauchte ich so lange für diese einfache Erkenntnis? Die Rückkehr an Orte kann auf dramatische Weise die Wahrheitsfindung beschleunigen. Acht Jahre Haft, und nach der Befreiung kein Neuanfang, nicht wirklich. Auch hier: keine Stunde Null.
Wer oder was hielt ihn gefangen?

Im Landesarchiv endlich die Einsicht in Pauls Wiedergutmachungsakte. Die Akte ist umfangreicher, als ich dachte. Die Zeit reicht nur für einen ersten Überblick.
Wiedergutmachung – ein zweifelhafter Begriff. Man fordert eine Schadensaufstellung von ihm. Der materielle Teil ist schnell ausgefüllt, dann kommen die Lücken. »Außerdem habe ich Schäden gesundheitlicher, seelischer und moralischer Art erlitten. Den Tod (Hinrichtung) meiner Ehefrau, die geborene Französin war und zur Zeit ihrer Verhaftung bei voller Gesundheit. Den Verlust der Mutter für unseren damals 15-jährigen, auf sich allein gestellten Sohn ..., diesen Verlust seiner Mutter kann ihm niemand ersetzen! ... Im Zuchthaus zog ich mir – abgesehen von den furchtbaren Folgen der Hinrichtung meiner Frau auf meinen Seelenzustand –

schwere körperliche Leiden zu ...« Kein Eintrag von Geldbeträgen – wie auch?

Paul wird 1949 als Verfolgter des Naziregimes anerkannt, doch das Verfahren wird später wieder aufgerollt. Es muß geklärt werden, ob er nach Rechtslage der Bundesrepublik Deutschland einen Anspruch auf eine Entschädigungsrente hat. Das Bundesentschädigungsgesetz von 1956 gilt nach dem Anschluß auch im Saarland. Zum wiederholten Male zahlen Saarländer einen hohen Preis für die Rückgliederung an Deutschland. Der Widerstand gegen den Nationalsozialismus ist in der Breite der westdeutschen Öffentlichkeit nicht gut angesehen. Viele Opfer werden ausgegrenzt, nicht nur Deserteure und Kommunisten. Der Kalte Krieg setzt die Maßstäbe für den Umgang mit Naziopfern, deren Verfahren mit haarsträubenden Urteilen enden. Täter und ehemalige Richter, die zehntausende Todesurteile ausgesprochen haben, läßt man laufen. Kein einziger Richter, der rechtskräftig verurteilt worden wäre, im Gegenteil, Nazijuristen kommen wieder in Amt und Würden, Generäle der Wehrmacht werden mit Pensionen bedacht, der Kommentator der Nürnberger Gesetze wird zum Staatssekretär befördert, ein Skandal löst den anderen ab.

Ein Beispiel unter vielen: Westberliner Gutachter im Wiedergutmachungsverfahren eines jüdischen Mitbürgers, der während seines langjährigen KZ-Aufenthaltes zuckerkrank geworden war, kommen 1963 zu dem

Schluß, die Zuckerkrankheit könne hier nicht anerkannt werden, »da diese Erkrankung eine typische Erkrankung der Juden sei«.
Auch Paul erhält einen Ablehnungsbescheid. Er reicht Klage ein. Der Prozeß geht durch mehrere Instanzen und dauert sechs Jahre, von 1961 bis 1966. Alte und neue Zeugen werden geladen, alle sagen zu seinen Gunsten aus. Das Landgericht hält die Zeugen für glaubwürdig und kommt zu dem Ergebnis, daß Paul ein politischer und weltanschaulicher Gegner des Nationalsozialismus war. Allerdings sei nicht erwiesen, daß das NS-Regime ihn auch »als solchen erkannt« habe. Er sei womöglich »nur (nur?) als Feind des deutschen Reiches« verfolgt worden. Daher müsse die Klage auf Rente abgewiesen werden. Juristische Spitzfindigkeiten, Winkelzüge? Paul legt Berufung ein vor dem Oberlandesgericht. Am Ende verliert er, eine Revision wird nicht zugelassen.
– Brisanter Fall, sagt der Archivar, und nicht der einzige. Ein weites Feld. Ich muß mich zügeln, um nicht Nachforschungen über Pauls Richter anzustellen. Staubige Akten ziehen staubige Akten an, sie vermehren sich auf dem Arbeitstisch wie Wollmäuse unter dem Bett. Archive können süchtig machen.
Oder allergisch.
Im Ablehnungsurteil des Oberlandesgerichtes ist von »francophiler Gesinnung« die Rede, die man bei Paul nicht ausschließen könne. Auch wenn er ein Gegner der

Hitlerdiktatur gewesen sei, so habe diese ihn wohl nicht als solchen, sondern als Landesverräter bestraft. Seine »familiäre Bindung an eine Französin« verstärke diesen Verdacht.
Ich gestehe: Ich bin verwirrt, dann schockiert. Bin ich doch bisher davon ausgegangen, daß die Sympathie oder Zusammenarbeit eines Deutschen mit den westlichen Alliierten gegen Hitler ihm nachträglich nicht zu seinen Ungunsten ausgelegt würde. Offenbar eine naive Vorstellung.
Zwischen Pauls Gegnerschaft zum Nationalsozialismus und einer möglichen »francophilen Gesinnung« wird ein künstlicher Gegensatz konstruiert. Die Propaganda vom Erbfeind sitzt tief. Ist man 1966 gegenüber Frankreich noch immer so unversöhnlich? Ja, langsam kommt die Erinnerung ... Ich war noch ein Schulkind, da war ein Frankophiler ein Franzosenknecht. Aber 1966, mehr als zwanzig Jahre nach Ende des Zweiten Weltkrieges, müßte eine angemessene Einordnung in den historischen Zusammenhang doch möglich gewesen sein?
Offenbar nicht für die drei Richter am Oberlandesgericht. Auf welcher Seite stehen sie eigentlich bei ihrer nachträglichen Bewertung eines Nazi-Urteils aus dem Jahr 1938? Auf der Seite des Volksgerichtshofes? Auf der Seite der deutschen Wehrmacht, die den Überfall auf Frankreich vorbereitet, den »Blitzkrieg«, den »Westfeldzug«, der den Mythos von Hitlers Unbesiegbarkeit in die

Welt setzt, mit all seinen Folgen für die Völker Europas? Was geht vor in den Köpfen dieser Richter? Ist Paul erneut Opfer ein und derselben Clique geworden? In ihrem Urteil heißt es: »Der von ihm selbst (Paul Doulb) angegebene Tatbestand rechtfertigt eine solche Verurteilung auch. Insoweit handelt es sich um die Reaktion der staatlichen Macht, die damals wie heute noch in allen Staaten der Welt üblich war und ist.«
Üblich war und ist: Für Marie Doulb die Todesstrafe, schließlich war sie Französin, obendrein eine Lothringerin, die nicht der »Stimme ihres Blutes« folgen wollte. Wörtlich heißt es: »Es fällt auf, daß die treibende Kraft offenbar die Ehefrau des Klägers gewesen ist ... So spricht in Anbetracht der bekannten Einstellung der lothringischen Bevölkerung alles dafür, daß die Ehefrau emotionale Bindungen an Frankreich hatte.« (Recht so, aufs Schafott mit ihr!)
Das Saarland – hinterletzte Provinz? Mitnichten, hier hat bundesdeutsche Rechtsauffassung sich durchgesetzt: »Was gestern Recht war, kann heute nicht Unrecht sein«, wie der Ministerpräsident Baden-Württembergs, Filbinger, ehemaliger NS-Marinerichter, eine weitverbreitete Auffassung auf den Punkt brachte, bevor er 1978 zurücktreten mußte. Oder: Landesverrat bleibt Landesverrat, egal, ob in einem demokratischen Staat oder im Widerstand gegen die Diktatur, ein »staatsneutrales Verbrechen« gewissermaßen.

Und der Volksgerichtshof demnach kein zentrales Terrorinstrument der Nazidiktatur, sondern ein Gericht wie jedes andere auch. Soll Paul doch froh sein, daß er nicht auch sterben mußte, daß er vorzeitig aus der Haft entlassen wurde. »Entlassen« stimmt zwar nicht so ganz, aber »befreit« gehört wahrscheinlich nicht zum Vokabular dieser Richter. Tue ich ihnen unrecht? Wie heißen sie eigentlich? Fällt die Veröffentlichung ihrer Namen unter den Datenschutz? Da gab es doch damals diese berüchtigte Namensliste mit 800 Todesrichtern in der bundesdeutschen Justiz ... Neue Akten stapeln sich auf dem Tisch. Ein heftiger Hustenanfall bringt mich an meine Grenzen.
Stauballergie im Landesarchiv.

Zurück zum Staub in Pauls Kellerverlies.
Auf der Kehrschaufel trage ich die Maus hinunter in den Garten, wo Brennesseln, Rhabarber und Holunder wuchern. Das Kabäuschen im Hof neben dem Stall, wo Paul später ein WC einbaute, steht noch, eine Mischung aus Grünspan und Schimmel überzieht die Wand, nein, es ist nur der ehemals hellgrüne Putz, der abblättert. Spinnen bewohnen das stille Örtchen, in der Ecke lagern ein paar Briketts und Feuerholz, Aststücke vom Kirschbaum. Eine Kiste trägt in schwarzen Lettern die Aufschrift »Centrale Beurrière Drulingen«, Jahrzehnte alt, gut lesbar noch. Ach ja, diese köstliche Butter gab es zu

besonderen Gelegenheiten, an Feiertagen oder zur Kirmes wurde sie zum Hefekranz serviert.
Paul, wo bist du? Ich muß dich etwas fragen, fragen, fragen ... Das Echo verhallt im Tunnel der dreißig Jahre, die er nun schon unerreichbar ist. Warum überleben alte Butterkisten, was haben sie den Menschen voraus, wer hat die Ungerechtigkeit zugunsten solch nutzloser Gegenstände zu verantworten?
Mein Notizbuch müßte sich weigern, solche Sätze festzuhalten. Lamentierendes Grollen. Suche nach Schuldigen. Die Stimmung trübt sich ein wie das Wetter. Mir ist kalt. Ich muß mich um den Ofen kümmern. Das Brennholz ist eingestaubt.
Nach einer Stunde vergeblicher Versuche zieht der Kamin, brennen die ersten Holzscheite im Ofen. Durchs geöffnete Fenster hört man die neue Schnellstraße, die am Fluß entlangführt. Ich sortiere den Briefwechsel zwischen Paul und Valerie.
Der erste Teil der Briefe stammt vom Oktober 1937. Es sind Briefe aus der Untersuchungshaft, die teilweise nicht durch die Zensur gingen, andere wurden als Kassiber geschmuggelt und enthalten Anweisungen Pauls wie »Brief unbedingt vernichten«. Von Valeries Antwortbriefen wurden ebenfalls einige einbehalten. Sie erwähnt lobend des Führers Geduld in der Festungshaft, prompt kommt der Brief durch, versehen mit dem Gestapo-Aktenzeichen III H. 16 ...

Im Dossier befindet sich auch der folgende Aktenvermerk: »Die Schwester des Angeklagten hat in der Zeit der Untersuchungshaft Briefe und Kassiber der Angeklagten geschmuggelt und an die Verwandtschaft in Frankreich weitergeleitet.« (Habe ich ihr das zugetraut? Sie wirkte eher ängstlich in solchen Dingen. Gut gemacht, Valerie.)

Briefe und Kassiber (I)

Valerie an Paul:

... Oktober 1937

Lieber Bruder!
Am Samstag morgen habe ich Deinen Brief erhalten. Ich war überglücklich und tiefunglücklich zugleich, einerseits, weil Du mir geschrieben hast, daß Du unschuldig bist, zweitens, weil Du anfängst, trübsinnig zu werden. Du schreibst mir von noch einem Brief, aber ich habe sonst noch keinen bekommen. Man hat mir gesagt, daß alles gelesen wird und durch die Zensur muß. Unser Führer Adolf Hitler saß auch unschuldig im Gefängnis. Wenn der Brief von der Zensur zurückbehalten wurde, ist es ja gut. Aber ärgerlich wäre es, wenn er vom Briefträger falsch abgegeben worden wäre. Vielleicht kannst Du mal danach fragen? Folge doch meiner Bitte: Mach Dich stark und stähle Deinen Willen. Auch dieser Schicksalsschlag wird vorübergehen.
Wenn ich die Bescheinigung bekomme, werde ich Euch beide am Mittwoch besuchen. Ich werde den Untersuchungsrichter nach einem Rechtsanwalt fragen und alles tun, was in meiner Macht steht. Geld werden wir schon aufbringen. Ich kaufe Dir auch Unterhemden, am Samstag bekommst Du ein neues, dann können die Mädel Dir auch Deinen Sonntagsanzug bringen. Du kannst ordent-

lich angezogen sein. Den Schal hatten wir Marie schon gegeben. Die Sache mit dem Geld für Marie regeln wir am Mittwoch. Kauf Dir unbedingt alle 14 Tage die Eßwaren. Wenn das Geld alle ist, schicken wir Euch welches. Jean-Claude ist drüben bei der Großmutter. Er hat seine Kleider jetzt alle drüben. Die Brücke ist gesperrt, es darf niemand herüber und hinüber, außer einigen Arbeitern. Die Maul- und Klauenseuche ist ausgebrochen.
Johann und einige andere waren die Kartoffeln ausmachen. Ich und Schorsch hätten sie auch ausgemacht, aber Du kennst ja Vater, er hatte Angst, sie würden erfrieren. Ich hatte meine auf dem Feld noch nicht ausgemacht. Vater wird im Laufe der Woche die Kaninchen holen. Vor 8-10 Tagen hat eines neun Junge geworfen.
Lieber Bruder! Ich wollte Dir so nicht schreiben. Aber ich weiß nichts mehr, mein Hirn ist so furchtbar leer. Wenn ich Dich nur am Mittwoch sehen kann. Und in Deine Augen schauen. Erblicke ich da für mich großes Glück oder großes Leid?
Immer verbleibe ich
Deine Dich ewig liebende Schwester
Valerie

P.S. Ich werde anschließend Marie schreiben.
Viele Grüße sendet Dir Vater.
Gruß sendet Jupp.
Sei vielmals gegrüßt von Klara und Irene.

Der folgende Antwortbrief Pauls wurde beschlagnahmt.

Paul an Valerie:

Liebe Schwester!
An Allerheiligen habe ich Deinen Brief erhalten. Ich dachte gerade unter Tränen an unsere liebe tote Mutter und die Geschwister, als der Brief kam.
Wie ich aus Deinem Schreiben erkenne, hast Du meinen ersten Brief nicht erhalten. Den zweiten hatte ich am 20.10. geschrieben. Meine Frau hat Dir vor vier Wochen auch geschrieben, so wie sie mir sagte, als ich sie flüchtig beim Untersuchungsrichter sah. Hast Du ihren Brief erhalten? Schreibe bitte meiner Frau, daß sie sich den Einkauf bestellt, denn ich kenne sie, ihr ist es schade ums Geld. Wie wird sie leiden jeden Monat, wenn sie ihre Periode hat, die Krampfanfälle ... Frage sie doch bitte und teile mir mit, wie es ihr geht!
Im ersten Brief hatte ich das Allernötigste geschrieben, daß ihr das Radio abmeldet ... ich hatte auch erwähnt, daß Jupp die Hasen schlachten soll, sobald sie fett sind, damit ihr nicht so viel Arbeit habt. Die Sache mit dem Gasofen kannst Du mit H. Karl regeln. Da sind 15 oder 20 RM anbezahlt und es sollen monatlich 5 RM bezahlt werden. Aber wer soll die jetzt zahlen? ... Er soll den Ofen zurücknehmen, bis wir heimkommen. Sag den Leuten, die unsere Kartoffeln ausgemacht haben, vielen

Dank und grüße sie. Ich hatte auch geschrieben, daß Du die Äpfel im Keller öfter nachsehen sollst, falls faule drunter sind. Du kannst Dir auch welche nehmen. In der Waschküche hängt ein Sack mit Nüssen, nimm die und stelle sie in der Küche auf den Schrank, damit keine Mäuse drankommen.
Liebe Schwester, schicke mir keine guten Kleider mehr und kein Hemd mit Manschetten, wohl aber mit Kragen. Ich brauche sonst gar nichts, außer Unterwäsche. Nur mußt Du uns schreiben, daß Du die Wäsche samstags zu einer bestimmten Zeit bringst, dann können wir uns einrichten und Dir die schmutzige Wäsche gleich zurückgeben. Wenn nicht, mußt Du sie an der Kammer verlangen. Sonst wird sie hier in der Anstalt gewaschen – gegen Bezahlung natürlich.
Die Strümpfe schicke ich zurück, sie sind nicht schmutzig, nur hast Du vergessen, die Löcher zu stopfen. Das mit Blut verschmierte Taschentuch mußt Du nicht mehr schicken, damit habe ich Ungeziefer kaputtgedrückt. Das Taschentuch steckt in den kaputten Strümpfen.
Ich habe noch einen neuen Arbeitsanzug in E. Wenn Vater will, könnte er ja mit C. Peter hinspazieren und ihn holen. Er soll nach Maschinenmeister Ludwig B. fragen. Der Anzug hängt neben der Magazintür in der Werkstatt. Wenn nicht, es ist jetzt schon so viel zum Teufel, soll der auch gehen.
Aber Jupp könnte mal auf unser Büro gehen, Großher-

zog-Friedrich-Straße, und fragen, ob er mein Urlaubsgeld für sechs Tage bekommt. Urlaub habe ich ja genug! Ich weiß nicht, wann ich heimkomme und ob der Urlaub nicht verfällt im nächsten Jahr. Das Geld könnte ich brauchen, wo ich doch sonst keines mehr habe. Wenn Jupp das Urlaubsgeld bekommen sollte, dann kannst Du zwei oder drei Raten auf den Gasherd bezahlen. Ich glaube nicht, daß H. den Ofen zurücknimmt. Aber es ist ja nicht unsere Schuld, daß wir jetzt nicht weiterzahlen können. Gebt mir bitte Auskunft darüber.
Liebe Schwester, so wie wir auseinandergerissen sind – das tut weh. Warum kommst Du uns nicht besuchen?
(Anmerkung: Paul weiß noch nicht, daß Besuchssperre verhängt wurde.)
Hast Du auch noch keinen Rechtsanwalt für uns? Geh bitte zu dem Mann am Kalkwerk und frage ihn um Rat, auch um einen Rechtsanwalt. Grüß ihn von meiner Frau und mir, er kennt uns sehr gut.
Sage Vater und Jupp, sie sollen mir nicht böse sein, weil ich mich immer an Dich wende. Du, liebe Schwester, bist mir doch am nächsten, außer Vater, und der ist doch schon zu alt, um das alles zu erledigen. Schreibe mir immer ausführlich, damit ich beruhigt bin über alles, was zu Hause passiert. Und schreibe mir immer, welchen Brief Du bekommen hast. Das ist Brief Nr. 3 vom ... Dann weiß ich immer Bescheid.
Liebe Schwester, frage immer meine Frau, wenn Du ihr

schreibst, wie es ihr geht, und muntere sie auf, damit sie stark bleibt ... Ich möchte sie so gern sehen, wie muß sie aussehen ... Grüße sie herzlich von mir und teile mir immer alles mit, nicht nur auf zwei Seiten, wie in Deinem ersten Brief, liebe Valerie.
Wann ist denn Kirmes, am 7. oder am 14.? Wenn dieser Brief euch noch vor Kirmes erreichen sollte, dann weißt Du ja Bescheid. Schlachte die Hasen, Vater ißt das Fleisch ja gern und ihr sicher auch ... Nur laßt mir die graue Mutter, die jetzt Junge hat ...
Ich bitte Dich, tue für mich, was Du kannst. Ich werde es Dir nie im Leben vergessen. Und nun kommen die Tränen. Viele Grüße an euch alle
Paul

Der folgende Brief wurde ebenfalls beschlagnahmt. Da die Akten bis heute unter Verschluß waren, hat Paul ihn nie zu Gesicht bekommen.

Valerie an Paul:

Lieber Bruder!
Als ich Dir am Samstag ... die Unterwäsche brachte, wollte ich 10 Mark, die Großvater mir gegeben hatte, für Marie einbezahlen. Du schreibst mir ja, ich sollte das besorgen. Ich erhielt aber den Bescheid, daß nur mittwochs zur Besuchszeit Geld angenommen wird. Als ich

das heute erledigen wollte, erfuhr ich von dem Kassenbeamten, daß Du Dein Geld mit Deiner Frau geteilt hast. Das Einzahlen war insofern schwierig, als ich mir einen amtlichen Befugnisschein besorgen sollte, ich weiß selbst nicht mehr, von wo. Lieber Bruder, ich habe also nichts einbezahlt, werde es aber unverzüglich tun, sobald euer Geld alle ist.

Ich habe Dir ein neues Hemd gekauft, und wenn Du wieder schreiben darfst, so teile mir bitte mit, was Du noch nötig hast.

Ich war auch heute bei Rechtsanwalt Dr. K. Ich konnte dem Herrn keine Aufklärung geben, weil ich ja nichts weiß. Sollte die Sache ins Politische gehen und würde in Berlin verhandelt werden, würde der Rechtsbeistand 600-800 Mark kosten. Schreibe mir bitte, wie Du Dich dazu stellst. Soll Vater eine Hypothek auf sein Haus nehmen?

Lieber Bruder! Die Besuchszeit ist vorläufig gesperrt. Aber in Gedanken sind wir immer beisammen.

Auf baldiges Wiedersehen und viele Grüße von uns allen

Deine Schwester

I **Da** stehe ich in Pauls winzigem Wohnküchenkabinett und rätsele, wie hier ein Tisch, eine Herdplatte, Regale und ein Schrank Platz finden konnten. Es gab sogar ein Sofa, am unteren Ende abgesägt, die Füße versetzt. Zahlreiche Bohrlöcher in der Wand zeugen noch vom ausgeklügelten System der Wandhalterungen, mit dem Paul das Kellerloch in eine Wohnung verwandelt hatte.
Im Sommer sogar mit Bad, dann nutzte Paul die Waschküche, die nicht beheizbar war. Die Gemeinde hatte nach dem Krieg ein öffentliches Wannen- und Brausebad eingerichtet, unwahrscheinlich, daß es bei Pauls Einzug in den fünfziger Jahren noch existierte. Neben der Zinkwanne, in der ich den Fahrradschlauch untersucht hatte, hing Pauls kleiner Spiegel und ein Regal für Zahnputzzeug und Rasierutensilien. Das alles ist verschwunden, und immer wieder der altbekannte Täuschungseffekt: Zimmer, Türen, Treppen, Hof, Garten – die Erinnerung malt sie höher, breiter, weitläufiger. Wie kommt sie zustande, die Macht des Kindergedächtnisses, als wäre ich später nie mehr dort gewesen, hätte nicht dort gewohnt, als Beine und Arme längst ausgewachsen waren? Die erlebten Dimensionen der Fünfjährigen haben sich im Gedächtnis eingebrannt, eine Korrektur scheint nicht mög-

lich. In Pauls Kellerquartier empfinde ich das Mißverhältnis zwischen den realen Raummaßen und meiner trügerischen Gedächtnisleistung als besonders kraß. Vor allem, daß ich die Zimmerdecke berühren kann, obwohl ich eher zu den kleinen Menschen zähle.
In der Kammer nebenan stand das dunkel gebeizte Bett, das Paul vom alten Vatter, dem frühen Witwer, geerbt hatte. Keine Nacht legte er sich schlafen, ohne vorher die 7,5 mm-Pistole, eine Walther P 38, unter dem Kopfkissen zu überprüfen. Woher sie stammte, kann ich nicht sagen. Sein Luftgewehr stand ebenfalls griffbereit am Kopfende des Bettes an die Wand gelehnt. Die Waffen waren ein Dauerthema, wenn wir sonntags bei Kuchen, Kaffee und Kakao zusammensaßen.
Wie damals an Fronleichnam, als Tante Gertrud zufällig vorbeikam und spitz bemerkte, daß sie meinen Bruder und mich bei der Fronleichnams-Prozession vermißt habe, ob das Pauls Einfluß zu verdanken sei. Als sie beim Schmuckdienst die Pfingstrosen zum Hauptaltar brachte, habe sie gehört, bei Paul dürften die Kinder mit Waffen spielen.
– So ein Quatsch, empörte sich meine Mutter, wer hat das behauptet?
Tante Gertrud hielt sich bedeckt und gab ihre Informanten nicht preis.
Ich wollte gerade sagen, daß man im Fechinger Schwimmbad auch beten könne, und ob sie denn beten konnte,

wenn sie uns beide unter Hunderten von Pfarrkindern gesucht habe, da stieß Oma Ria mich mit dem Fuß an, meine aufsässige Miene war ihr nicht entgangen.
Tante Gertrud verdrückte zwei Stücke Torte, belegt mit den Erdbeeren, die ich im Eisenbahnergarten gepflückt hatte, und bei jedem Bissen bedauerte ich, daß die Erdbeeren keine Gräten hatten.
– So eine bigotte Tratschtante, sagte meine Mutter, als die Tür hinter ihr ins Schloß gefallen war.
– Reiß dich zusammen! sagte Opa Jupp zu meiner Mutter, und zu uns: Kein Taschengeld nächste Woche!
Das war typisch. Wir sollten brav in die Kirche gehen, aber er war im Feuerbestattungsverein, weil er nicht an seine Auferstehung glaubte. Gleichzeitig schimpfte er auf den Pastor, weil der ihn wahrscheinlich nicht beerdigen würde.
Aber die Waffen? Was war mit den Waffen? Niemand konnte bestreiten, daß es sie gab.
– Paul hat Angst, daß ein Einbrecher ihm seinen Blechteller klaut, spottete mein Großvater.
Meine Großmutter wies ihn zurecht, sie verstand keinen Spaß, wenn es um Paul ging, nahm ihn in Schutz, als sei er immer noch der kleine Bruder, dem sie einst die Mutter ersetzt hatte. Aber auch sie machte sich Sorgen: Wer weiß, was da passieren kann.
– Bei der Tonne Schlaftabletten, die er verdrückt, hat der Einbrecher ihn mit seiner eigenen Waffe dreimal kalt-

gemacht, bevor er aufwacht. Paul schläft doch wie tot. So oder ähnlich mein Bruder.

Darauf meine Mutter: Wie du redest! Wer hat dir solche Ausdrücke beigebracht? Das kommt vom Fernsehen. Wahrscheinlich hat Paul sein Leben lang bereut, daß er keine Waffe zur Hand hatte, damals, als sie ihn abgeholt haben.

Eine erstaunliche Bemerkung, wenn man bedenkt, daß meine Mutter streng pazifistisch eingestellt war, sich samstags um zwölf Uhr beim ersten Sirenenton die Ohren zuhielt und ihre Berliner Bombennächte beschwor. Ganz zu schweigen davon, daß sie es als Fluch empfand, in einer Firma arbeiten zu müssen, die neuerdings wieder Waffen produzierte.

– Und wenn Paul sich selber etwas antut? (Jetzt war ich dran.) Mir hat er gesagt, lieber knallt er sich ab, bevor er auch blind wird. Ein entfernter Onkel war gerade aus dem Krankenhaus entlassen worden, wo man ihm nicht mehr hatte helfen können, er war erblindet.

– Mumpitz, sagte Oma Ria, der Pat Michel ist von der Arbeit im Kalkwerk blind geworden. Das ist keine Erbkrankheit.

Mein Bruder sagte noch: Wenn Paul weiter rumhantiert mit den Dingern, geht mal spontan eine Kugel ab, dann ist er wirklich blind.

– Woher hast du das schon wieder? Meine Mutter ereiferte sich. Du bleibst jetzt mal vier Wochen nachmittags zu Hause. Wehe, ich erwische dich beim Robert Erdmann.

Erdmanns hatten als erste in der Straße einen Fernseher bekommen, seither behauptete mein Bruder, Robert sei sein bester Freund und er müsse täglich Mathe mit ihm üben.

– Schluß der Debatte, verkündete mein Großvater. Paul soll endlich die Waffen aus dem Haus schaffen. Wir leben in einer friedlichen Demokratie, das hat er verschlafen. So wie er gestern den Zahnarzt verschlafen hat. Und die Tabletten sollte man ihm auch wegnehmen, sonst hat er bald keinen echten Zahn mehr im Maul.

– Sei still. Mit Zähnen macht man keine Witze. (Valerie hatte ihre Lektion gelernt.) Aber in der Sache geb ich dir recht. Wer sagt es ihm?

Sie wußte schon, worauf es hinauslaufen würde. Niemand forderte Paul jemals nachdrücklich auf, etwas zu ändern.

Es endete damit, daß die Zielscheibe von der Aborttür im Hof entfernt wurde, und daß man uns Kindern verbot, Pauls Schlafzimmer zu betreten.

Ich war aber heimlich dort, als die Katze im Herbst Junge bekam und der Katzenkorb unter Pauls Bett stand. Ich weiß, daß ich Angst davor hatte, die Alte würde plötzlich aufs Kopfkissen springen und es könnte sich ein Schuß aus der Pistole lösen. Aber die Mutter war belagert von vier saugenden, quietschenden nackten Wesen, die sie

unablässig lecken mußte, ihr stand nicht der Sinn nach großen Sprüngen.
Kurze Zeit später erzählte mir mein Bruder unter dem Siegel der Verschwiegenheit, er habe mit Pauls Luftgewehr, Marke Diana, auf die Ratte geschossen, die im Schuppen hauste. Paul habe sie dann im zweiten Schuß erledigt. Der Schwanz sei lang, dick und glatt wie eine Schlange gewesen. Er habe überlegt, ob er ihn abschneiden und der Frau vom Hochstätter Ewald ins Bett schmuggeln solle. – Warum? – Die reden immer schlecht über Paul. – Woher willst du das wissen? – Ach, egal, der Schwanz ist sowieso zu eklig, den schneid ich nicht ab ...
Die Sache mit Hochstätter Ewald mußte er irgendwo aufgeschnappt haben. Später erfuhr ich, daß Paul von Ewald zur Zeit der zweiten Saarabstimmung 1955 bei einer Versammlung im Saal der Wirtschaft Kranz zusammengeschlagen worden war. – Du mit deinem Franzosenliebchen, bist du überhaupt ein Deutscher, du warst doch schon immer ein Vaterlandsverräter, die wußten schon, warum sie dich einlochen, soll Ewald gesagt und dann zugeschlagen haben.
Drei Männer gingen dazwischen und beschimpften Ewald als Ewiggestrigen, der jetzt wieder Morgenluft wittere. Es endete in einer wilden Saalschlacht, ähnlich wie damals, 1934, als ein paar Braune am Tresen aufgefordert wurden, ihre Uniform auszuziehen, weil der Völkerbund Naziuniformen verboten hatte. Die Braunen

betrachteten sich als denunzierte Opfer, grölten das Horst-Wessel-Lied, bis die Biergläser zitterten und schworen Vergeltung: Ihr werdet schon sehen ... am 13. Januar, da könnt ihr euch aber warm anziehen ... Nieder mit den Verrätern! Deutsch die Saar – Immerdar! Sieg Heil!

– Noch ist gar nichts entschieden, da wird erst mal abgestimmt, soll Paul gesagt haben, bevor die Schlägerei losging.

Und ganz so deutsch, wie man es damals gern gesehen hätte, war Paul tatsächlich nicht.

Seit 1918 stand das Saargebiet unter der Verwaltung des Völkerbundes. Die Saarländer hatten bis 1935 Zeit, sich zu entscheiden, ob sie zu Frankreich oder wieder zu Deutschland gehören wollten. Sie wollten nicht zu Frankreich, doch unglücklicherweise kam in Deutschland Hitler an die Macht. Die ersten jüdischen Flüchtlinge trafen ein, der Strom der politischen Emigranten riß nicht ab, das Saargebiet wurde zum internationalen Hoffnungsträger des Widerstandes gegen die neue Diktatur im Reich. Was tun?

Paul und Marie, wie so viele damals, wünschten sich eine Zwischenlösung, einen vorläufigen Verbleib unter der schützenden Hand des Völkerbundes, den sogenannten »Status quo«. Von den Nazis, die nicht offen auftreten durften und sich deshalb in der Deutschen

Front organisierten, die sie zur nationalen Sammlungsbewegung ausbauten, wurden sie als Separatisten und Vaterlandsverräter diffamiert.

Auch die Mutter mußte herhalten. »Deutsche Mutter, heim zu dir«, warben die Plakate an den Hauswänden, säuselte der Führer, bevor er drohend seine Stimme anschwellen ließ. Am Ende einer »gigantischen« Propagandakampagne, die von Berlin aus gesteuert wurde, begleitet von Einschüchterungsmaßnahmen und Terror, stimmte die große Mehrheit 1935 für die sofortige Rückgliederung an Deutschland.

Paul wollte nicht zu dieser vierschrötigen Mutter, wollte nicht zum Führer. Es war nicht nur die Stimme, die ihn abstieß, nicht nur die Politik. Diese deutsche Mutter war das Gegenbild zu Pauls Mutter, meiner Urgroßmutter Katharina, die aus dem Département Moselle stammte, von zartem, feingliedrigem Körperbau war, mit leicht dunkel getöntem Teint und kastanienfarbenem Haar.

Und viele Jahre später machte Paul beim Tod seines Vaters noch eine Entdeckung. Als er nach dem Begräbnis den Kleiderschrank ausräumte, fand er in einer Zigarrenkiste eine gelbliche Urkunde, aus der hervorging, daß nicht einmal sein Vater ein besonders echter Deutscher gewesen war. Dessen Großvater nämlich war geboren den »24. Germinal achtes Jahr«, und es wurde bescheinigt, daß er »nach den hier geführten Listen die preußische Staatsangehörigkeit nicht erworben hat.«

Paul zeigte seiner Schwester das Dokument, und Valerie sagte mit einem Achselzucken: Na, und? Da sind wir nicht die einzigen. Mal hin, mal her ... Als mein Großvater die Urkunde begutachtete, sagte er: Ich wußte ja schon immer, daß ihr unsichere Kandidaten seid. Er grinste. War das nun ernst oder ironisch gemeint? Der republikanische Revolutionskalender in der Ahnentafel seiner Frau und seines Schwagers: war er stolz auf ihn, weil er in sein sozialdemokratisches Weltbild paßte, oder beunruhigte er ihn, weil der deutsche Beamte Komplikationen witterte?

Doch zurück zu jener Zigarrenkiste, in der das Fundstück verwahrt wurde. Paul fand dort auch ein Foto seiner Mutter. Nicht das Foto überraschte ihn, seit ihrem frühen Tod hing es vergrößert hinter Glas in der Schlafkammer seines Vaters. Paul sah, daß das kleinere Original den Schriftzug eines Straßburger Fotostudios trug, und auf der Rückseite befand sich eine mit Bleistift geschriebene Widmung »Nie mehr, Liebster?«

Was sollte das bedeuten? Es war die Schrift seiner Mutter, die in Straßburg gestorben war, offenbar wußte sie vorher schon um den Ernst ihrer Erkrankung. Warum hatte ihm niemand erzählt, wie es um sie stand? Später war er mit Marie einmal nach Straßburg gefahren, 1929 muß das gewesen sein, die Erinnerung gibt ihm einen Stich. Diese fein gezogenen Schriftzüge rühren ihn auf merkwürdige Weise. Eine angstvolle, die

Trauer vorwegnehmende Liebeserklärung, adressiert an seinen Vater, der doch ein Rauhbein war, zumindest in Anwesenheit der Kinder. Und ihre Schrift erinnert ihn an eine andere Schrift, ja, sie hat Ähnlichkeit mit Maries Schrift, eine schlanke, rechtsläufige Schrift mit ausgeprägten Oberlängen.

Paul sieht Maries Briefe vor sich, die Kassiber, geschrieben in der Zeit der bohrenden Angst, das einzige, was ihnen geblieben war. Das Herzklopfen jedes Mal, damals, in den ersten Wochen der Untersuchungshaft, wenn der Überbringer ihm etwas zusteckte. Bis zu Maries unerwartetem Geständnis. Plötzlich war der Briefkontakt abgebrochen. Dann die Gegenüberstellung, das Doppelverhör. Wie blind sie in die Falle der »heimlichen« Korrespondenz getappt waren. Nein, er nicht. Er hatte von Anfang an ein mulmiges Gefühl gehabt, war im Codieren geschickter vorgegangen als sie.

Der neue Gestapomann aus Berlin, erst so zivil, fast freundlich. Die Tasse Bohnenkaffee, die er ihm anbot. Das Versprechen: die »letzte Chance für mildernde Umstände«. Er wußte, daß es gelogen war, aber plötzlich hatte er wahnsinnige Angst, schlecht war ihm vor Angst, der Schweiß lief ihm vom Hals über den Rücken, der Hosenbund war klitschnaß. Das Zimmer war völlig überheizt, die Fenster geschlossen. Dieser Schwächeanfall. Er wollte nicht sterben.

Aber es war zu spät. Marie hatte bereits zugegeben, daß

sie es war, die den Einbruch organisiert hatte. Nun hing er mit drin. Der Schlüssel ...

Warum ihr Geständnis? Warum war sie nicht stark geblieben? Ihr Alibi war doch hervorragend organisiert. Vielleicht würde sie heute noch leben ... Tausend Mal hat er sich diese Frage gestellt: Warum? Hat man sie gequält, erpreßt, mißhandelt? Aber davon schrieb sie nichts. Wie auch, sie wußte, daß ihn das um den Rest Schlaf gebracht hätte, und sie mußten ihre Kräfte schonen ... Oder hatte sie noch andere Briefe geschrieben, unvorsichtig, wie sie sein konnte in der Euphorie, aber auch in der Verzweiflung? Briefe, die abgefangen wurden, die er nie zu Gesicht bekam und die man ihr dann triumphierend im Verhör präsentierte? Etwas Schlimmes mußte passiert sein, sonst hätte sie kein Geständnis abgelegt. Die halbe Wahrheit zwar nur, aber genug, um das Leben zu verspielen.

Ach, es war doch alles so gut abgesprochen gewesen. Er hatte die braunen Gefängnistüten in kleine Schnipsel gerissen, nach jedem Verhör Fragen und Antworten notiert, sortiert, auswendig gelernt. Warum war Marie schwach geworden?

Aber die ganze Wahrheit bekamen sie nicht heraus, diese Genugtuung bleibt. Und am Ende war Marie dann doch stark geblieben. Sie kamen ihr nicht auf die Schliche, gaben sich voreilig zufrieden mit dem, was sie nach wochenlanger »gekonnter« Vernehmung für die

Wahrheit hielten. Sie waren raffiniert, zugleich dumm und eitel. Rache für Hackmanns Schlappe – das war ihr Ziel, damit gaben sie sich zufrieden. Revanche gegen den Erbfeind. Eine geständige Schuldige, ein geständiger Helfer ...

Am schlimmsten war das Wiedersehen im Gerichtssaal, neun Monate später. Das letzte Wiedersehen. Furchtbar sah sie aus. Und jetzt schützte sie ihn. Bis zum Ende. Nahm alles auf sich. Aber was änderte das? Besser, er wäre mit ihr gegangen – Halbwahrheiten, unehrenhaftes Leugnen wären ihr erspart geblieben. Sie war mutiger gewesen als er, das schmerzt, macht ihm manchmal Wut gegen sich selber, er schämt sich ... Nein, es war nicht möglich. Die Angst war zu groß gewesen.

Andererseits, wenn die Geständnisse komplett gewesen wären, hätten sie Frankreich geschadet. Sie glaubten an Frankreich, hätten nicht für möglich gehalten, es könnte einmal nachgeben, einen Separatfrieden schließen ...

»Nie mehr, Liebster« – ohne Fragezeichen – wie wahr, die Wahrheit seines eigenen Lebens. Er haßt plötzlich dieses Fragezeichen seiner Mutter, das ihn sekundenweise in die hoffende Irre geführt hat.

Paul hält immer noch das Foto in der Hand, dreht es von der Vorderseite auf die Rückseite und umgekehrt. Er erinnert sich an einen seltsamen Vorfall mit seinem Vater. Er hatte ihn samstags abends überrascht, kam früher als angekündigt vom Geburtstag eines Kollegen

aus der Wirtschaft nach Hause. Er hörte den Vater oben im Schlafzimmer und dachte, da ist jemand bei ihm. Die Stimme klang eigenartig und fremd. Er öffnete vorsichtig die Schlafzimmertür. Dort kniete sein Vater vor dem Foto, das gerahmt an der Wand hing, schüttelte die Fäuste und weinte: »Warum? Warum?«
Paul kann dieses schlimmste aller Wörter nicht mehr ertragen. Er legt das Foto zurück, geht in den Hof und beginnt Holz zu hacken, haut mit der Axt die dicksten Klötze auf den Holzbock. Noch besser geht es mit Metall, ein Stück Werkzeug muß her, wird plattgeschlagen. Paul wimmert vor Erschöpfung. Er legt sich aufs Bett und möchte nie mehr aufwachen. In der Nachttischschublade liegen die Tabletten.

Zugegeben, Tatsachen, Ahnungen und Phantasie vermischen sich.
Daß Paul beim Fund der Zigarrenkiste an Maries Briefe dachte, kann ich nicht wissen, weil er nie mit mir über sie gesprochen hat. Ich hätte nie gewagt, ihn nach Marie zu fragen, alle Versuche endeten weit im Vorfeld. Ein Mehrfachpanzer kann nur von innen aufgebrochen werden, da kannte ich mich aus, der »Froschkönig« war lange Zeit mein Lieblingsmärchen. Der treue Heinrich hatte die drei eisernen Bande um sein Herz gelegt, damit es ihm nicht »vor Weh und Traurigkeit zerspränge«; sie lösten sich erst im Moment der Freude, als er

sah, daß sein geliebter Herr erlöst und glücklich war. Aber die Erlösung gab es nur im Märchen, diesen Unterschied hatte ich früh begriffen.
Maries Handschrift ist so, wie ich sie beschrieben habe, eine klare, flüssige, rechtslaufende Schrift, rhythmisch gegliedert. Der Archivar bringt mir die Akte, ich öffne den bräunlichen Umschlag, sehe Maries Schrift vor mir, das lebendige Pulsieren der Zeichen, Linien, Bögen, Rundungen, hier ein kühner Aufwärtsschwung, dann ein Abgleiten in die Ermüdung. Marie steht neben mir und schaut mir über die Schulter, ein Energiefeld baut sich auf, es erinnert mich an eine Übung im Qi Gong. »Reibe die Handherzen«. Die Hände berühren sich nicht, ein kribbelnder Wärmestrom fließt durch die Arme hin zum Herzen.
Ich bleibe länger in Berlin als geplant. Die Korrespondenz ist umfangreich, mein Notizbuch füllt sich. Wichtige Stellen kopiere ich von Hand. Anfangs hemmt mich die ungewohnte Nähe zu Paul, doch bald stellt sich ein Gefühl selbstverständlicher Intimität ein, das mich überrascht.
In der Untersuchungshaft besteht strenge Kontaktsperre zwischen Paul und Marie. Sie versuchen, heimlich miteinander zu korrespondieren, anfangs in aller Vorsicht, vermuten, zu Recht, daß die Kassiber abgefangen oder zumindest kontrolliert werden. Sie flechten politisch korrekte Bemerkungen ein und stricken an Legenden,

das wird schnell klar. Nachdem der Kontakt hergestellt ist und scheinbar gut funktioniert, fühlen sie sich sicherer. Die Angst, sich bei den getrennten Verhören gegenseitig in Widersprüche zu verstricken, treibt sie weiter. Die Kassiber, von denen die meisten ihre Adressaten erreichen, werden zuvor abgefangen, von der Gefängnisaufsicht kopiert und die Kopien an die Gestapo übergeben. Auf der Stapostelle werden sie ausgewertet, dann weitergeleitet an den Oberreichsanwalt beim Volksgerichtshof in Berlin, der das Ermittlungsverfahren an sich gezogen hat. Leider sind die ersten Kassiber Maries nicht erhalten, Paul hat sie vernichtet in der Furcht, sie könnten entdeckt werden.

Aus den Kassibern (II)

Paul an Marie:

Liebe Frau! Ob Du diesen Brief wohl bekommst, ich hoffe es so sehr …
Meine Schwester hat endlich geschrieben. Aber stell Dir vor, Valerie sagt, sie hat schon einmal geschrieben. Der Brief kam nicht hier an. Meinen ersten Brief hat sie auch nicht bekommen. Muß wohl nicht durch die Zensur gegangen sein. Ich verstehe das nicht. Wir haben doch nichts getan. Unser Führer Adolf Hitler saß auch unschuldig im Gefängnis, jawohl, und hat dort das große Buch geschrieben »Mein Kampf«. Und wir wollen uns auch durchkämpfen, gelt? Ich hoffe, Du bekommst dieses Zeichen von mir, vielleicht können wir uns sogar öfter schreiben, wir warten es ab …
So, nun will ich schließen. Sollten wir uns aber nicht mehr schreiben können, Du weißt ja, ich habe mich fest entschlossen, stark zu bleiben bis ans Ende. Die können uns ja nicht ewig hier behalten.
Bis wir uns wiedersehen – Dein Dich treu liebender Mann.
Sei nicht traurig, Liebling, wir sehen uns bald, ich ahne es. Mut! Stark bleiben! Und sei tausendmal geküßt von Deinem P.

Paul an Marie:

Liebe Frau! Ich bin heute zum Hauptwachtmeister gerufen worden. Er hat mir viele Fragen gestellt, weswegen ich hier wäre usw. Da habe ich ihm alles erzählt, über diesen Einbruch bei dem Sch...Hackmann, und daß wir unschuldig sind. Er sagte, er könne nicht verstehen, warum man mich so streng halte. Einzelhaft, kein Spaziergang, kein Kirchgang. Als ich eingeliefert wurde, habe er Gemeinschaftshaft angeordnet, aber dann sei der strenge Haftbefehl von der Gestapo gekommen. Er sagte, er habe mich schon eher kommen lassen wollen, aber er habe so viel im Kopf und um die Ohren, schwerere Fälle, Landes- und Hochverrat usw.!
Ich habe ihm gesagt, daß Du krank bist und daß ich gerne Auskunft hätte über Deinen körperlichen Zustand und Deine Beschwerden. Er meint, schreiben dürfe ich Dir auf keinen Fall. Aber er hat alles notiert und will anfragen, was sich da machen läßt.
Und Du, sei vorsichtig. Wie ist das mit dieser Frau und dem Überbringer? Du weißt ja, die Gestapo ist raffiniert, das ist Spezialpolizei, die versuchen alles und tun ganz harmlos. Die Frau soll am besten alles in der Heizung verbrennen, Du darfst nichts aufbewahren. Jetzt lege ich mich hin, es ist 22 Uhr, ich bin müde vom Schreiben im Stehen. Gute Nacht, mein liebes Kind, aber leider ...
Dein Dich liebender Mann

Paul an Marie:

Guten Morgen, Liebling! Mit großer Freude habe ich Deinen Brief erhalten und weiß jetzt, daß Du wohlauf bist und guten Mutes.
Aber jetzt kommt das Wichtigste: Nachdem ich beim Einkauf war, komme ich zurück in die Zelle und will meine Sachen in den Schrank stellen, Hartwurst, Honig, Brot, da sehe ich, daß der Brief, den Valerie mir geschickt hat, fort ist. Sofort hatte ich einen Verdacht. Aber was wollen sie mit dem Brief meiner Schwester? Die Briefe von draußen gehen ja durch die Zensur. Beim Brief meiner Schwester war noch etwas zwischen Futter und äußerer Wand des Umschlags, jetzt mache ich mir Sorgen. Ich habe sofort dem Wachtmeister gemeldet, daß der Brief verschwunden ist und wollte wissen, wieso. Der fragt, wie ist das denn möglich, sehen wir doch mal genau nach. Aber er wurde rot im Gesicht. Ich habe gemeinsam mit ihm Spind, Bett, Kleider nachgesehen, der Brief blieb verschwunden. Dann ging er und sagte, er wolle sich darum kümmern. Ich hatte Angst, sie würden wiederkommen und mich untersuchen, ich hatte doch Deinen Brief noch an mir. Ihn in den Kübel zu werfen, war zu gefährlich. Da habe ich ihn in drei Teile zerrissen, naß gemacht, ein bißchen Honig dazu, und jedes Stück gut gekaut, dann alles runtergeschluckt. Den finden sie nicht mehr.

Dann habe ich mich angemeldet zum Hauptwachtmeister. Der Wachtmeister aber hat gesagt, warte noch bis heute mittag, ob der Ablöser etwas davon weiß. Mittags habe ich den Ablöser gefragt, der hat mich fast gefressen. Ich bestand darauf, zum Hauptwachtmeister vorgelassen zu werden, aber der Ablöser schlug die Tür zu und fertig. Warum nur wurde mir dieser Brief im Nachhinein weggenommen?

Ich habe den Hauptwachtmeister jetzt in Verdacht, daß er mich gestern bloß pro forma zu sich rufen ließ und schön getan hat, während jemand anderes meinen Spind untersucht hat. Weil er sonst nichts fand, hat der Dummkopf den Brief meiner Schwester mitgenommen, so etwas Blödes. Jetzt bin ich mal gespannt, ob der Hauptwachtmeister sich tatsächlich um uns bemüht, oder ob es nur eine Ablenkung war, damit sie suchen können. Du wirst ja merken, ob er Dich über Deinen Gesundheitszustand befragt. Bitte, gib mir Bescheid.

Ist vielleicht bei Dir etwas festgestellt worden über unsere Schreiberei? Mir kommt das sehr sonderbar vor, liebe Frau. Bitte vernichte alles gut, wirf auf keinen Fall etwas in den Kübel. Ich rate Dir zur größten Vorsicht, Liebste. Laß Dir nicht schönschwätzen, laß Dir nichts versprechen, von wegen, Du kämest frei, wenn Du dies oder jenes sagst.

Bleibe immer bei denselben Aussagen! Das ist ja die Wahrheit.

Sei vorsichtig beim Lesen! Du kannst doch hoffentlich alles lesen, die Zettel sind numeriert. Schön schreiben geht nicht, man muß ja immer in Angst schreiben. Hebe alles nur solange auf, bis Du es Dir eingeprägt hast.
Morgen sind wir fünf Wochen hier, aber, liebste Frau, den Mut darf man nicht sinken lassen, das müssen wir uns immer wieder vor Augen halten. Ich habe heute viel geschrieben, weil es vielleicht das letzte Mal ist, wer weiß, ob sie jetzt etwas entdecken. Ich muß schnell schließen. Kaufe Dir unbedingt Honig und trink immer Deine Milch.

Marie an Paul:

Mein lieber Mann! Deinen schönen großen Brief habe ich heute abend noch erhalten. Vielen Dank dafür. Ich bin ja so glücklich, wenn ich etwas von dir höre, dann bin ich immer wieder getröstet. Ja, Zahnbürste und Pasta habe ich. Milch bekomme ich jeden Tag einen halben Liter, die will ich auch trinken, und Brot habe ich genug, sogar Weißbrot von der guten Frau.
Auf Deine Frage zu dieser Frau: Wir beide sind allein auf der Zelle. Wir verstehen uns sehr gut. Das ist auch eine schwergeprüfte Frau, die einen Mann und zwei Kinder zu Hause hat. Sie ist auch diesen Menschen in die Finger gefallen und sie hat auch, wie ich, noch nie mit der Justiz zu tun gehabt. Man hat ihr zwei Jahre aufgebrummt

wegen Schmuggel und Devisenvergehen. Manchmal möchte sie verzweifeln, weil sie so ungerecht und hart verurteilt wurde. Zweifel an ihr und dem Überbringer gab es anfangs schon, aber es sind ja nicht die ersten Briefe, die er ihr übermittelt. Deshalb ruhig sein und vertrauen ...
Paul, wenn Du noch eine wichtige Frage an mich zu stellen hast, dann tue es schnell. Die Frau kann jeden Tag nach Hause kommen, ihr Mann liegt im Krankenhaus vor einer Operation, man wird sie für ein paar Tage beurlauben. Sie wird uns nie etwas zuleide tun, denn dafür bekommt sie doch keinen Dank. Obwohl sie sich ganz groß opfert für uns. Sie will für uns einen Schritt tun, den wir ihr in unserem ganzen Leben nicht vergessen werden und nicht mit Geld bezahlen könnten ...
Der Brief, den die falsche Hackmann in meine Tasche geschoben hat, und der Einbruch, die sind das Verhängnis, von dem wir ja gar nichts wissen.
Der Einbruch muß von großem Wert gewesen sein, sonst hätten mich die höheren Herren nicht verhört.
Paul, ich habe alle Deine Schreiben sehr gut verstanden. Es ist mir alles klar. Wenn Du Dir über etwas noch nicht ganz sicher bist, so frage mich schnell. Es geht hier alles auf sicherem Wege vor sich, lieber Papa! Wenn der Brief in die Hände der Gestapo geraten wäre, was meinst du, was da schon alles geschehen wäre?
Kleider und Wäsche habe ich genug, darüber mach Dir keine Gedanken.

Mein Lieber! In der ersten Zelle, in der ich lag, habe ich auch die Bekanntschaft von Wanzen gemacht. Aber hier sind keine, sonst wäre die Frau schon zum Skelett abgemagert in dem Jahr, das sie hier liegt, denn sie sind sehr gut Freund mit ihr.
Das Briefpapier klaut uns die Frau vorne im Büro. Sie genießt hier großes Vertrauen. Das ist die einzige Sünde, die sie hier begeht – nebst dem Briefschmuggel. Lieber Paul! In den kommenden Wochen erwarten wir vielleicht Besseres, als Du glaubst!
Du stehst im Bett, um am Fenster zu schreiben. Ich habe mein Bett auf dem Boden, damit ich nicht im Scheinwerferlicht liege. Die Frau nimmt die Heizung als Unterlage.
Also, mein Lieber, sei getrost und denke, daß mein Alles und Einziges nur die große Liebe zu Dir ist. Ich verbleibe immer Deine Dich liebende Frau.
Wenn Du vor mir hier rauskommst, dann denke bitte immer an mich, sonst sterbe ich hier.
Jetzt aber Mut, Mut! Und Hoffnung.

Paul an Marie:

Liebling!
Du hast Dir keinen Honig bestellt, lüge nicht, und außerdem: Wo soll die Frau eigentlich Weißbrot herbekommen? Diesmal will ich nicht böse sein, aber wenn Du das

nächste Mal – weißt ja Bescheid, dann komme ich zu Dir, dann gibt's ein paar Ohrfeigen, jawohl, Liebste. Also, Spaß beiseite: Kauf Dir beim nächsten Einkauf Brot, Hartwurst und Honig. Keine andere Wurst, die hält sich nicht in den stickigen Zellen. Um Geld mach Dir keine Sorgen, ich habe heute wieder meiner Schwester geschrieben.

Ich konnte Valerie aber nichts schreiben von Deiner Bitte, sie solle Deine Wäsche abholen usw. Das darf ich doch nicht von Dir wissen. Ich hab's ihr aber so ungefähr geschrieben, auch darum gebeten, daß sie uns schreibt, um wieviel Uhr genau sie die Wäsche samstags schickt, dann kann man sich immer gut einrichten, dann bekommt sie direkt von uns die schmutzige Wäsche an der Pforte, Du verstehst mich doch, Schatz?

Und dann, liebe Frau, schreib Deiner Mutter nicht. Wenn Du nicht schon geschrieben hast. Sie wird nur krank, und wer weiß, was sie von drüben – vielleicht ahnungslos – Schwerwiegendes zurückschreiben. Es ist besser, wenn sie gar nichts hört. So lange sind wir ja hoffentlich nicht mehr hier.

Es kann doch höchstens noch 14 Tage oder drei Wochen dauern, bis es zum letzten Verhör kommt. Dann müssen sie uns laufen lassen. Aber dann, Frauchen, dann wird Wiedersehen gefeiert! Wir haben ja nichts getan. Es ist eben so bei Spionage, beim geringsten Verdacht halten sie einen fest. Denk Dir nur, J. und N., die hatten doch

mit Hackmann gar keine Berührung, und trotzdem hat man sie festgenommen. Uns halten sie nur länger hier, weil der Idiot uns verdächtigt, wir hätten den Einbruch organisiert.
Ich habe jetzt den besten Mut, und Du nimmst ihn mir wieder in Deinem Brief. Du schreibst, gesetzt den Fall, daß ich zuerst von hier fortkäme, dann würdest Du sterben. O Liebling, warum sollte ich eher als Du von hier fortkommen? Wenn ich könnte, wie ich wollte, wärst Du längst daheim. Wenn doch nur erst mal eines von uns draußen wär, dann könnte man eher einander helfen. So sitzen wir beide fest und haben Kummer. Sollte ich zuerst heimkommen und meinen Grenzpaß wiederbekommen, dann würde ich Deine Unschuld beweisen. Ich würde den Täter finden, aber vorsichtig natürlich, nicht, daß sie mich drüben noch einsperren …
Und wenn man uns gleich lange hier behält, dann wollen wir treu und mutig dem Ziel ins Auge schauen. In meiner ersten Zelle stand ein Spruch an der Tür:

Nicht betteln, nicht bitten, welch bitteres Joch,
Nur tapfer gelitten, die Freiheit kommt doch!

Wollen wir's auch so machen, liebe Frau. Hier hat betteln und bitten ja auch keinen Sinn. Wir beten, Gott wird schon helfen …

▌Über die Felder laufen, immer weiter, zum Schwanenbusch, bis zum Wald hinauf, wo die Enge der Dörflichkeit sich in ein pittoreskes Heimatfoto verwandelt, der Blick sich nach Frankreich hinüber verlieren darf. Allmählich findet der Atem seinen Rhythmus, löst sich die Steife im Schultergelenk. Erstmals seit Tagen verspüre ich Hunger. Am Bahnhof, wo früher die Wirtschaft und der Saal des Turnvereins waren, befindet sich heute ein gediegenes Restaurant, dort werde ich einkehren.

Ein dörflicher Bahnhof als Dreh- und Angelpunkt der Verbindung zur Welt.

Hier stieg Marie in den Zug, um zu ihrem Bruder zu fahren, der wenige Kilometer entfernt hinter der Grenze Redakteur bei der Zeitung war. Von hier brach sie auf zu anderen Zielorten, wohin, war ihr Geheimnis.

Hier stieg Paul morgens ein, wenn er in die Stadt zur Arbeit fuhr.

Hier stieg Nickel Hackmann in den Zug, wenn er zum Treffen mit seinem Führungsoffizier von der Abwehrstelle Köln, Oberst Rudolph alias Steinbauer fuhr, oder, einige Zeit später, zum Rapport auf die Abwehrstelle Wiesbaden. Von hier startete er nach Luxemburg oder Basel, um auf neutralem Territorium Agenten, vorzugsweise aus der französischen Armee zu rekrutieren, wie jenen Leutnant G. aus dem Regiment Lunéville-Versailles, der Fall firmiert in den französischen Akten unter »Affaire de Versailles«.

Nickel Hackmann, das »schmächtige Kerlchen mit den affenähnlichen Zügen«, den die französischen Geheimdienste wegen dieses auffälligen Schönheitsfehlers »le Singe« nannten, den Affen, wie ich seit wenigen Tagen weiß. Auch ich bin hier in den Zug gestiegen, um nach Frankreich zu fahren, wo Hackmann bereits 1933 wegen Ausspähung des ostfranzösischen Grenzbefestigungssystems, der Maginotlinie, zu acht Monaten Gefängnis verurteilt worden war. Und als er 1934 freikam, suchte die französische Spionageabwehr dringend jemanden, der ihn aus nächster Nähe kontrollierte.

Das Restaurant ist gut besucht. An einem kleinen Ecktisch bin ich ungestört und kann Marie betrachten. Seltsam, wie wenig sie sich ähnelt auf den einzelnen Fotos. Das älteste zeigt sie mit zwei ihrer Schwestern, ein Brustbild im Querformat. Sie ist ein ernst blickendes junges Mädchen, vielleicht vierzehn Jahre alt, ohne den Anflug eines Lächelns. Trägt sie das Haar lang oder kurz? Man sieht es nicht, es ist straff nach hinten gekämmt oder gebunden, keine günstige Frisur für sie, das Gesicht wirkt breit und großflächig. Ihre Augenlider bedecken den oberen Rand der Pupille, als sei sie kurz vorm Einschlafen, ein Anzeichen des inneren Rückzugs? Oder der Fotograf hat sie im Moment des Zwinkerns erwischt. Sie trägt eine zugeknöpfte enge Strickjacke mit Zopfmuster und Stehkragen. Busen hat sie auch schon. Nein, fröhlich, unbeschwert wirkt sie nicht. Auf allen Fotos hat sie den Mund geschlossen. Vielleicht hat man ihr beigebracht: ein Mädchen zeigt nicht die Zähne.

Auf einem späteren Foto hat sie große, sanfte Augen, eine ebenmäßige Nase, die Gesichtsform ist jetzt eher oval.

Auf einem Foto, Hochformat, Anfang oder Mitte der zwanziger Jahre aufgenommen, trägt sie ein chices Charleston-Kleid mit V-Ausschnitt, dazu eine lange modische Perlenkette, ein Stirnband mit Federschmuck, Schuhe mit Absätzen und Riemchen. Das Gesicht ein wenig zur Seite gedreht, wirft sie einen kecken Blick in die Kamera. Die Haare, dunkel und gelockt, sind asymmetrisch geschnitten, ein Ohr liegt fast frei, das andere ist knapp bedeckt, sie trägt Ohrringe. War es in Paris, auf einem Tanztee? Oder in ihrer Heimat, auf einem Kirmesball? Auf einer Familienfeier wohl kaum, dort geht es eher gesetzt zu, was Mode betrifft. Wer hat das Foto gemacht? Fragen ohne Antworten. Schade.

Das letzte Foto ist auf 1928 datiert. Marie, knapp dreißig Jahre alt und inzwischen fülliger geworden, sitzt auf einer Bank im Wald, links von ihr Jean-Claude, ihr Sohn, rechts Irene, meine Mutter, beide damals sechs Jahre alt, eng an Marie herangerückt. Den schattigen Hintergrund bilden hohe Buchenstämme, im Vordergrund sieht man Steine, Moos, Waldmeister und wilde Maiglöckchen. Vielleicht ist es der erste heiße Sommertag im Mai. Marie trägt ein geblümtes ärmelloses Kleid, modisch unauffällig, die Oberarme sind noch nicht gebräunt. Sie hat den Kopf ein wenig zur Seite geneigt und lächelt, schaut nicht in die Kamera, das Licht scheint sie zu blenden. Die Hände hat sie im Schoß übereinander gelegt, die Beine gekreuzt. Sieht so eine Frau aus, die wenige Jahre später in die Spionage geht? Schwer vorstellbar.

Irene blickt staunend, interessiert in die Kamera, sie ahmt exakt Maries Haltung nach, auch wenn die Beinchen etwas krampfhaft gekreuzt sind, da sie den Boden noch nicht erreichen. Beide tragen gute Schuhe bei ihrem Spaziergang im Wald, Irene weiße Kniestrümpfe, wahrscheinlich war es ein Sonntag. Jean-Claude hat eine Schachtel neben sich liegen, es könnte eine Zigarrenkiste sein, mit eingestanzten Löchern, um Maikäfer zu fangen. Jean-Claude umfaßt das Ende eines Stockes, der länger ist als er selbst, stolz, wie es scheint. Die Ärmel seines weißen Hemdes sind weit geschnitten. Wäre der Stock nicht, könnte man meinen, Jean-Claude trage ein Meßdienerhemd und habe die Hände zum Gebet gefaltet. Er trägt halbhohe Schnürstiefel, bestens geeignet, um im Wald zu stromern. Jetzt sitzt er auf der Bank, macht

Pause, die Beine gespreizt, locker baumelnd, als wollten sie gleich nach der Fotoaktion wieder lustvoll hin- und herschlenkern, den Buben ist das ja erlaubt.

Der alte Schalterraum des Bahnhofs ist nicht wiederzuerkennen. Die Räume scheinen unbewohnt. Diverse Möbelstücke, übereinander getürmt, ein Fahrrad, eine vertrocknete Topfpflanze, Kleingerümpel. Erstaunlich, daß es keine Gardine gibt, die das Interieur vor den Blicken der Passanten schützt. Haben sich die Sitten auf dem Dorf so verändert? Ein Spaziergänger klärt mich auf: Hier wird renoviert; das wird schön, wenn es fertig ist.
Rechts vom Schalterraum war früher der Durchgang zu dem düsteren Wartesaal, an dessen Wänden Holzbänke aufgestellt waren. Im Winter bullerte ein Kohleofen in der Ecke. Paul stand morgens bei den Erwachsenen im Vorraum, wir, die Fahrschüler, die in die Stadt zur höheren Schule gingen, besetzten den Wartesaal. Hier holte man sich vor einer Klassenarbeit den letzten Rat von einer, die schlauer war als man selbst – oder fleißiger. Hier wurden Hausaufgaben abgeschrieben, fiel einem plötzlich die Strafarbeit ein, die man gerne vergaß, weil ein Nachmittag zu kostbar war. Also, Heft heraus, die Schultasche dient als notdürftige Unterlage, der Füller schreibt nicht, ist leer, auch das noch, ausgerechnet jetzt. Ein klebriges Angstgefühl stößt Erinnerungstörchen auf.

Geschichtsunterricht. Oder war es Gemeinschaftskunde? Jedenfalls war es bei Herrn Dr. Dressler.
Oberstudienrat Dressler, bei dem sich das Weltkarussell immerfort um den Begriff Nation und Nationenbildung dreht, kontrolliert die Hausaufgaben, erwischt mich, läßt seinen dicken Schlüsselbund klirrend auf mein Heft plumpsen. Während ich versuche, mich von meinem Schreck zu erholen, befiehlt er mir, die Schlüssel zu zählen, als ob er mir die Zahlenreihe von eins bis zehn beibringen müßte. Niemand mag ihn, aber einige grinsen schon. Jeder Schlüssel eine Seite Strafarbeit, verkündet der schmale Mund des zackigen Herrn Dressler. Aber freiligende Schlüssel darf ich abziehen! – Was, bitte, sind freiliegende Schlüssel? Hier gibt es keine freiliegenden Schlüssel. (Wir spielen doch nicht Mikado.) – Keine freiliegenden Schlüssel, hahaha, kommentiert Herr Dressler, eben, eben. Der Schlüssel hängt am Bund wie das Saargebiet am Reich ... Solche Vergleiche sollte ihm erst einmal jemand nachmachen, das war anschauliche Pädagogik. Ein Schlüsselerlebnis, das nicht unbedingt meine Leidenschaft fürs Nationale weckte. Und wehe, jemand verwechselte bei der Erläuterung der Saarfrage die Begriffe und sagte »rational« statt »national« ...
Im Wartesaal war der Ort für Mode-Check-ups. Charleston kam wieder, hielt sich aber nicht lange. Sackkleider konnten uns nicht reizen, Kleider waren grundsätzlich

brav. Die existentielle Frage lautete: Wer hat einen Dufflecoat?

Die neue sportliche Dreivierteljacke, ursprünglich ein Herrenmantel, nach der belgischen Stadt Duffel benannt, mit Kapuze, Steg- und Knebelverschluß – das war lässig, der letzte Schrei, Abgrenzung von denen, die Kräuselbündchenrock mit Volants trugen und »Drei Birken auf der Heide« im Kino guckten. Dufflecoat, »le dernier cri«, stöhnte Eva Jost, als würde sie geknutscht. Eva ging aufs französische Gymnasium, sie nahmen gerade »Phèdre« durch und probten für eine szenische Lesung in der Aula, während ich mich bei Mademoiselle Crostan mit harmlosen Geschichtchen von Alphonse Daudet begnügen mußte.

Jean-Paul Sartre und Juliette Greco trugen Dufflecoat. »Freiheit ist jene kleine Bewegung, die aus einem völlig gesellschaftlich bedingten Wesen einen Menschen macht, der nicht in allem das darstellt, was ...« – oder so ähnlich. Die kleine Freiheit und das kleine Kino an der Berliner Promenade mit den großen Filmen. Ingmar Bergman. Marguerite Duras. Jean-Luc Godards »Kleiner Soldat« von1960, verwickelt in den Terror der OAS, die Folterszenen, unvergessen (oder habe ich den Film später gesehen, meine Godard-Zeit spielte sich eher in München ab). An das Abkommen von Evian-les-Bains erinnere ich mich, 1962, Algerien schien gerettet, Frankreich ebenso. Sartre als Kronzeuge für koloniale Unabhängigkeit und

Freiheit. Mama las schon Simone de Beauvoir. Ich wußte es besser als dieser dicke Wälzer auf ihrem Nachttisch mit seinem deprimierenden Befund zur Lage meines Geschlechts. Frauen? Kein Thema damals. Nicht für mich! Nur schwache Frauen gaben sich mit Frauen ab. Außerdem gefiel mir Simones Frisur nicht.

Ich wünschte mir sehnlichst einen Dufflecoat, doch mein alter Wollmantel ging noch, mußte aufgetragen werden. Er war tailliert und sah, kombiniert mit Hosen, drollig aus, wie mein Bruder bemerkte. Ein vernichtendes Urteil. Ich zog trotz Minustemperaturen weiterhin meinen Anorak an. – Der ist viel zu dünn, jammerte meine Mutter, du holst dir eine Lungenentzündung. –Das kannst du nicht durchgehen lassen, schimpfte Oma Ria meine Mutter aus, deren Erziehungsstil ihr zu lasch war. Mama, die morgens früh zur Arbeit ging und froh sein konnte, wenn wir überhaupt angezogen waren, bekam es doppelt ab.

Ich war entschlossen, so lange zu pokern, bis sie nachgab. Dufflecoat war meine einzige Chance, wahrgenommen, bewundert zu werden und trotzdem ich selbst zu bleiben. Endlich mal eine Mode, die zu mir paßte. Petticoat hatte ich auch mitgemacht, aber das war ein Reinfall, er stand mir nicht, meine Taille war zu kurz und mollig. Petticoat paßte zu toupierter Hochfrisur, kompliziert und zeitraubend. Garantiert hätte ich nach dem Schwimmtraining den Zug verpaßt mit so einer Frisur.

Ich wusch und walkte den Petticoat so lange, bis er schlapp wie ein gewöhnlicher Unterrock war. Mama, die gerade frische Gelatine zum Nachsteifen gekauft hatte: Das Geld hätten wir sparen können. Ich: Konntichdochnichtvorherwissen. Meine Standardantwort damals.
Diesmal mußte ich warten. Papa schickte mir derweil die obligatorischen Accessoires zum Dufflecoat, einen schwarzen Rollkragenpullover, der bis zu den Knien ging, und ein dickes Buch »L'Etre et le Néant«. Er schrieb in seinem Begleitbrief, nächstes Mal nähme er mich mit nach Paris ins Deux Magots, dort könnte ich mit Sartre diskutieren. Papa, der sich schon frühzeitig aus dem Staub gemacht hatte, war sehr einfallsreich, wenn es darum ging, sein Gewissen zu entlasten. Läsen seine Kinder die großen Werke der zeitgenössischen Philosophie in der Originalsprache, wären sie aus dem Gröbsten und er fein raus. Arm dran waren die Marienschülerinnen. Sie durften keine Hosen tragen, und Dufflecoat auf Röcken sah total albern aus, indiskutabel. Sie versuchten, die Nonnen rumzukriegen, klagten über Blasenentzündungen und Unterleibschmerzen. Es half nichts, man gestattete ihnen zwar die Hosen, aber nur, wenn sie einen Rock darüber trugen. Klar, daß die Marienschülerinnen beim Dufflecoat die Verlierer waren, aus dieser Ecke drohte keine Konkurrenz.
Aber von Karli.
Ich weiß noch, Karli hatte als erste einen Dufflecoat,

dazu eine lange schwarze Hose mit Keilriemen, wie man sie beim Schifahren trug, totschick. Karli mit ihrem langen, prächtigen rotblonden Pferdeschwanz, bildhübsch, aber ziemlich doof. Ich wollte mich trotzdem mit Karli anfreunden, weil Häschen immer in ihrem Gefolge war. Leider war Häschen, den ich süß fand, in Karli verknallt, nur wegen ihres Dufflecoats. Das schmerzte, war aber auch tröstlich. Bis ich einen anderen Verdacht schöpfte. Karli hatte einen umwerfend großen Busen. Häschen war zwar kleiner als Karli, aber offenbar von ihrem Busen fasziniert – vielleicht gerade deswegen. Da bei mir noch nichts von weiblichen Rundungen zu sehen war, kapitulierte ich vor der unlösbaren Aufgabe, Häschen für mich zu gewinnen, und verschonte meine Mutter fortan mit der Quengelei um den Dufflecoat.

Ich bekam am Ende doch noch einen, da trumpften die andern mit etwas Neuem auf. Man hatte sich satt gesehen am Dufflecoat. Wieder einmal machte ich die Erfahrung, daß die Erfüllung eines Wunsches, auf die man zu lange warten muß, am Ende bitter schmeckt oder einen faden Nachgeschmack hinterläßt. Doch ich hatte Glück gehabt: Nach der Dufflecoat-Ära lebte meine Freundschaft mit Sigrid von der Marienschule wieder auf. Dieser schnöde Mummenschanz hätte uns fast auseinandergebracht.

Was war mit Paul? Hatte ich ihn vergessen?

Er stand immer noch jeden Morgen auf dem Bahnsteig,

in der einen Hand die Aktentasche, in der anderen seine Zeitung. Ich sah ihn und sah ihn nicht.
Er war die Vergangenheit, ich die Zukunft. Er hatte seine Jahre hinter Gittern verbracht, ich suchte die Freiheit. Das paßte nicht zusammen. Oder: Ich begriff damals nicht, daß es passen kann. Freiheit gibt es nicht umsonst.

Zurück im Keller. Der Ofen qualmt, das Holz ist feucht. Ich öffne das Fenster, diesmal schimpfen die Spatzen. Sie sind hier zu Hause, ich bin der Störenfried.
Es hat zu regnen begonnen. Die neue Schnellstraße entlang des Flusses hat den Großteil des Verkehrs von der Hauptstraße abgezogen, das Rauschen der Autos übertönt das Rauschen der Pappeln, das ich so liebte, die Lärmschutzmauer kann das nicht ändern. Statt ratternder Güterzüge nun ein an- und abschwellendes Dauergeräusch vom Fluß her, je nach Windrichtung und bei nasser Fahrbahn ein aufdringliches Zischen. Ich bin geschädigt, allergisch geworden gegen jedwede Form von Verkehrslärm, nehme jedes Auto persönlich, erlebe die Demokratie des Lärms als Diktatur über eine hoffnungslose Minderheit. Das Bedürfnis nach Stille ist nicht mehrheitsfähig. Kürzlich fand ich einen Brief meiner Mutter: »Hier haben wir herrliche Sommertage. Ich sitze auf dem Balkon und schaue dem Sonnenuntergang zu, eine wunderbare Stille. Vor dem Fenster fliegen die

Schwalben, unten glänzt durchs Gebüsch der Fluß, und in den Zitterpappeln rauscht ein sanftes Lüftchen ...«

Die Nachbarin erzählt, es habe eine Bürgerinitiative gegen die Schnellstraße durch die Flußaue gegeben, doch sie sei gescheitert. Die Verkehrsbelästigung auf der Hauptdurchgangsstraße war das größere Übel.

Und tatsächlich, ich erinnere mich an quälend stickige Sommerabende in meinem Mansardenzimmer, dessen Fenster zur Hauptstraße ging und wegen des Verkehrslärms geschlossen bleiben mußte. Dieses geplagte Straßendorf mit seinen schmalen Häusern, schmalen Fenstern, schmalen Treppenstufen zum schmalen Trottoir, das die donnernden Schwerlaster nur knapp auf Abstand hielt. Wer im Oberdorf wohnte, am Waldrand oder dort, wo früher die Weingärten waren, hatte das Große Los gezogen. Nein, das stimmt nicht. Diese Leute wurden besonders geplagt durch das Kraftwerk auf französischer Seite. Müßig zu fragen, ob Lärm und Schmutz vorne schlimmer waren als die Güterzüge hinten.

Woher der jähe Fluchtimpuls?

War ich dreizehn, war ich achtzehn? Ein Wunsch, mal melancholisch grundiert, mal grell aufleuchtend, zieht sich durch all die Jahre: Der lärmenden Enge entfliehen, der unentwirrbaren Nähe zu diesen Menschen, festgezurrt in den Bandagen des familiären Irrenhauses, den Alltagskämpfen und -krämpfen ... liebten sie sich, haßten sie sich, beides zugleich – wer konnte das durchschauen?

Fliehen: das wünschten sich alle, davon war ich überzeugt, auch wenn die Erwachsenen nicht müde wurden, die Tugenden der Heimatliebe und Genügsamkeit zu predigen.
Ich will auch nach Paris, forderte ich. Meine Freundin Yvonne war nach der Mittleren Reife an die Alliance Française gegangen, um Französisch zu lernen. Ihre begeisterten, mit Rotwein befleckten Briefe standen in grausamem Kontrast zu meinen Strafarbeiten, wenn ich fünzigmal den Satz des Pythagoras wiederholen mußte. Yvonne hatte den dritten französischen Liebhaber, während ich erotisch nicht bis drei zählen konnte.
Ich durfte nicht nach Paris. Vermutlich hing es mit Marie zusammen.
Heimlich gab mir meine Großmutter ihr Erspartes: Nimm dir diesen Lateinlehrer und mach Abitur, aber das bleibt unter uns!
Tags lernte ich Vokabeln und Grammatik, nachts hängte ich Güterzüge an die Drahtseilbahn und ließ sie lautlos über die Dächer davonschweben. Mit bloßen Fäusten stemmte ich Laster und schob sie in den Straßengraben. Meine Mutter war schwächer. Sie schrie im Traum, wenn sie überfahren wurde. – Du hast heute Nacht wieder geschrien, rief meine Großmutter durch den Flur. – Ich kann nichts dafür, verteidigte sich meine Mutter im Treppenhaus. – Warum schreit ihr immer so, empörte sich mein Bruder, auch nicht eben leise. Sie schrien in

allen Tonarten, treppauf, treppab, was mir unerträglich war, und wer als erster die Tür von außen zuknallen konnte, hatte gewonnen. War entronnen.
Paul war der einzige, der nie laut wurde. Er entzog sich allen Auseinandersetzungen und schloß sich ein.
Entronnen. Irgendwo hatte ich gelesen, daß die Hummel, wissenschaftlich gesehen, nicht fliegen kann. Das Verhältnis der Flügelfläche zum Körpergewicht ist falsch. Die Hummel weiß das nicht und fliegt trotzdem.
Klara ging als erste fort, aber sie hatte Heimweh. Oma Ria wollte nichts mehr von der Welt und zog sich in die Krankheit zurück. Mein Bruder ging mit siebzehn Jahren nach Berlin. Meine Mutter folgte ihrem neuen Freund nach San Francisco. Paul schrieb ihr im Februar 1967, nachdem er seinen Prozeß endgültig verloren hatte: »Ich wollte, ich wäre auch fort von hier.«
Paul mußte bleiben.
Auch ich mußte (vorerst) bleiben. Ich träumte mich weit weg. Und hatte Rückenschmerzen. Plötzlich fallen sie mir wieder ein, diese unerträglichen Schmerzen in Schulter und Arm ... Wie konnte ich das alles vergessen? Ich will weg, sofort weg aus diesem Kellerloch. War ich von allen guten Geistern verlassen, hierher zurückzukehren?
Die Reise zu Paul war die Reise ins Kellerloch, das wußte ich von Anfang an, also werde ich bleiben. Damals wollte ich bleiben, um die Schule zu Ende zu bringen. Durch-

halten, lautete die Parole, ich war mein eigener Offizier. Dieses Mal werde ich durchhalten, bis ich die Wahrheit herausgefunden habe, über Paul, der vom Zuchthaus in diese Zelle wechselte, über Marie, die, an welchem Ort auch immer, gern gelebt hätte. Marie, die mit 39 Jahren im ehemaligen Waschhaus von Plötzensee sterben mußte. Ich will aushalten.
Doch der Fluchtimpuls läßt sich nicht unterdrücken. Dazu kommt der Ekel (diese grünlichen Flecken an der Wand), eine plötzliche Wut auf die Enge, als sei sie mir auferzwungen und nicht freiwillig gewählt. Dann sind die Schmerzen wieder da. Eine Stunde später haben sie nicht nachgelassen, im Gegenteil. Ich mache mich auf den Weg zur Apotheke, sie hat geschlossen, ich bin hier nicht in der Großstadt. Trotz der Schmerzen schlafe ich irgendwann ein.
Eine Wildkatze mit Affengesicht hält mich in Schach. Sie schlägt die Krallen in die Beute, den linken Arm, den rechten. Ich weiß genau, was ich will: die Reisetasche! Eine Hand krümmt sich vor Lachen, die andere schließt sich zur Faust: Zeig dich, Herr Affe, jetzt wird zugeschlagen! Mit Wucht treffe ich ins Leere.
Am Ende prügele ich die Reisetasche, die ich doch dringend brauche. Zu spät. Zug verpaßt. Sämtliche Züge verpaßt, weil der Zug immer längst abgefahren ist.
Nimm ein Taxi, warum nimmst du kein Taxi? Dann sind plötzlich die Laster da, die schweren LKW. Wir stecken

im Stau. Geschichte ist das Zwangswerk des Geschehens, die Einbahnstraße, in der es kein Zurück gibt. Hoffentlich geht es vorwärts. Hör auf zu strampeln, um dich zu schlagen, das geht doch seit Jahrtausenden so. Die rechte Schulter zieht sich zusammen, als würden die Sehnen auf Kräuselband gerafft, die linke, die Dulderin, hat ausgespielt. Der Nacken versteift sich und knackt bedrohlich, die Muskeln sind dem Duell nicht gewachsen, würden schreien, wenn sie könnten.

Das Totenbildchen von Maries Mutter mit der Mater Dolorosa liegt auf dem Nachttisch. Herr Affe sitzt daneben, kratzt sich am Kopf und kritzelt mit hämischer Miene etwas auf das Totenbild. Er hat ein ›r‹ hinzugefügt: Marter dolorosa.

Paul und Marie. Marie und Paul. Wer ergriff die Initiative? Ja, sie wollten zuschlagen, als die braune Dummheit und Heimtücke die Straßen, die Plätze, die Wirklichkeit eroberte. Sie wollten weg und gleichzeitig bleiben, sie hatten doch nichts als ihre Heimat. Zuschlagen war nicht möglich, sie suchten nach anderen Wegen. Warum haben sie so gehandelt? Wie haben sie denn gehandelt?

Noch bin ich entfernt von der Wahrheit, wenn es denn eine eindeutige (be)greifbare Wahrheit geben sollte.

Der Hinrichtungsschuppen von Plötzensee ist solch eine greifbare Wahrheit. Ich war dort, aber das »Fallbeilgerät«, das hinter dem schwarzen Vorhang verborgen stand, wenn die Verurteilten eintraten, haben sie weggeschafft.

Vor 1933 wurden nur Mord und schwere Sprengstoffverbrechen mit der Todesstrafe geahndet, die dann meistens nicht vollstreckt wurde. Das änderte sich schnell. 1938 stand bereits auf 25 Delikte die Todesstrafe, fast immer wurde sie auch vollstreckt. In den einzelnen Regionen des deutschen Reiches praktizierten die Henker unterschiedliche Hinrichtungsmethoden. Hitler ließ schon früh, beim Anstieg der Todesurteile und bedingt durch den Personalmangel – es gab nicht genug verschwiegene, regimetreue kräftige Metzger, die sich für den Beruf des Henkers eigneten – zwanzig »Fallbeilmaschinen« bestellen.

Roland Freisler war für die Beibehaltung des Handbeils, die preußische Exekutionsmethode. Köpfen mit Muskelkraft habe etwas Echtes, Männliches und Natürliches, sagte er während einer Sitzung der Strafrechtskommission im März 1934. Doch im Ausland kam es zu Protestkampagnen, dem wollte man entgegenwirken. Das Bild des Hackbeils, durch eine Montage John Heartfields weltweit verbreitet, stand für die Blutrünstigkeit der neuen Machthaber.

Die Kommission empfahl, generell das »Fallbeil« einzusetzen. Aus Ressentiment gegen Frankreich vermied man das Wort Guillotine, da sie angeblich lange vor den

Franzosen bereits im Mittelalter von den Deutschen erfunden worden sei.

Strafgefangene, gelernte Schlosser und andere Handwerker, wurden gezwungen, die neuen Todesmaschinen zu bauen.

Ich betrachte das Foto mit dem Hinrichtungsschuppen, dem Gebäude mit der sogenannten Richtstätte. Auf den beiden Eingangstüren liegen schwarze Schlagschatten, es sind keine Einzelheiten zu erkennen, und meine Erinnerung daran ist weg. Gegenüber lag Haus III, das »Todeshaus«, wo die Gefangenen ihre letzte Nacht verbrachten. Fünfundfünfzig Menschen wurden im Jahr 1938 hier hingerichtet, Marie war die einzige Frau unter ihnen.

Es ist soweit.

Hier, beim Überschreiten der Schwelle zum Hof, schaut Marie noch einmal an sich herunter. Ihre Hände kann sie schon nicht mehr sehen. Gestern Abend, bei ihrer Einlieferung, hat man sie vorne gefesselt. Doch eben, vor wenigen Minuten, hat einer der beiden übermüdeten Wächter sie losgebunden, als jener Schuster die Zelle betrat, dessen Spezialität es ist, die letzten Vorbereitungen zu treffen. Marie muß den Oberkörper freimachen. Dann fesselt der Schuster ihr in Anwesenheit der Wachbeamten die Hände auf dem Rücken und schneidet ihr die Haare ab. Der Nacken liegt jetzt frei. Nein, keine Binde um die Augen, das ist nicht üblich.

Diese Ehre wird nur Männern zuteil, die Anrecht auf ein Erschießungskommando haben. Marie fühlt diese kalten Holzpantinen. Gleich werden sie ihr von den Füßen fliegen durch den Aufprall. Weiß sie das? Oder wissen das nur die Hiesigen? Bis gestern war sie in der Todeszelle im Gefängnis Barnimstraße, um sechs Uhr abends hat man sie hierher geschafft. Der Anstaltsarzt und der Gefängnispfarrer waren bei ihr, als man ihr eröffnete, daß die Gnadenbitte abgelehnt und die Vollstreckung angeordnet worden sei. Wieviele Stunden noch? Ein paar Abschiedsbriefe. Und dann?

Nichts ist überliefert. Wie auch?

Es dämmert. Marie wird über den Hof geführt. Die Glocke der Gefängniskirche läutet. Die Tür zu dem roten Ziegelschuppen ist angelehnt. Hinter einem Tisch haben die hohen Herren Platz genommen, die mit ihrer Unterschrift gleich den »Vollzug« bescheinigen werden. Ein schwarzer Vorhang quer durch den Raum, dahinter ...? Die Tür wird geschlossen. Das Urteil wird verlesen. »Scharfrichter, walten Sie Ihres Amtes!« Von unsichtbarer Hand wird mit einem Ruck der Vorhang aufgerissen. Drei Männer stehen vor Marie. Hat sie versucht, ihren Mördern in die Augen zu schauen?

Alle französischen Quellen berichten von einer anderen Todesart. In einem Dokument des Pariser Außenministeriums sowie bei Agence Havas, der Vorläuferin von

Agence France-Presse, heißt es, Marie sei mit dem Handbeil hingerichtet worden: »Elle fut executée par la hache.«
Nicht nur deutsche Historiker, auch Experten in der Erforschung der Todesstrafe, wie Richard J. Evans, widersprechen dieser Annahme. Hitler persönlich hatte angeordnet, Todesurteile im Strafprozeßverfahren nicht mehr mit dem Handbeil zu vollstrecken. 1937 ließ er unter strengster Geheimhaltung die Guillotine aus der badischen Strafanstalt Bruchsal nach Plötzensee transportieren. Möglicherweise wußte man das damals in Frankreich noch nicht.
Warum muß ich es wissen? Weil ich das Geräusch des fallenden Beiles, das mich seit jenem Film über Henker verfolgt, nicht mehr hören will? Weil ich diesen zwanghaften Tick entwickelt habe, mir immer wieder die Akten hervorzuholen und schwarz auf weiß vor Augen zu führen, daß Paul nicht in der Strafanstalt Tegel inhaftiert war, wo die Gefangenen Guillotinen bauen mußten, sondern in Moabit.
Vielleicht war es das Handbeil, wollte man Marie auf die alte Art bestrafen, die »männliche« Art, die Freisler bevorzugte. In Plötzensee geschah das unter freiem Himmel, im Innenhof. Ein Hackstock, der Richtblock, wie sie ihn nannten, daneben der Henker Roettger, ihm gegenüber drei Henkersknechte in schwarzen Anzügen, Helfer genannt. Der Tisch aufgebaut im Hof, ein schwar-

zes Tuch bedeckte ihn, zwei Kerzen flackerten im Wind. Die Amtspersonen hatten Platz genommen. Vor der Hinrichtung soll man dem Opfer nicht in die Augen schauen. Daran hielten sie sich. Und einer Frau nicht auf die nackten Brüste. Daran hielten sie sich?

War es das Beil, das Marie erblickte, als sie am frühen Morgen des 4. Oktober auf den Hof trat? Sie spürte nicht, daß sie fror. Oder spürte sie es doch? Ja, sie spürte es. Ein Windstoß blies die Kerzen aus. Nein, eher war es windstill. Ich weiß nicht, wo der Henker stand, und wie er das Beil hielt. Vielleicht hinter dem Tisch mit dem schwarzen Tuch, hinter den Herren von der Justiz und der Verwaltung, dem Arzt. Der Henker verbarg das Beil hinter seinem Rücken. Vielleicht auch nicht.

Oder doch anders. Es war das Fallbeil. Das Fallbeilgerät mit diesem schrecklichen halbrunden Korb, der auf der anderen Seite in Kopfhöhe montiert war. Ein Korb wie ein Fahrradkorb. Und nicht weit davon entfernt das Waschbecken.

Verzeih mir, Marie. Nichts weiß ich und kann doch nicht aufhören, über dich zu sprechen, an dich zu denken.

Die neue Brücke Logo für die zweisprachige Einladungskarte zum Dorfjubiläum. Sie wirkt leicht, schlank; ohne Stützpfeiler im Flußbett verbindet sie schwungvoll die beiden Ortschaften, verbindet, auch symbolisch, Deutschland mit Frankreich. »Brücke der Freundschaft« hat man sie getauft, »Pont de l'Amitié« – in einem feierlichen Akt der Beschwörung für alle Zukunft –, und nie mehr soll die große Politik den kleinen Alltag stören.
Die imposante Bogensteinbrücke, über die Marie täglich ging, wurde ein Jahr nach ihrem Tod von der Wehrmacht gesprengt; wenige Tage nach Beginn des Zweiten Weltkrieges lag sie schon in Trümmern.
Heute, da die Politik das Grenzlanddrama ad acta gelegt hat, ist die Erleichterung auf beiden Seiten spürbar. Frieden und gute Nachbarschaft: hier sind sie, will mir scheinen, keine unverbindlichen Sprüche in Sonntagsreden, sondern erarbeitete Werte, Resultat leidvoller Familiengeschichten. Nicht weit von Maries ehemaligem Elternhaus kann man im »Café de la Paix« einkehren. Das heißt nicht, daß die Zeit der Besatzung und des Krieges vergessen wäre. Am Eingang des Postamtes hängt eine Blechtafel mit dem Londoner Aufruf de Gaulles zum Widerstand gegen Hitler-Deutschland vom Juni 1940.

Die Leute hier sind stolz auf ihre Brücke, jede Grenzüberschreitung ein kleines Ritual, erneuter Beweis für das, was man erreicht hat. In welcher Farbe streichen wir das Brückengeländer? In leuchtendem Rot, wie sonst. Weil wir Optimisten sind. Und eines Tages streichen wir es blau, dann weht hier nur noch das Europabanner mit den Sternen.
Solange das noch in den Sternen steht, feiert man regelmäßig gemeinsame Feste. Die Schwestergemeinden, wie sie sich nennen, haben »jumeliert«, einen historischen Pakt geschlossen. Erbfreundschaft statt Erbfeindschaft, lautet die Devise für ein neu angebrochenes Jahrhundert. Die Franzosen haben ihrem Platz an der Brücke den Namen »Place de l'Euro« gegeben – nüchterner Pragmatismus hat noch nie geschadet. Auf deutscher Seite steht seit kurzem am Brückenplatz ein Schild mit dem Namen der Schwestergemeinde – in original französischer Schreibweise, was nicht selbstverständlich ist, gab es doch Zeiten, da man als Franzosenknecht beschimpft wurde, wenn man eine Rue de la Liberté bei ihrem Namen nannte und – schlimmste Anbiederei an den Feind – auch noch korrekt aussprach. Der Politologe Gerhard Paul erwähnt einen Interviewpartner, der sich noch in den achtziger Jahren weigerte, den Deutsch-Französischen Garten, einen großen Park in Saarbrücken, beim Namen zu nennen. Er hielt fest an der alten Bezeichnung Deutschmühlenweiher und korrigierte jeden, der

nicht einsehen wollte, daß man mit solchen Umbenennungen dem Erbfeind Tür und Tor öffne.

Zur Zeit meiner Kindheit, in den fünfziger Jahren, gab es keine Brücke mehr, hier, an dieser Stelle, endete die Welt. Mir fiel es schwer zu begreifen, daß der Kanal zum Rhein-Marne-Kanal führt, der das Land mit dem Meer verbindet, die Erfahrung widersprach der Landkarte. Der Sinn des Flusses, des Kanals war die Grenzziehung, nicht das Verbindende. Der Blick meiner Kindheit war der Blick vom Balkon unseres Hauses auf die Pappeln und den Fluß. Unsere Pappeln waren Silberpappeln, die französischen Pappeln Weißpappeln, da gab es einen geheimen Unterschied, auch wenn man ihn nicht sah. Wäre die Grenze nicht gewesen, hätte ich die Kätzchen im Frühjahr, die Pappelsamen im Juni und die Blätter im August diesseits und jenseits untersucht und festgestellt, daß es die gleichen Pappeln waren. Im Französischen heißen sie schlicht peupliers blancs, Weißpappeln, da die Blätter auf der Unterseite weiß-filzig behaart sind. Im Deutschen werden sie Silberpappeln genannt, weil die Blätter von weitem in der Bewegung, je nach Lichteinfall, silbrig schimmern.
So wie es um die Dorfkirchen, beide katholisch und kaum dreihundert Meter voneinander entfernt, ein Grenzgeheimnis gab. Das Läuten der unterschiedlichen Glocken hatte noch Sinn, bot Abwechslung, melodische

Variation, doch wozu das doppelte Schlagen der Turmuhren alle Viertelstunde? Wurde drüben die Zeit anders berechnet, gab es eine französische Zeit, die am Ende doch wieder zusammenfiel mit der unsrigen?
Und die Brücke?
Eine lange Geschichte, jeder erzählt sie anders. Mal gab es eine, mal gab es keine. Von der Bogensteinbrücke, von der Lothringer Nachbargemeinde 1880 erbaut und den Nazis 1939 gesprengt, zeugt ein Schwarzweiß-Foto im Souvenirkarton meiner Großmutter. Man sieht die ehemaligen Pfeiler, massive Steinblöcke, die umgestürzt im Wasser liegen, zwischen ihnen Schutthaufen. Provisorisch zusammengenagelte Bretterstege zwischen den einzelnen Trümmerblöcken verdeutlichen die mächtigen Dimensionen der ehemaligen Brücke.
1940, beim Überfall auf Frankreich, brauchte die Wehrmacht wieder eine Brücke, Pioniereinheiten errichteten unweit der Trümmer eine Truppenbedarfsbrücke, die sie vier Jahre später, beim Rückzug vor den Alliierten wieder sprengten; die Region war bis zuletzt heftig umkämpft. Im März 1945 sprengte ein amerikanisches Kommando die Reste der alten Bogensteinbrücke, die immer noch im Wasser lagen, und errichtete eine Metallbrücke, die ebenfalls nicht lange stand.
Irgendwann gab es drüben, bei den Franzosen, wieder eine kleine Fußgängerbrücke, aber nur über den Kanal, nicht über den Fluß bis ans deutsche Ufer.

Von uns aus kam man damals nur mit Frau Bestwig hinüber, die ein kleines Fährunternehmen betrieb. Frau Bestwig war klein und hatte einen großen Kropf, vor dem ich mich fürchtete. Ich glaubte, der Kropf sei Sitz der Kraft, schon von der Ähnlichkeit der Wörter her. Frau Bestwig zog uns – meistens befanden sich an die zehn Personen in ihrem Kahn – von bloßer Hand an einem dicken Stahlseil ans andere Ufer. Ich kannte keine Frau, die so stark war wie sie, doch meine Bewunderung war zwiespältig, ich glaubte, eine Frau müsse einen schweren körperlichen Makel dafür in Kauf nehmen.
Unsinn, sagte Oma Ria. Das Wasser macht uns leicht. Ich glaubte ihr nicht, ich war schwer im Wasser und ging unter.
Später, als ich meine ersten Schwimmzüge machte, dachte ich an Frau Bestwigs Kahn. Ein seliges Gefühl von Kraft und Dankbarkeit durchströmte mich, heute würde man es vielleicht Urvertrauen nennen.
Frau Bestwig trug hohe Gummistiefel wie die Fischer und half beim Aussteigen, wenn der Fluß Hochwasser führte und die Anlegestelle überspült oder glitschig vom Schlamm der Uferböschung war. Sie wußte immer das Neueste von drüben. Am Ufer der Insel angekommen, mußte man über die kleine Kanalbrücke der Franzosen klettern, dort standen die Grenzposten vor dem Zollhäuschen, und man war drüben.
Ich schlenderte mit Oma Ria Hand in Hand durchs

Dorf. Sie zeigte mir das Elternhaus ihrer Mutter, führte mich zu dem alten Waschhaus, wo inzwischen gekeltert wurde, dann gingen wir in die Charcuterie, wo ich eine dicke Scheibe rotgefärbter Wurst bekam und Oma Ria in breitestem Platt, vermischt mit französischen Brocken, mit der Metzgersfrau ein Schwätzchen hielt. Wir holten Flûte oder, noch lieber, Weißbrot im Ring, besonders knusprig an den Enden, wo es zusammengewachsen war. Ich brach das Brot und biß die Kruste ab, Oma Ria zupfte das Weiße heraus. Zu Hause durfte ich natürlich nicht am Brotlaib knabbern. Wenn wir zwei nach drüben ging, waren wir Komplizen.

Nach dem Einkaufen besuchten wir ihre Cousinen, manchmal auch Maries Schwester Madeleine.

– Das dahinten ist das Elternhaus deiner Tante Marie, sagte Oma Ria, als wir in die Straße einbogen. Du weißt ja, daß sie jung gestorben ist. – Ich weiß noch mehr, antwortete ich, aber Oma Ria ließ sich zu keiner weiteren Äußerung verleiten.

Madeleine lag im Fenster und sah uns kommen, sie hatte ein dickes Sofakissen unter die Arme geschoben und füllte fast den Fensterrahmen aus. Ich weiß noch, daß ich unbedingt den Türklopfer betätigen wollte, so etwas gab es bei uns nicht. Sonnez, s'il vous plait.

Oma Ria packte ihre Mitbringsel aus und legte sie auf den Tisch. Sie bekam einen Mirabellenschnaps und ich eine Birne, frisch vom Baum, oder noch feuchte Walnüsse, überzogen mit einem feinen dunklen Netz, die innere Haut schmeckte bitter. Einmal spielte ich mit den jungen Katzen, die irgendwer vor dem Sack und dem Fluß gerettet hatte.

Und einmal spazierten wir Richtung Wasserturm.

Es geht an Feldern entlang, der süßlich-scharfe Geruch der Margeriten liegt in der Luft, die Hitze flirrt über hochstehenden Gräsern, die in der Nase kitzeln. Unter einem Baum machen wir Rast und lehnen uns an den knorrigen Stamm. Über uns die Sterne eines Kirschenhimmels, unzählige Kügelchen, manche schon schwärzlich, leicht vergoren, saftige Beute der Vögel, die ihre Schnäbel ins Fruchtfleisch schlagen, bis sie satt und trunken in die Hecke taumeln. Spatzenkirschen. Plötzlich sagt Oma Ria, es sei Zeit für die Wahrheit: Marie hat man den Kopf abgeschlagen. Diesen Satz sagt sie, wörtlich. Ich starre auf die schwarzen Flecken im Gras. Vertrocknetes Blut. Ich will nichts wissen.

Ich habe keine einzige Frage gestellt.

Auf dem Heimweg mußten wir auf Frau Bestwig warten. Neben der Anlegestelle stand eine Bank. Oma Ria strich ihr schwarzweiß geblümtes Kleid glatt, ich legte meinen Kopf in ihren Schoß und wollte ein Märchen hören. Sie erzählte von der Zeit, als sie so klein war wie ich. Die Geschichten begannen heiter, dann trübten sie sich ein,

und bevor sie schwermütig wurden, sprang ich auf und rief: Da kommt der Kahn. Obwohl er noch am andern Ufer lag.
Es war der einzige Urlaub, den meine Großmutter sich gönnte. Eine kurze Rast, ein Geschenk höherer Gewalt, vermittelt durch Frau Bestwig, während zuhause die Arbeit auf sie wartete.
In der Nacht suchte ich Maries Baum. Ich durchstreifte die Obstwiesen, bis ich ihn fand. Ich untersuchte den Stamm und entdeckte eine Kerbe, hinter der sich ein Hohlraum befand, verdeckt von einem Kirschzweig. Das war der tote Briefkasten. Mit zwei Fingern griff ich hinein und ertastete ein Blatt Papier: Marie hatte mir eine Nachricht hinterlassen. Als ich den Zettel auseinanderfaltete, wachte ich auf.

Ich war ungefähr dreizehn, als ich zum letzten Mal mit meiner Großmutter nach drüben ging. Sie war schon krank und mußte unterwegs immer wieder stehenbleiben, um nach Luft zu schnappen. Sie schickte mich allein zum Einkaufen, wollte derweil bei Madeleine »maien gehen«. Auf der Bank am Ufer, nicht weit vom Zöllnerhäuschen, wollten wir uns wieder treffen. Statt einzukaufen, ging ich die Hauptstraße bis zum Ende des Dorfes hinauf, bog dort in einen Feldweg ein, bis ich vor einem Maisfeld stehenblieb. Die vertrockneten Blätter

raschelten im Wind wie Papier. Ich weinte, ohne zu wissen warum.
Als wir uns am Zöllnerhäuschen wieder trafen, schien auch sie bedrückt.
Ich erfuhr, daß Madeleine »ausgerechnet heute« (vermutlich wollte meine Großmutter sich heimlich für immer verabschieden) ihren »Schimpftag« hatte. Eine entfernte Verwandte, eine ledige, fromme Dame, wohlhabend, war kürzlich verstorben. Jetzt brauche man kein Blatt mehr vor den Mund zu nehmen, wetterte Madeleine. Es hieß immer, die fromme Tante sei es gewesen, die Pierre damals Schule und Studium finanziert habe. In Wahrheit seien es aber die eigenen Schwestern gewesen, die für seine Ausbildung aufkamen: Der Bub durfte studieren, sie wurden nach der Schule in die Fabrik geschickt und mußten zu Hause das Geld abgeben. Marie arbeitete in der Kartonagefabrik. Sie vertrug die giftigen Dämpfe nicht und quengelte so lange, bis sie nach Paris durfte. Marie hatte noch vor Kriegsende Sprachkurse besucht, sie, Madeleine, erst später, wegen der Spätschicht in der Fabrik. Ehrlich gesagt, habe sie auch deshalb so früh geheiratet. Und weil sie ja das fremde Kind ... überhaupt, Marie ...
Oma Ria stockte, wurde einsilbig. Jetzt drängte ich sie, wollte es genauer wissen und erfuhr, daß Madeleine sich bitter über Marie beklagt hatte, die damals »so etwas

Dummes und Gefährliches gemacht« und nicht nur ihr Kind, sondern zwei Familien hüben und drüben ins Unglück gestürzt hätte.

Meine Großmutter sprach eher mit sich selbst, nachdenklich, bekümmert: Warum schimpft Madeleine? Sie weiß doch noch weniger als wir. Sie war gar nicht zu bremsen. Dem Ochsen kannst du lang ins Horn petzen, wenn er stur ist, ist er stur ... Ja, vielleicht war es dumm, es hat nichts genutzt, und gefährlich war es sowieso, es war Spionage. Wer weiß, vielleicht hat der Hackmann dort böses Blut gemacht. Wer weiß, was der über Marie erzählt hat. Der durfte doch drüben wieder frei herumlaufen, als die Deutschen in Lothringen hausten. Vielleicht hat er ihnen gedroht ... Ich hätte Madeleine fragen sollen. Zu spät.

– Weiter, erzähl weiter, sagte ich.

– Man darf nicht schimpfen, das arme Ding ist genug gestraft. Marie war am Ende, schon vor dem Ende. Ich war in Berlin, im Gefängnis, nach dem Urteil. Wir hatten ja Freifahrt von der Eisenbahn. Opa Jupp durfte nicht mit rein. Möchte nicht wissen, was sie mit ihr angestellt haben. Sie haben ihr etwas okuliert, hat sie mir ins Ohr geflüstert. Ihr linkes Bein war dick wie ein Ofenrohr, der Schnürsenkel hing lose im Schuh, alles war angeschwollen. Ich habe sie nicht mehr erkannt ...

Oma Ria hatte einen Hustenanfall. Ich massierte ihren Rücken und wagte nicht zu fragen, ob ihre Augen tränten, oder ob sie weinte. Fast geräuschlos näherte sich der Kahn. Frau Bestwig brachte uns ans andere Ufer.

Wenig später war meine Großmutter tot. Sie starb an einem Donnerstag abend im März. Sie war schon seit zwei Tagen nicht mehr bei Bewußtsein, als sie plötzlich sagte: Kinder, ich glaube, es gibt Schnee. Dann machte sie die Augen zu.
Am nächsten Morgen war die Landschaft weiß.
Auf der Hauptstraße spritzten die Laster ihren schwarzen Matsch in die Hauseingänge.
Bald darauf gab es wieder eine Brücke über den Fluß. Sie trug den Namen »Kummersteg«.

Die Enkeltochter der alten Frau Rosius füllt meine Kaffeetasse: Das ist der gute von drüben, die brennen den anders, das schmeckst du sofort. Dann, unvermittelt: Hast du nicht manchmal Heimweh?
– Nein. Doch. Nein, eher nein ... (Gut, daß sie jetzt nicht nachhakt.)
Ihr Freund hat Verwandtschaft drüben, vielleicht bauen sie demnächst dort. Am Wald, unterhalb der Muttergottes, da gibt es neuen Baugrund. Ihre Augen leuchten. Sie greift nach seiner Hand. Er rückt näher an sie heran und legt den Arm um ihre Schulter.
– Und es gibt jetzt im Ort eine Volkshochschule? Das Angebot an französischen Sprachkursen ist beachtlich.

Wird es genutzt? Früher durfte man ja nicht zu gut Französisch sprechen, meine Mutter wurde oft angerempelt ...

– Ach ja? Viele bauen drüben, wohnen dort, aber die Kinder gehen hier in die deutsche Schule.

– Und ihr, wie wollt ihr es machen?

– Ach, wenn wir so weit sind ... Bis dahin haben wir den zweisprachigen Kindergarten. Da läuft gerade ein Modellversuch. Sie lachen und halten Händchen.

– Und, wie ist das mit der neuen Brücke?

– Na ja, neu ist die ja nicht mehr. Für dich vielleicht. Du mußt öfter kommen. Hunderte, Tausende pilgern über die Brücke, wenn wir feiern. Und umgekehrt. Das macht Laune. Früher haben sich die Buben an der alten Brücke Steinschlachten geliefert. Dann, im Feld, haben sie 's kapiert. Heute sind wir bewaffnet mit Rostwurst und Pommes frites. Kalorienbomben!

Ich schwanke noch, ob ich das Wortspiel makaber oder amüsant finden soll. Zu spät, ich hätte sofort mitlachen müssen, jetzt denken sie, ich habe keinen Humor. Auch wenn ich mich anstrenge, ich gehöre nicht dazu. Das war noch nie anders. Paßt dieses alte Gefühl in die neue Zeit? Verständnis, Versöhnung, Freundschaft – auf welchem Baugrund siedeln sie? Wie tief verankert, wie belastbar sind sie? Ich erzähle ihnen, warum ich hergekommen bin. Wie denkt man heute über Paul und Marie, ihre grenzüberschreitende Aktion am Vorabend jener Katastrophe,

die die Region erschüttert hat wie keine zuvor?
– Das ist ja eine interessante Geschichte. Warum weiß man nichts darüber?
– Da fällt mir ein, sagt Frau Rosius, der Verlobte deiner Mutter Irene hat doch nach der Affäre – nach der Verhaftung, meine ich – die Verlobung aufgelöst. Deine Oma Valerie hat gesagt, die Mädchen finden hier keinen Mann mehr. So kam es ja dann auch. Ja, das waren schlimme Zeiten ... Aber der Finger-August, kanntet ihr den noch? Der ist vor zwei Jahren gestorben. Der hat nie den Arm ausgestreckt. Er hat den Daumen hinter den Hosenträger geschoben, den Zeigefinger abgespreizt und »Heil Hitler« gepiepst. Jeder, der ihm begegnete, mußte lachen. Dann haben sie ihn vorgeladen ... Und das Salz-Kätt! Das Salz-Kätt hat in der Siedlung gewohnt. Bei der Pfundsammlung – die Nazis haben ja für alles gesammelt – hat das Salz-Kätt ein Pfund billiges Salz mit Sand vermischt und abgegeben. Dann hat sie überall erzählt, das Salz wär ihr in den Dreck gefallen – Jesses Maria, aber die würden es schon wieder sauberkriegen, die sauberen Herren ... Der hat man nix gemacht, die war schon zu alt.
– Halte uns auf dem laufenden mit deinen Forschungen, sagen sie in Rosius' Garten und legen mir noch ein Stück Kirschkuchen auf den Teller. Und wenn du mal hier übernachten mußt, du bist jederzeit willkommen.
Beim Abschied grunzt ein kleines Keramikschwein hin-

ter mir her, der unbestechliche Bewegungsmelder der Familie Rosius.

Es kommt vor, daß Maire und Bürgermeister sich duzen. Und es kommt vor, wie eben jetzt, daß der Maire im deutschen Festzelt bei seiner Begrüßungsansprache nur französisch spricht, obwohl er Deutsch kann. Und das sagt er auch noch! Es folgt ein Seitenhieb auf seinen deutschen Amtskollegen und Gastgeber. Der habe seine Begrüßung auch nur auf Deutsch vorgetragen, obwohl zahlreiche französische Gäste im Festzelt säßen.
Plötzliche Stille.
Warum hat der Bürgermeister die Gäste nicht auf Französisch begrüßt? Ist es einem deutschen Amtsträger peinlich, bei offiziellem Anlaß französisch zu sprechen, er könnte womöglich als Frankophiler verdächtigt werden? Mein Puls rast. Was erwarte ich? Daß eine Massenschlägerei losbricht, das Zelt einstürzt, der Krieg erklärt wird? Warum löst ein harmloser, eher scherzhafter Vorfall solche Angst in mir aus? Ich versuche, klar zu denken. Die Akten im Landesarchiv haben mein Zeitgefühl durcheinander gebracht.
Ein Frankophiler – heute, im Zeitalter Europas und der erklärten Freundschaft mit Frankreich als Schmähung schlicht ungeeignet, ein Widerspruch in sich, verblaßtes Erbe der Zeit des ersten »Saarkampfes« 1933-35, als die Hitlergegner pauschal als Frankophile und Landes-

verräter diffamiert wurden. Allerdings, das bewährte Schimpfregister wurde in den fünfziger Jahren, zur Zeit der zweiten Saarabstimmung, wiederbelebt. Doch auch das ist inzwischen ferne Geschichte, in Akten abgelegt, ausgelagert in Archive.

Die Ausführungen der Redner dort oben plätschern an mir vorüber, ich denke an Paul. Es waren die fünfziger Jahre, in denen er, statt zur Ruhe zu kommen, erneut mit der Vergangenheit konfrontiert wurde. Die Angliederung des Saarlandes an Westdeutschland stand zur Diskussion, und er sah sich wieder einmal als Verräter tituliert.

Paul gehörte zu denen, die ein »Europäisches Statut« für ein autonomes deutschsprachiges Saarland bejahten, ein Modell, das Adenauer und de Gaulle im Zeichen der deutsch-französischen Versöhnung und als Keimzelle eines vereinigten Europas vorschlugen. Paul war einer von diesen »Jasagern«, wie sie abfällig genannt wurden – immerhin ein Drittel der Wahlberechtigten. Ein Sturm der Entrüstung fegte durchs Land. Im Oktober 1955 wurde der Vorschlag in einer Volksbefragung abgelehnt: Nein! Europa? Etikettenschwindel, bestenfalls Utopie, ein Wunschtraum! Die Mehrheit fürchtete die Auslieferung an Frankreich, koloniale Abhängigkeit. Wieder einmal tobte eine massive Propagandaschlacht, nahm ein Abstimmungskampf dramatische Formen an. Verleumdungen, Drohungen, Übergriffe waren an der Tagesordnung. Die Befürworter des Anschlusses an Westdeutschland sahen sich in peinlicher Gesellschaft. Ein ehemaliger Funktionär der NSDAP, vielen noch als Experte der Goebbelschen Propagandamaschine für die Rückgliederung des Saarlandes an Hitler-Deutschland in Erinnerung, stellte sich an die Spitze des »nationalen Kampfes«: Heinrich Schneider. »Das Wort des Führers ist unser aller Befehl«, hatte Schneider als Gauredner 1933 die Saarländer, als sie noch unter der Verwaltung des Völkerbundes standen, beschworen. »Heim ins Reich!« lautete seinerzeit die Parole, lieber heute als morgen, der Führer wartet schon und wird vor Freude weinen. Nach dem Anschluß des Saarlandes 1935 war Schneider als Jurist im Außenministerium Ribbentrops und als Anwalt tätig.

Inzwischen, da die NS-Kartei des Berlin Document Center von den Amerikanern ans Bundesarchiv übergeben wurde, konnte ermittelt werden, daß Schneider bis zum Ende der Nazizeit Mitglied der Reichs-NSDAP war, was er 1955, im zweiten Abstimmungskampf, geleugnet hatte. (Angeblich hatte er auch Juden verteidigt; für diese Behauptung findet sich bis heute kein Nachweis.)

Die Nationalen riefen auf zur »Säuberung« von Politik, Justiz und Verwaltung von ehemaligen Hitlergegnern und Emigranten, die nach 1945 unter dem Schutz der französischen Militärverwaltung ins Saarland zurückgekehrt waren und politischen Einfluß gewonnen hatten. – Nix wie hemm! Die alte Parole wird zum Freifahrtschein der Nazis in die zweite Karriere, sagte Paul 1955 zu Jupp, dem Eisenbahner, während er selber in seinem Kellerloch saß und auf die nächste Prozeßrunde wartete.

Ich war knapp zehn, als der Abstimmungskampf tobte. Zwei Ereignisse verquickten sich im Erleben des Kindes, undurchschaubar. Eine alte Ausgabe von Dantes »Göttlicher Komödie« aus dem Jahr 1955 legt Zeugnis davon ab.

Meine Mutter kam eines Abends aufgelöst nach Hause zurück.

Ich lag schon im Bett, war aber noch nicht eingeschlafen; ich schlief schlecht zu jener Zeit.

– Aha, da treibst du dich rum. Wie kann man nur ... Opa Jupps ärgerliche Stimme im Treppenhaus.

Darauf meine Mutter mit ungewohnt hoher, piepsiger Stimme: Wär' ja auch ein Wunder, wenn von euch mal einer Verständnis hätte.

– Wer da hingeht, ist selber schuld ...

Von unten jetzt, die Küchentür steht offen, Oma Ria: Was für ein Palaver im Treppenhaus, die Kinder schlafen schon.

– Man muß sich doch mal anhören dürfen, was die wirklich wollen. (Weint Mama?)

– Was die wirklich wollen? Alles Propaganda! Haben die nicht genug Elend über uns gebracht? Den ganzen Abend die Kinder allein lassen. Mutter auf politischer

Versammlung. Hat nichts Besseres zu tun. Arme Kinder, keinen Vater, keine Mutter ...

Mama weint jetzt laut: Das ist nicht Propaganda, das ist viel schlimmer. Wiederholt fällt das Wort »ausmerzen«. Warum tröstet sie niemand? Ich renne die Treppe hinunter, werde aber an der Küchentür gleich wieder ins Bett geschickt.

– Mama, komm noch mal, ich kann nicht schlafen. Wer hat das Elend über uns gebracht?

Sie legt den Arm um meine Schulter, ohne Gefühl, sie ist ganz woanders, zittert.

Wer waren »die«, was wollten »die«? Was hatten sie Mama angetan?

In der Nacht – oder war es schon früh am Morgen – wachte ich auf. Mama schrie. Sie schrie öfter im Traum, aber diesmal war es anders. Ich lief zu ihr ins Schlafzimmer. Sie lag in der einen Hälfte des Ehebettes, das schon lange niemand mehr mit ihr teilte, hatte das Plumeau von sich gestoßen und schrie vor Schmerzen. Oma Ria war auch aufgewacht und stand ratlos vorm Bett.

– Bleib du bei Mama, sagte sie zu mir. Ich zieh mir schnell etwas über und geh den Doktor holen.

Ich suchte in Mamas Handtasche ein Stück Schokolade, das half immer, wenn ihr schwindlig war, aber sie wollte nicht, war nicht ansprechbar. So hatte ich sie noch nie erlebt. Das Elend – nun war es über uns hereingebrochen. Ich war mit Oma Rias Worten allein. Jetzt ist es passiert, dachte ich, das Schreckliche, Grausame, was ich schon lange insgeheim fürchtete: Mama mußte sterben und würde in die Hölle kommen. Und ich war schuld daran, denn ich hätte es verhindern können und hatte versagt.

Meine Welt war (noch) nicht die Welt der Politik.

Ich hatte ein Beichtgeheimnis besonderer Art mit unserem Herrn Pastor. Ich sollte die Ehe meiner Eltern kitten. Sie lebten, seit sie geschieden waren, im Stand der Sünde und, da sie den Heiligen Sakramenten fernblieben, schwebten sie ständig in höchster Gefahr. Was, wenn Gott der Herr sie »plötzlich und unerwartet abberufen« würde? Die Hölle hatte sperrangelweit ihre Tore geöffnet.

Ich war ein frommes Kind und hätte den Auftrag unseres Pastors gern erfüllt. Ich schrieb Papa herzzerreißende Briefchen, auch wenn ich nicht daran glaubte, daß er je wiederkommen würde. Wie sonst sollte ich Mama retten? Sie war resistent gegen meine scheuen Versuche, das Thema zur Sprache zu bringen. Der Pastor nahm mir bei jeder Beichte das Versprechen ab, mich, unbeeindruckt von Rückschlägen, erneut um meine Eltern zu kümmern, es sei mein hoher Auftrag, sie in den Schoß der Kirche und die Gnade Gottes zurückzuführen.

Ich wagte nicht, Mama ins Vertrauen zu ziehen, obwohl der Auftrag schwer auf mir lastete und mir manchen Sonnentag verdüsterte.

In der Schule hatte ich für rege Teilnahme am Katechismusunterricht ein Heiligenbildchen bekommen. Wir tauschten regelmäßig die Bilder in der Klasse, um Abwechslung in die Heiligenschar zu bringen, doch dieses legte ich in mein Gesangbuch, um es in der Messe immer wieder betrachten zu können. Sollte ich den Ratschlag befolgen? Das Bild zeigte ein kleines, traurig blickendes Mädchen im rosa Kleid mit weißer Schürze. Neben ihm stand, im fließenden langen Gewand, sein Schutzengel, die Hände liebevoll ausgestreckt. Der Engel hatte den Kopf stark zur Seite geneigt. Wie meine Puppe, wenn ich ihren Kopf an der Aufhängung herauszog, ich konnte ihn drehen und kippen, wohin ich wollte, mußte nur aufpassen, daß die Aufhängung nicht überdehnt wurde und alles kaputtging. Es sah sehr sanft aus, wie der Schutzengel den Kopf geneigt hielt, aber, wenn man genauer hinschaute, unpraktisch und gefährlich, so als könnte jeden Moment die Aufhängung reißen. Und gefährlich war der Spruch, der die vier Ecken ausfüllte:

Drückt Dich ein Weh / Zur Mutter geh
Und sag es ihr / Dann hilft sie Dir!

Nein, ich ging besser nicht zur Mutter, um ihr von meinem hohen Auftrag, meiner Angst und Not zu berichten

und sie zur Umkehr zu bewegen. – Da werd' ich fuchsteufelswild, hätte Mama geschrien, den knöpf ich mir vor! Und so was nennt sich Seelsorger!
O ja, ich kannte ihre cholerischen Ausfälle. Sie hätte Pastor Knollwig im Pfarrhaus belästigt, womöglich während er seine Exerzitien hielt oder in würdevoller Stimmung die Sonntagspredigt vorbereitete. Vielleicht hätte sie sogar an den Bischof geschrieben (was sie wegen eines anderen Vorfalls später tat) – sündhafte Wucherungen ihres ursprünglichen Fehltritts, der Ehescheidung, neue Schuld, die sie auf sich lud, die meine Vorstellung von ihrer zukünftigen Höllenpein mit neuen Schreckensszenarien anreicherte und meine Angst bis ins Unerträgliche steigerte.
Meine eigene Höllenfahrt ängstigte mich weniger. Ich ging folgsam zur Beichte und brachte mein Sündenkonto regelmäßig auf Null, absolvierte eine Litanei zusätzlich zu meinen Bußgebeten, um den Herrgott gewogen zu stimmen. Heiliges Herz Jesu, erbarme dich unser... (Bei Jesus hatte man mehr Chancen als bei Gott Vater.) Dieses freiwillige Extra, verbunden mit der Qualität meiner Reue, die nie halbherzig oder zerknirscht, immer seelenvoll inbrünstig war, würde gewiß das Schlimmste verhüten.
Sorgen machten mir die Schulferien, die ich sündenfrei verbringen mußte, denn meistens war keine Gelegenheit,

zur Beichte zu gehen, meine Onkel und Tanten väterlicherseits hätten mich ausgelacht. Pfirsiche und Aprikosen lagen bei ihnen frei zugänglich in Obstschalen, ich mußte sehr standhaft sein, um den Verlockungen der sündhaften Naschsucht zu widerstehen. Statt eines Beichtstuhles steuerten wir samstags Schiffschaukeln, Rollschuhbahnen und Strandbäder an.

Nun war es zu spät. Nun waren sie gekommen, die mit Gottes Einverständnis Elend über uns brachten. Die Strafe des Herrn war unerbittlich. Mama mußte sterben, weil ich meinen Auftrag nicht rechtzeitig erfüllt hatte.

Es stellte sich dann heraus, daß Mama »plötzlich und unerwartet« von einer Gallenkolik heimgesucht worden war. Sie habe sich wohl über irgend etwas stark aufgeregt, meinte der Arzt. Die Gefahr war nicht gebannt. Sie mußte im Bett bleiben, es ging ihr gar nicht gut. Und als sie wieder ins Büro gehen konnte – sie hatte eine gute halbe Stunde Fußweg über die Landstraße –, mußte Paul sie begleiten. Das war ein deutliches Anzeichen ihres Kräfteverfalls. Es war Spätherbst, Stürme zogen auf, die Totenmessen häuften sich.

Die Zeit quälender Angst und Ungewißheit hielt an. Mama wirkte unruhig und bedrückt, etwas Bedrohliches lag in der Luft, Teufelsfratzen lauerten hinter jeder Tür. Ich hatte ein Buch in ihrer Nachttischschublade entdeckt, »Die Göttliche Komödie«. Ich wollte meinen Augen nicht trauen, doch da stand klipp und klar, worum es ging: »Hölle (Inferno)«. Ich war entsetzt. Mama hatte immer behauptet, sie glaube nicht an die Hölle, nun hatte ich sie ertappt. Auch sie wußte, was ihr bevorstand, daß der Anfang vom Ende gekommen war. Wohin mit meinem Kummer? Noch die kleinste Andeutung wäre leichtsinnig gewesen. Mama hätte mich in den Arm genommen – Kind, was ist mit dir, komm mal her –, und es wäre kein Halten gewesen, ich hätte mein Beichtgeheimnis preisgegeben.

Ich wurde blaß und blasser, bis Oma Ria eines Tages sagte: Das Kind hat keinen Appetit mehr, wir brauchen Lebertran.

Mein Ekel vor Lebertran leitete den Umschwung ein.

Mama erholte sich allmählich und ging wieder allein zu Fuß zur Arbeit. Sonntags, wenn wir spazierengingen, steckte ich die klammen Finger in ihre warme Hand.

Die Hölle mußte warten, bis ihre Feuer verglüht waren. Die Kirche verlor mich, doch das ist eine andere Geschichte, die nicht hierher gehört. Die Dante-Taschenbuchausgabe hüte ich im Bücherschrank. Kuriositäten? Memento mori?

Einige Jahre später erfuhr ich, was an jenem Abend wirklich passiert war. Die »deutsche Frage« hatte wieder einmal für Aufregung gesorgt.

– Die Separatisten sind Volksverräter und gehören ausgemerzt, hatte der letzte Redner dem Publikum zugerufen, als meine Mutter ihn in erregtem Tonfall unterbrach: Ausgemerzt? So etwas könne man heutzutage nicht mehr ungestraft in der Öffentlichkeit von sich geben!

Ihr Einwurf löste eine tumultartige Szene aus. Meiner Mutter (sie war als Fremdsprachenkorrespondentin in vier Sprachen ausgebildet) wurde vorgehalten, bei ihr, die ja besser Französisch als Deutsch könne, wisse man, woher der Wind weht. Sie gehöre auch zu denen, die die Heimat an den Erbfeind verschachern wollten, und wenn sie weiterhin ihre Klappe so weit aufreiße, könne sie mit einer »Abreibung« rechnen, und zwar einer, »die sich gewaschen hat«.

Meine Mutter lachte laut, vermutlich leicht hysterisch, wie immer, wenn sie sich aufregte oder über das Sprach- und Stilvermögen anderer lustig machte, und rief:

– Wasch dich erst mal selber, brauner Dreckspatz!

Die Saalordner mußten eingreifen, sonst wäre sie an Ort und Stelle verprügelt worden. Sie verließ unter Geleitschutz den Saal. Der letzte Satz, den sie am Ausgang hörte, lautete: Die wird das noch bereuen!

Im Moment der Niederschrift dieser Szene kommt mir ein unabweisbarer Verdacht: Paul hatte seine Walther P 38 in der Manteltasche, als er meine Mutter auf dem Weg zur Arbeit begleitete.

1956, ein Jahr nach der Volksbefragung. Ich stelle mir vor, wie Paul morgens zur Arbeit geht, in den Zug einsteigt und seine Zeitung aufschlägt, die in Zürich erscheint. »Unabhängige Wochenzeitschrift« steht im Titel. Sein Nachbar spricht ihn an: Warum er so etwas lese. Da steht doch nichts drin. Nichts von hier jedenfalls. Nichts über uns. – Stimmt, sagt Paul und verzieht den Mund. Deshalb lese ich sie. – Wie? Was? Der Mann ist irritiert, blickt Paul fragend an. – Nichts für ungut, war nicht so gemeint, sagt Paul.

Und der spröde Sarkasmus wird ihm gleich vergehen. Am Hauptbahnhof angekommen, kauft Paul sich am Kiosk die richtige Zeitung, die »über uns«. Und erfährt, daß es seit gestern in Saarbrücken keine Max-Braun-Straße mehr gibt. Sie heißt jetzt wieder Großherzog-Friedrich-Straße. Paul ist irritiert. Max Braun war doch kein Kommunist. Max Braun, europäisch denkender Sozialist, einer von denen, die dem Widerstand gegen die Hitlerdiktatur an der Saar Gesicht und Kontur verliehen. Exil in Paris, dann London ... Max Braun wird aus dem öffentlichen Gedenken verbannt? Das kann doch nicht möglich sein. Doch, es ist möglich. Paul zieht die Mütze tiefer ins Gesicht. Er macht sich keine Illusionen: Von nun an gehört auch er wieder zu den »feigen Landesverrätern«. Wie lautete die Formel des Volksgerichtshofes: »Ehrlos für immer ...«

Knapp dreißig Jahre später, 1983, erscheint der Name Max Braun erneut auf einem Straßenschild, kommt zu neuen Ehren. Da ist Paul zehn Jahre tot.

Zurück in die Zukunft, zurück in die summende Festatmosphäre des Zeltes an der Brücke der Freundschaft, zu jenem kleinen Zwischenfall nach der Ansprache des Bürgermeisters.

Der Bürgermeister ist noch nicht lange im Amt. Seine nächste Ansprache wird er locker mit einem französischen Bonmot garnieren.

Wie jetzt der Maire aus S., ein weiterer Ehrengast aus Frankreich, der seine Begrüßung mit einem deutschen Witz einleitet und begeisterten Applaus erntet. Das Dorf feiert eine runde Jahreszahl, der Männergesangverein tritt auf, die Blaskapelle, Musikschülerinnen ... Die Stimmung ist fröhlich, ausgelassen, und ich mittendrin. Alle sind reichlich versorgt mit Schwenkbraten, Bier, köstlichen Kuchen und Quiche Lorraine, die von den Damen des Turnvereins und anderen Ehrenamtlichen am Buffet serviert werden. Sonst ein hoffnungsloser Fall von Festmuffel, eile ich von Tisch zu Tisch, beflügelt von Ausrufen freudigen Wiedererkennens, herzlichen Willkommenswünschen, Hilfsangeboten für die Recherche, Einladung ins Gemeindearchiv. Ich knüpfe Kontakte nach drüben, werde versorgt mit Adressen und Telefonnummern, freue mich auf die Brücke nach Frankreich – es könnte nicht schöner sein. Dankbar bin ich, gerührt. Wieder daheim – ein seltenes, beglückendes Gefühl ... fast traue ich ihm.

Gut essen, trinken, einkaufen, steuergünstig bauen und wohnen – sind das die Heilmittel für eine Vergangenheit, die so tiefe Wunden schlug?
Gourmets würde ich nie tadeln. Umgekehrt bin ich diejenige, die sich so manchen Tadel anhören muß. Die Geschichte von Paul und Marie? Ob ich deswegen hergekommen sei? Warum in den alten Zeiten wühlen? Man sollte doch froh sein, daß sie vorbei sind, daß es uns heute gut geht. Außerdem: Die Personen, die es betrifft, sind längst verstorben. Die wären sicher nicht damit einverstanden, daß man »hinter ihnen herforscht«. Die Toten soll man ruhen lassen.
Immer wieder dieser Satz, als hätte man sich abgesprochen, der Satz, der an Anstand und Pietät appelliert und bei mir prompt Schuldgefühle auslöst.
Herr Grau sagt: Das ist doch längst abgebüßt, warum wieder Staub aufwirbeln?
– Wieso abgebüßt? Waren sie denn schuldig?
Keine Antwort. Dann plötzlich das Wort »Verrat«.
– Verrat? Wen oder was haben sie verraten? Was war daran unmoralisch?
– Irgend etwas wird schon dran gewesen sein, meint er.
– Und wenn schon? Hitler war an der Macht ...

– Landesverrat wird immer und überall bestraft, sagt Herr Grau. Wie Raubmord.
– Aha. Und wenn es eine politisch motivierte Tat war? Widerstand?
– Na, ja ... Aber es ist vorbei, es ändert nichts mehr. Laß sie in Frieden. Oder willst du am Grabstein kratzen? Bei uns ist das nicht üblich, solche Inschriften wie drüben, für die Partisanen, von ihren Kameraden und so ...
– Marie hat keinen Grabstein, nicht einmal ein Grab.
– Ach, ja? Wie lange bleibst du noch? Hoffentlich hält das Wetter.

Dann Frau Allmang.
Am Telefon klingt ihre Stimme wie vor zwanzig Jahren. Wir verabreden uns für den Nachmittag. Sie wohnt schön, im Nachbarort am Waldrand. Ich klingele. Niemand öffnet. Eine Nachbarin jätet die Rosen im Vorgarten, grüßt herüber. – Ist Frau Allmang da? – Karschners Liesel? Ja, die ist im Haus, oder hinten im Garten. Die Älteren nennen sich immer noch beim Mädchennamen, unbeeindruckt von Ehemännern und Namensverlust, eine dörfliche Sitte, die unerwartet modern anmutet.
Frau Allmang, die mich seit früher Kindheit kennt, freut sich, mich wiederzusehen.
– Na, auch mal wieder in der alten Heimat?
Sie hat das, was man ein gepflegtes Äußeres nennt, frischgelegte silberweiße Löckchen mit einem lila

Schimmer, eine perfekt aufgeräumte Wohnung.
– Ja, jetzt geht es wieder, eine Zeitlang war keine Putzfrau zu kriegen, jetzt kommt eine Rußlanddeutsche einmal die Woche, obwohl, die kriegen soviel Geld, die hätte es gar nicht nötig ... Sonst komm ich aber noch gut zurecht ... in drei Monaten werde ich 84. Lebt Tante Klara noch?
– Ja, ich soll Sie grüßen.
– Kannst mich duzen, wie früher.
Ich erzähle ihr, warum ich hergekommen bin. Daß ich ihr gern ein paar Fragen stellen würde.
– Alles, was du willst, sagt sie.
Doch bald ist – halb scherzhaft, halb unwillig – von Neugier die Rede, empfindet sie mein Fragen als intimes Ausforschen, als wollte ich das Geheimnis ihres Schlafzimmers ergründen. Sie sagt, sie weiß nichts über den »Fall«, habe keine eigene Meinung dazu, wolle sich nicht festlegen.
– Wieso festlegen? Ich will nur wissen, an was du dich erinnerst.
– Ach, Paul und Marie, das ist so lange her ... Sie waren in keinem Verein, hielten sich immer abseits. Und in die Kirche gingen sie auch nicht.
– Ja, das wußte ich schon. Warum nicht?
– Manchmal kam er zu einer Totenmesse, ging aber nie nach vorn, kniete nie in der Bank, stand im Seitenschiff, wo man nichts sieht außer den Pfeilern. Und nicht gese-

hen wird. Beichten gingen sie beide nicht. Aber die eine Schwester von ihr – die ist auch schon lange tot, der Mann war auf der Grube –, also, die war eine ganz Fromme.
– Welche Schwester? Marie hatte vier ...
– Den Namen weiß ich nicht mehr. Also, die Schwester hatte eine Tochter. Und zur Hochzeit der Tochter war der Pastor eingeladen und saß mit am Tisch. Da war noch eine Cousine, die war frisch geschieden, die wurde wieder ausgeladen, weil der Pastor ja eingeladen war. Und neben dem Pastor saß der Organist, der war nämlich der Bräutigam. Die Lothringer drüben sind ja noch frommer als die Hiesigen. Lourdes, Lisieux, Fatima ... Auf, auf zur fröhlichen Wallfahrt – nein, im Ernst, ich war ja auch schon mit. Hier – sie zeigt auf das goldene Medaillon, das sie um den Hals trägt – die Hl. Thérèse vom Kinde Jesu. Geweiht in Lisieux – da gibt's guten Calvados! – vom Bischof persönlich.
– Calvados, vom Bischof persönlich?
– Schlawiner! Medaillons weiht er, nicht Calvados. Den trinkt er selber. Lach nicht! Und die Hl. Bernadette in Lourdes hat mich selig gesprochen. Lach nicht! Zehn Stunden im Bus den Rosenkranz gebetet, vor und zurück. Die Lothringer, die gehen mit dem Rosenkranz aufs Klo. ... Aber sag das nicht laut!
– Warum nicht?
– Ei, die moone uns nit, die Wackese ... Die mögen uns

nicht, die Lothringer, ergänzt sie in gestochenem Hochdeutsch.

– Und? Weiter? Wie war Marie, was weißt du über sie?

– Marie war eine stolze Frau. Nicht ohne.

– Was heißt »nicht ohne«?

– Ein Biest, rutscht es ihr heraus. Die hat's verdient.

– Wieso?

(Nein, keine Antwort mehr, nichts zu machen.)

– Chic siehst du aus! Sie nestelt an meiner Bluse.

Ich gebe nicht auf: Gibt es noch Fotos?

– Nein! schreit sie plötzlich. Dann, versöhnlicher: Vielleicht noch ein Totenbild von Maries Mutter. Sie will im Karton mit den Feldpostbriefen nachschauen, dort könnte es sein. (Ich sage nicht, daß ich es schon kenne, vielleicht findet sie noch mehr.) Kann sein, daß damals jemand drüben beim Begräbnis war.

– Drüben beim Begräbnis? 1944?

– Ach, sagt sie, war das 44? Dann war niemand drüben. Da haben sie mal wieder die Brücke gesprengt, da kam man nicht rüber. Da waren wir Frontzone. Der Ami stand schon vor Metz, kam dann aber nicht weiter. Drüben sind sie schon aus der Evakuierung heimgekommen, aber so schnell ging das dann doch nicht. Die hausten monatelang in ihren Kellern. Wer den Kopf aus dem Fenster hielt, hatte einen weniger. Wir hier waren im Stollen. Der Röchling hatte unterirdische Waffenproduktion ... was weiß ich, was da fabriziert wurde. Die V2, munkelte

man. Die beiden Dörfer wurden erst Februar 45 ... (sie stockt), aber was erzähl' ich hier ...
– Befreit?
Frau Allmang überlegt kurz, nickt dann zögernd und wechselt abrupt das Thema. Sie zeigt mir ihre Orchideen, Prachtstücke mit porzellanfarbenen Blüten, rechts und links bewehrt von Sanseverien, diesen hochwachsenden schmucklosen Schwertern, die an Fensterfronten in Stellung gehen.
– Von amerikanischen Truppen eingenommen, sagt Frau Allmang unvermittelt. Das war am 19. Februar 45.
– Ein gutes Gedächtnis hast du. Erzähl mir noch von Marie.
– Schluß jetzt, genug. Ihre Stimme wird grell.
Bin ich ein jaulender Dackel, dem man Ruhe gebietet? Was mache ich falsch? Eine elementare Frage meiner Jugendzeit. Lange glaubte ich, an mir läge es, wenn Verständigung nicht möglich war. Ich wollte gern dazugehören, all die freundlichen Tanten, Nachbarn und Bekannten nicht brüskieren. Wie oft erforschte ich mein Gewissen, ob mich Schuld traf: Hochmut, Respektlosigkeit, mangelnde Nächstenliebe ...
Frau Allmang hat ein neues Kniegelenk. Wir reden eine Stunde lang über die verschiedensten Formen eingeschränkter Beweglichkeit im Allgemeinen und Besonderen. Ich gebe, um Ausgewogenheit bemüht, mein Bestes, um mit einem eigenen Zipperlein zum Thema beizutra-

gen. Kreuzschmerzen nach der letzten Renovierung, fast schon ein Bandscheibenvorfall ...
– Ach, du junges Ding, ruft sie aus, da kannst du nicht mitreden.
Als sie sich anschickt, mir die Medikamente, die sie in einer Steingutschüssel von Villeroy & Boch auf dem Buffet aufbewahrt, samt Nebenwirkungen zu erläutern, komme ich auf Marie zurück.
Ärgerliches Stirnrunzeln, unwilliges Stöhnen.
– Mußten sie Not leiden? Oder umgekehrt: Haben sie besondere Ansprüche gehabt, verschwenderisch gelebt? Wie war Marie gekleidet?
– Warum fragst du das? Ganz normal. Wohlstand mittelprächtig, so wie wir. Damals hatte man ja allgemein nicht viel, nicht so wie heute ... Und der alte Vatter hatte das Haus in der Hofstraße, war ja Pensionär der Eisenbahn, das war schon was, damals, zu dritt ein eigenes Haus. Aber jetzt gib Ruhe!
Ich verteidige mich, will doch nur Informationen austauschen, immerhin habe auch ich welche zu bieten. Frau Allmang will aber nichts wissen über Archive, die Aktenbestände freigeben, Sperrfristen, die auslaufen.
»Was ich nicht weiß, macht mich nicht heiß.«
Ja, ich erinnere mich. Zu jeder Gelegenheit ein passender Spruch, der nie paßt; eine vorgefertigte Redensart, die vor der Anstrengung eigenen Denkens schützt; stehende Redewendungen, abgestanden wie Malzbier vom

Vortag. Wo hatten sie das gelernt? Wer hat sie belohnt für Konformität?

Frau Allmang ist um mein leibliches Wohl besorgt und bietet mir an: Pralinés, Salzstangen, aufgewärmtes Kalbsgulasch – vom Kunzler, eine Delikatesse, ganz fein –, Käsekuchen, Lyonerwurst, Katzenzungenbisquits, Cornichons, Weintrauben, Eierlikör. – Da, nimm mit. Sie stopft mir die Taschen voll. Jetzt gib Ruhe, ich frag dich ja auch nicht aus.

Ich schöpfe neue Hoffnung: Bitte, frag mich aus, bitte! Aber das kann oder will sie nicht.

Sie holt dann doch den Karton mit den Feldpostbriefen aus dem Schlafzimmerschrank. Sie findet ein anderes Totenbildchen: Hier, mein Cousin, war fast noch ein Bub ... Das Foto eines jungen Mannes in Uniform, ein gereimter Heldenspruch (»Ich habe den guten Kampf gekämpft ...«) und der Dank des Vaterlands. Noch bevor ich mein Mitgefühl ausdrücken könnte, kommt plötzlich, ungeduldig hervorgestoßen: »Man liebt den Verrat und haßt den Verräter.«

– Wie meinst du das? Meinst du Paul und Marie? Mir wird kalt.

Kein Kommentar. Dann, nach einer kurzen Pause: Alle denken so!

– Und du, wie denkst du? Ich bettele wie ein Kind: Ihr seid die letzten Zeugen, nur so kann ich es erfahren. Warum muß man sie hassen, was haben sie getan?

Frau Allmang hebt abwehrend die Arme und wedelt mit den Händen, als wolle sie Fliegen verscheuchen. Dann warnt sie mich. Mit zudringlichen Fragen mache man sich hier nur unbeliebt. (Die unpersönlich formulierte, in Belehrung verpackte Kritik klingt höflicher.) Außerdem habe sie ein schwaches Herz. Sie darf sich nicht aufregen.
– O ja, Verzeihung. (Ich habe auch ein schwaches Herz.)
Ich stehe auf, nehme meine Jacke.
Zum Abschied temperamentvoll vorgetragene gute Ratschläge: Die Leute interessieren sich für ihre eigene Zeit. Anno tünnemals, das lockt keinen Hund hinterm Ofen hervor.
– Hinterm Ofen? Aha, ein Spruch aus der Vergangenheit, und immer noch aktuell? (Letzter Versuch: in die Sprache flüchten.)
– Sag ich doch, sogar die Sprüche sind veraltet, heute hat man Heizung, na also, sag ich doch. Niemand interessiert sich für den alten Tobak. Russenmafia, korrupte Europabeamte, Fehltritte katholischer Priester, das ja! Marie und Paul – das lohnt die Mühe nicht. Wofür, für wen?
– Ist das dein letztes Wort? (Zuviel Pathos, zugegeben. Ich habe einen Kloß im Hals.)
– Ei allemol!
(Wie konnte ich gestern noch entzückt sein von diesem Dialekt?)
Winken an der Haustür.

Bange Frage: Wird es mir drüben ähnlich ergehen, das »Wühlen« einer Ortsfremden erst recht aufdringlich erscheinen, zumal die Fremde eine Deutsche ist und die Deutschen es sind, die Marie auf dem Gewissen haben? Wieder so eine leere Floskel – warum beginnt mein Hirn immer erst zu denken, wenn ich ihm widerspreche? Gewissen bei Maries Mördern – unwahrscheinlich. Und »die« Deutschen – gibt es sie? Ja, es gibt sie, doch gibt es kein abstraktes, pauschales Gewissen. Und daß meine Gesprächspartner mir eine kollektive Schuld aufbürden könnten, ist nicht zu erwarten. Wovor habe ich Angst?
Ich fühle mich verantwortlich, verstrickt in ein schmerzliches Geschehen; daß ich es mir persönlich nicht anzulasten brauche, ist unwichtig, es geht nicht um mich. Nicht für die Ereignisse bin ich zuständig, aber für die Antworten auf offene Fragen. Ich komme zu diesen Menschen, wühle in ihren Erinnerungen, in ihrem alten Schmerz, stelle Fragen, statt ihnen Antworten zu bringen. Das ist es, was mich bedrückt.
Wie kam das ungleiche Urteil zustande? Für Paul fünfzehn Jahre, für Marie die Todesstrafe. Warum mußte Marie sterben? War sie die treibende Kraft? Welche Rolle spielte sie genau? Die Hauptverfahrensakte bleibt verschwunden. Ich warte mit unruhiger Spannung auf Antwort aus den Pariser Archiven. Wurde Marie in einer Agentenkartei geführt, gibt es ein Dossier über sie? Falls

ja, ist Einsicht möglich? Hundert Jahre Sperrfrist, manchmal machen sie eine Ausnahme.
Oder: Hat Paul Marie im Prozeß belastet, um sich selbst zu retten? Ich kann es nicht glauben, mag es nicht glauben, aber ich weiß es nicht.
Oder: Hat Marie Paul entlastet, indem sie die Schuld auf sich nahm? Ein klassischer Spionagefall, in dem von Anfang an Legenden gestrickt und bis zum Ende aufrechterhalten wurden, um den Schaden zu begrenzen, um, in diesem Falle, wenigstens ein Leben zu retten; um, in einer letzten Anstrengung, den Feind in die Irre zu führen und den eigenen Dienst und seine Arbeitsmethoden zu schützen? Nazideutschland hatte bereits 1934, ein Jahr nach der Machtergreifung, für Landesverrat, auch in Friedenszeiten, die Todesstrafe eingeführt. Der Anfangsverdacht gegen Paul lautet »Landesverrat. Spionage«. Nach der Verhandlung wird sein Tatbeitrag jedoch als »Unternehmen einer Ausspähung« bezeichnet, ein anderes Mal als »Beihilfe zum Landesverrat«, eine einmalige Aktion gewissermaßen.
Oder: Durfte Paul überleben, weil er Deutscher war? Richtete sich der besondere Haß der Richter am Volksgerichtshof gegen Marie, weil sie aus Lothringen stammte? Den Lothringern traute man nicht über den Weg; die sind französischer als die Innerfranzosen, hieß es. Marie wäre nicht nur Landesverrat, sondern auch »Volksverrat« vorgeworfen worden, der als besonders infam

und nichtswürdig galt. Dafür spricht einiges. Die Richter dieses politischen Sondergerichtes waren streng nach ideologischen, politischen und »rassischen« Kriterien ausgewählte NS-Funktionäre. Hitler hatte beim Volksgerichtshof von Anfang an das Besetzungsrecht. Marie als nichtswürdige Verräterin am »deutschen Blute und Volkstum des Lothringers«. Der Pflichtverteidiger bezeichnet sie im Gnadengesuch als Französin. Jemand in der Reichskanzlei oder im Justizministerium hat das Wort durchgestrichen und durch »Lothringerin« ersetzt.

Es ist kein Familiengeheimnis und wird mehrfach bestätigt: Am 4. Oktober des Jahres 1938 wird an zentralen Stellen des Dorfes ein blutrotes Plakat angeschlagen. Ein Zeitzeuge berichtet: »Schon von weitem stach es mir grell ins Auge, als ich die W. Straße herunterkam: Bekanntmachung. Beim Näherkommen las ich Maries Namen: ›heute hingerichtet‹. Ich war entsetzt. Es war total abschreckend. Das paßt zu unserem neuen Bürgermeister S., dem Blutordensträger, dachte ich. Das Plakat hing an der Hofmauer von Schlachters Haus, konnte das alles Zufall sein? Mir wurde übel.«

Zeitzeugen aus Maries Heimatdorf berichten, ein Unbekannter habe das Plakat bei ihrer Mutter unter die Haustür geschoben. Ein anderer sagt, er habe es auch in Saarbrücken gesehen, drunter die Parole »Tod den Volksverrätern!«

Jeder soll es wissen, und alle werden schweigen.

Ein Jahr später ist Krieg. Die Lothringer Grenzbevölkerung wird nach Nordfrankreich evakuiert. Lothringen wird durch die Invasionstruppen der Wehrmacht besetzt, dann in die sogenannte Westmark eingegliedert, das heißt, erneut annektiert. Lothringer, die 1941 aus der Evakuierung zurückkehren wollen, werden an den Kontrollstellen gefragt, ob sie Franzosen sind und französisch sprechen. Ja, natürlich sind sie Franzosen. Sie werden enteignet und nach Innerfrankreich ausgewiesen. Familien aus dem Rheinland und der Pfalz werden eingeladen, die Höfe der Bauern in Besitz zu nehmen, bei der »Eindeutschung« als »Bollwerk deutschen Bauernblutes im Westen« nachzuhelfen. Lothringer, die in ihrer Heimat bleiben wollen, werden als Volksdeutsche, dann Reichsdeutsche definiert. Zehntausende werden für die Wehrmacht zwangsrekrutiert. Hitler trifft eine geheime Vereinbarung mit Bürckel, sie sollen nicht im Westen eingesetzt werden, man fürchtet, sie könnten dort die Seite wechseln. Viele müssen an der Ostfront ihr Leben lassen.

Die Seite wechseln. Es wird Zeit, mich drüben umzuschauen. Zum wievielten Male studiere ich die Telefonnummern, als könnte eine bestimmte Lesart der Ziffern in magischer Weise Maries Geheimnis offenbaren. Auf der Brücke erneutes Zögern. Eine graue Wolkenwand schiebt sich von der Ziegelfabrik zum Lothringer Wald-

saum hinüber. Es könnte Regen geben, besser, ich kehre um.
Ich denke an Maries Sohn Jean-Claude. Wenn ich ihn finde, wie soll ich ihm, der als Kind auf so grausame Weise seine Mutter verlor, begegnen? Meine Großmutter hat ihm Maries Abschiedsbrief überbracht – Vous vous souvenez de ma grand-mère Valerie Doulb, quand elle vous remit les adieux de votre mère? Erinnern Sie sich an meine Großmutter, als sie den Abschiedsbrief …? Oder hat sie ihn überbringen lassen, da sie zum Zeitpunkt der Hinrichtung erneut im Visier der Gestapo war? – Si non, qui était le porteur?
Ich soll Jean-Claude fragen, ob sich der Brief, zusammen mit Maries Ehering, in den Pauls Name eingraviert war, noch in seinem Besitz befindet. Das hat mir Klara aufgetragen. Sie war damals dreizehn. Tante Klara, die anfangs gegen Nachforschungen war, nun also doch, Fotos, Briefe, Telefongespräche. Danke!
Ich glaube nicht, daß ich Jean-Claude danach fragen werde. Fünfzehn war er damals.
Andererseits, Jean-Claude ist, wenn er überhaupt noch lebt, ein alter Mann, hat Abstand gefunden, wird auch mir das erzählen, was er seinen Kindern und Enkeln erzählt hat. Wovor habe ich Angst? Könnte es sein, daß er schlecht über seine Mutter denkt, ihr Vorwürfe macht, Groll hegt, sie gar verurteilt – was dann?
Habe ich selbst genügend Abstand, angemessen zu rea-

gieren? Kaum eine Nacht vergeht ohne Alptraum. Kein Traumwächter kümmert sich um die chronologisch korrekte Generationenfolge. Heute Nacht war ich Kind mit den Kindern Klara und Irene.

Wir gehen nach der Schule auf den großen Platz vor der Mühle, links neben der Brücke. Wir wollen Seilchen springen. Da kommt ein kleiner Mann und kassiert das Springseil, nimmt es uns wortlos weg. Wir rennen nach Hause und erzählen es Oma Ria. Sie schlägt die Hände über dem Kopf zusammen. Warum wir so feige waren, es abzugeben. Das wird der Galgenstrick, jammert sie, heute abend wird jemand gehängt, das habt ihr doch gewußt. Wir beteuern, daß wir es nicht wußten. Sie schickt uns fort. Wir sollen nicht nach Hause kommen ohne das Seil. Wie sollen wir das schaffen, wo ist der Mann hingegangen, wie sollen wir ihn finden? Wir laufen in den Wald, verirren uns, es wird dunkel ...

Die Wolkenwand rückt näher. Nein, heute gehe ich nicht mehr.

Aufatmen.

Doch nur für einen kurzen Moment. Aufgeschoben ist nicht aufgehoben. (Frau Allmang hat mein Repertoire an Redensarten aktiviert.) Ich muß mich der Herausforderung stellen, habe es so gewollt, und die bohrenden Fragen lassen nicht nach.

Was bedeutet es, daß Maries Name in einer Gedenkschrift aus dem Jahr 1995 zum 50. Jahrestag der Befrei-

ung ihres Heimatdorfes nicht erwähnt wird? Maries Schwester Evelyne, die in der Endphase des Krieges durch einen Granatsplitter getötet wurde, ist in der langen Reihe der Opfer mit Bild und Namen aufgeführt. Über Marie kein Wort, keinerlei Hinweis, nicht einmal ihr Name. Warum nicht? Was weiß man dort über sie? Wird ein Spionagefall auch drüben als zweifelhaft und anrüchig empfunden?
War er anrüchig? »Man liebt den Verrat und haßt den Verräter.« Frau Allmang und der Giftschrank der Redensarten.
In einer Dorfchronik fehlt Maries Sterbedatum. Die Heirat mit Paul im Jahr 1926 bildet den letzten Eintrag. Erkundigungen bei der Mairie ergaben, daß sie aus dem Einwohnerregister gestrichen wurde, da sie nach der Heirat mit einem Deutschen ins Ausland verzogen sei. Auch dort gibt es keinen Eintrag zu ihrem Todesdatum. Wurde sie auf administrativem Wege »vergessen«? Auf dem Friedhof das Grab ihrer Eltern und einiger Verwandter, kein Hinweis auf Marie.
Die Telefonnummern verschwinden wieder in der Tasche. Noch bin ich hier, auf meiner Seite, vertrautem Terrain, kann bitten, betteln, fordern; darf Fehler machen, ins Fettnäpfchen treten; kann Mißtrauen und Schweigen ertragen, sie als Abwehr interpretieren und dahinter alte, nicht bewältigte Denkmuster vermuten; kann widersprechen, kritisieren, streiten, überreden, viel-

leicht sogar überzeugen. Kann aber auch aufstehen und gehen. Das alles mit dem Recht einer, die – wie auch immer – dazugehört, sich den Begriff Heimat auf ihre Art zurechtlegt.
Noch ist die Sprache mit mir verbündet.
Aber drüben – wie fange ich an, was muß ich beachten? Und wenn man mich fragt, warum ich das alles wissen will?
Ich muß den richtigen Ton treffen, Anspielungen verstehen, Untertöne heraushören, emotional und sprachlich angemessen reagieren, mich präzise ausdrücken, Fauxpas vermeiden. Der Dialekt könnte bei der Verständigung helfen, doch der Mundart-Wortschatz reicht nur für's Grobe, und auch er kommt mir eher unbeholfen über die Lippen. Ich sehe mich die Geduld meiner Gesprächspartner strapazieren, nach der passenden Vokabel suchen, im Wörterbuch nachschlagen, um dann, wenn die Antwort kommt, zu bitten: Nicht so schnell, bitte langsamer! C'est trop vite ... un peu plus lentement, s'il vous plait ...
Ich sollte erst einmal hier bleiben. Kluge Entscheidung oder ausgeklügelte Vermeidungsstrategie?
Zugegeben, eher letzteres. Erfahre ich drüben womöglich das ganze Ausmaß einer dubiosen Spionageaffäre? Die doppelte Identität des Spions, Verstellung, Lügen auf Schritt und Tritt – führt das nicht unausweichlich zur Veränderung der Persönlichkeit? Sind Schweigen und

Vergessen am Ende doch angemessen? Ein Zeitzeuge konfrontierte mich dieser Tage mit einer ganz neuen Version: Marie habe auch für die deutsche Seite »gearbeitet«. Sie habe mit Hackmann in Verbindung gestanden – wie auch immer. Wie auch immer? Was soll das heißen? Genauer wollte er nicht werden, oder konnte es nicht.

Nein, in dieser Verfassung kann ich unmöglich rübergehen. Außerdem, hier gibt es noch genug zu tun, gibt es noch andere Stimmen, ich muß sie nur finden. Suchen und finden. Wer suchet, der findet. Die innere Gebetsmühle. Das kleine Mut-mach-Einmaleins. Mit der Suchmaschine kommt man in diesem Fall nicht weit, mit dem Rosenkranz schon eher.

Dann muß ich eben wiederkommen. Warum nicht, schön ist es hier, die reinste Idylle, jetzt, wo die Sonne Streifen durch die dunkle Wolke wirft. Der alte Leinpfad – Frachtkähne, Péniches, verkehren kaum noch – ist heute ein beliebter deutsch-französischer Radwanderweg. Üppiges Grün säumt die Ufer, Enten schnattern am Wehr, ein Pärchen liegt im Gras, dort, wo ein großer Baum, es könnte eine Akazie sein, malerisch den Beginn der Insel markiert.

Auf die Natur als Trostspender ist kein Verlaß. Die grüne Idylle mutiert zum Stichwortgeber zynischer Sentenzen. Jemanden ins Gras beißen lassen. Laß endlich Gras über die Sache wachsen.

Herr Grau. Frau Allmang. Vielleicht denken hier alle so.

Und nicht nur hier. Auch drüben. Sie sind es, die sich hier auskennen, die Zeit erlebt und etwas zu sagen haben, die Alteingesessenen. Ich bin die Fremde, naiv, unwissend, nachgeboren. Vorlaut, hätte man früher gesagt. Auf der Mitte der Brücke versperrt eine unsichtbare Linie den Grenzübergang.

Ein flaues Gefühl, irgendwo zwischen Herz und Magen, steigt es vom Wasser hoch?

Der Geruch wie immer. Moder, Schlick, Wasserpflanzen. Die glitschigen Ablagerungen an den glatten Stielen der Seerosen dort unten, ich spüre sie, wie sie über die Wade gleiten, sanfter Ekel steigt auf, was sind schon Jahrzehnte? Immer die gleichen Stromlinien des Flusses, er macht seinen Weg, kümmert sich nicht um den Unterschied zwischen Gegenwart, Zukunft und Vergangenheit, da fließt er, schon ist er vorbei, von dort kommt er, aus den Vogesen, jetzt ist er am Wehr, am Mühlenwehr. Die alte Mühle wurde abgerissen, sie mußte der neuen Schnellstraße weichen. Gegenüber, am Lothringer Waldsaum, leuchtet weiß die Grotte der Madonna. Über die Rue de la Montagne geht es hinauf, von dort oben hat man einen weiten Blick auf das Flußtal und die Dörfer. Ich wähle die Nummer von Anton Bertram, dessen Vater in Pauls Prozeß als Zeuge aussagte. Ob wir unsere Verabredung vorziehen können, ob er Zeit hat, jetzt, gleich ...

– Heute Nachmittag?
– Ja, ich stehe auf der Brücke und traue mich nicht nach drüben.
Pause. Sein Fragezeichen am anderen Ende der Leitung.
– Gib nicht auf, sagt er. Es gibt Schlimmeres als einige verblendete Zeitgenossen.
– Da war noch etwas. Jemand hat behauptet, Marie und Paul hätten für beide Seiten gearbeitet.
– Interessant. Vielleicht waren sie Doppelagenten.
– Doppelagenten? Das klingt obskur.
– Wieso? Das sind die wichtigsten überhaupt. Im Dienste Frankreichs, meine ich. Gegen Nazideutschland. Nicht auf eigene Rechnung. Politische Motive. Eingeschleuste Doppelagenten.
– Ich interessiere mich nicht für Geheimdienste.
– Dann wird es höchste Zeit. Hast du schon mal was von einem Maulwurf gehört?
– Diese kleinen schwarzen Grabetierchen aus der Familie Grabowski?
– Penetrationsagenten leben besonders gefährlich.
– Der Begriff ist nicht vereinbar mit meinem kritischen Sprachgefühl. Klingt aber sehr professionell.
– Infiltration und Irreführung des gegnerischen Dienstes: die Gegenspionage ist die effektivste Abwehr.
– Doppelagenten, Gegenspionage – hier im Dorf?
– Immer diese Vorurteile. In der Provinz war das Zen-

trum. Hier war der Widerstand, hier tummelte sich die internationale Prominenz. Wir waren der letzte Hoffnungsträger gegen Hitlerdeutschland.
– Also, kann ich kommen? Ich brauche Nachhilfe.
– Gut, komm vorbei.
Die Brücke zeigt sich in freundlichem Licht, das Gewitter wird ausbleiben. Zwei Mädchen kommen angeradelt, halten an, fasziniert vom Blick auf Fluß, Insel, Kanal, die bewaldeten Höhenzüge, vielleicht auch von der Idee der unsichtbaren Grenze. Sie starren ins Wasser. Irgendwo dort unten liegt sie verborgen.
Der Kanal verläuft auf französischem Territorium in geringem Abstand parallel zum Fluß, bis er an der Schleuse hinter der Ziegelfabrik wieder mit ihm zusammengeführt wird. Eine Felsplatte im Flußbett – zu Kinderzeiten unsere Badestelle – verhinderte den Schiffsverkehr, darum der Kanal. Die Brücke verbindet durchgehend Fluß, Insel und Kanal, genau wie die alte Bogensteinbrücke mit den acht Pfeilern, Maries Brücke, die ich nur von Postkarten kenne. Zur Insel führt, genau wie damals, eine Treppe hinunter. An Nickel Hackmann denke ich nicht in diesem Moment. Daß zwischen Schleuse und Treppe am mittleren Brückenpfeiler Hackmanns Kuriere im Schutz der nächtlichen Dunkelheit operierten, unbemerkt von den französischen Grenzposten, erfahre ich erst Wochen später.

Ich denke in diesem Moment an Marie, nur an sie, wünsche mir, daß sie hier Halt machte, an Sommernachmittagen wie diesem, sich ins Gras setzte, dort am Wehr, wo das Pärchen liegt, und den Fischern beim Angeln zuschaute.
Vielleicht sitzt Paul neben ihr und zieht sie zu sich ins duftende Gras. Sie machen Pause zwischen den Welten.

▌Madame Julienne Belmont will mich treffen, ihre Stimme am Telefon klingt frisch und energisch. Morgen, um fünfzehn Uhr, will sie ins Archiv kommen. Das Stadtarchiv ist meistens gut besucht, im Lesesaal kann es eng werden. Monsieur H. bietet mir den Konferenzraum an, ideal für unsere Zusammenkunft, dort werden wir ungestört miteinander sprechen können. Merci, Monsieur archiviste municipal.
Es ist lang bis dahin. Geduldig zu sein, fällt mir dieses Mal schwer. Es gibt genug zu tun, sage ich mir, je mehr ich weiß, desto fruchtbarer wird unser Gespräch morgen sein. Ein Thema, das ich lange vor mir hergeschoben habe: Geheimdienste und ihre Arbeitsmethoden. Historische Berichte, systematische Abhandlungen, Memoiren berühmter Geheimdienstoffiziere, deren Namen ich nie gehört habe, Sachbücher mit aufschlußreichem Bildmaterial stapeln sich seit Tagen auf meinem Arbeitstisch im Lesesaal.
Decknamen und gefälschte Papiere.
»Tote Briefkästen«, vorzugsweise installiert an Orten, die der Gegner nicht observieren kann, ohne aufzufallen.
Genial präparierte Alltagsgegenstände mit Geheimfächern, sogenannten Containern.

Chemische Rezepturen für Geheimtinten und Funkgeräte mit Codiertafeln.
Spezielle Modelliermassen für Schlüsselabdrücke.
Systematischer Aufbau einer Legende, von langer Hand vorbereitet, wenn der Agent auf feindlichem Territorium operieren muß.
»Blickfeldarbeit«, bevor jemand als Doppelagent beim Gegner eingeschleust wird, schließlich muß der auf ihn aufmerksam werden und ihn anwerben.
»Spielmaterial«, täuschend echte, aber wertlose Informationen, die der Doppelagent seinem »Auftraggeber« liefert, um ihn zufriedenzustellen und in die Irre zu führen.
Regeln und Übungen zur Tarnung, Disziplinierung, Selbstbeobachtung sowie psychologische Schulung: Das Handeln muß ständig zu der Person passen, die man vorgibt zu sein, ein spontaner Ausrutscher ist unentschuldbar und kann die schlimmsten Folgen nach sich ziehen.
Und so weiter.
Was paßt zu Maries Alltag? Jedenfalls nicht diese abenteuerliche Handschuhpistole oder ein Armbanduhrmikrofon.

Die Spionageabwehrabteilungen der französischen und englischen Geheimdienste waren in den dreißiger Jahren besonders interessiert an politisch und ideologisch motivierten Agenten, »den einzig wertvollen« (Dick White; Phillip Knightley). Besonders geeignet erschienen ihnen

Hitlergegner aus Überzeugung, die in Frankreich und England »ein moralisches Bollwerk gegen den Faschismus erwarteten«. Aha, das könnte passen.
Die einzig wertvollen Agenten, und am Ende doch gescheitert, warum? Weil sie zu politisch waren, unfähig zu einem Spiel, das ursprünglich nicht ihres war? Wurden sie schlecht ausgebildet, falsch und riskant geführt, oder gar bewußt geopfert? (Mein Mißtrauen gegen die Indianerspiele der Geheimdienste sitzt tief.)
Andererseits: Das Problem waren nicht die Geheimdienste, heißt es übereinstimmend. Diese verbuchten mit guten Agenten, die unter Lebensgefahr arbeiteten, hervorragende Erfolge bei der Abwehr und Gegenspionage. Beklagt wird die mangelnde Fähigkeit oder Bereitschaft der politisch Verantwortlichen, die richtigen Schlüsse aus dem gelieferten Material zu ziehen. Fehlende Einsicht in die Notwendigkeit eines frühen, entschlossenen Widerstandes gegen Hitlerdeutschland auf Regierungsebene oder eine lähmende Kriegsangst konnte auch der fähigste Geheimdienst nicht kompensieren.
Der englische Geheimdienst SIS hatte beispielsweise herausgefunden, daß die von Göring präsentierten Zahlen über die Ausrüstung der deutschen Luftwaffe gefälscht waren: Sie sollten die Angst und Nachgiebigkeit gegenüber den deutschen Revisionsforderungen schüren. Die Regierung Chamberlain war über Görings Bluff bestens

informiert und beschloß dennoch, das Münchener Abkommen zu unterzeichnen.
Vielleicht hat Marie im Gefängnis Barnimstraße, wo viele politische Gefangene inhaftiert waren, fünf Tage vor ihrem Tod von diesem folgenschweren Ereignis erfahren, mußte zur Kenntnis nehmen, daß es Chamberlain gelungen war, auch den französischen Ministerpräsidenten zu Hitler zu bestellen und auf seine Seite zu bringen.
Die Augen schmerzen beim Querlesen der dicken Wälzer, bei der Durchsicht alter Zeitungen aus den dreißiger Jahren: enger Bleisatz, kleine Schrift, selten unterbrochen durch Fotos oder sonstige Darstellungen. Währenddessen baut der Archivar unentwegt an meinem Bücherturm. Dossiers, Karteien und Zeitschriften folgen. Soll ich fünf Jahre recherchieren? – Fünf Jahre? Da kann Monsieur archiviste nur lachen. Er arbeitet bereits im zwölften Jahr an einem Thema.
Nett gemeint, doch nicht gerade aufbauend. Ich sehne mich nach einem Blick auf sattes Blattgrün, nach einer knapp zusammengefaßten, für Geheimdienstlaien verständlichen Bilanz. Stattdessen läßt Monsieur H. neue Bleisoldaten aufmarschieren. Ein Werk im Umfang von 250 Seiten, das mir als sofortige Pflichtlektüre anempfohlen wird: »Doudot – Figure légendaire du contre-espionnage français«.
In der Tat, dieses Buch wird Aufschluß geben über Maries

großen Erfolg, doch in einem Anfall von Mißmut verschwindet es zutiefst unter dem Stapel. Ich mag nicht mehr. Ich bin so satt und mag kein Blatt mehr lesen.

Nach der Mittagspause geht es weiter. Ich studiere Glossare mit den verschiedenen Definitionen des Spions, Klassifizierungen und Unterscheidungsmerkmalen.
Der hohe Geheimdienstbeamte im Staatsdienst, der am Schreibtisch arbeitet.
Der Führungsoffizier, der den Agenten anleitet und jeden Einsatz bis ins kleinste Detail mit ihm abspricht.
Der Verbindungsoffizier der Armee, oft mit hohem Dienstgrad, der, aufgrund seiner Kenntnisse der Waffensysteme, Hinweise zur gezielten »Desinformation« des Gegners liefert und autorisiert.
Der »Hauptvertrauensmann«, wie der Chef eines »Häkelnetzes«, eines Agentenringes beim militärischen Geheimdienst der Nazis genannt wird.
Der Informant, für die »operative Beschaffung« von Nachrichten zuständig.
Der Hilfsagent, der lediglich seine Wohnung für konspirative Treffen oder als Postadresse zur Verfügung stellt oder als Kurier eingesetzt wird.
Der »Romeo-Agent«, der sich vorzugsweise an vereinsamte Sekretärinnen mit Zugang zu Geheimdokumenten »heranspielt«.
Der Spannungs- und Kriegsagent, der Meldungen an

seine Zentale »absetzt«, Sabotageakte vorbereitet und organisiert.
Der Überläufer, der auf die andere Seite flüchtet und dort auspackt.
Der vom Gegner Enttarnte, Aufgeflogene, Verhaftete (»brûlé«).
Der »Umgedrehte« (»retourné«), der enttarnt wurde und unter Druck und Drohung die Seite wechselt.
Der skrupellose Abenteurer, der in illusorischer Selbstüberschätzung glaubt, er könnte als Doppelagent in die eigene Tasche arbeiten und beide Seiten betrügen.
Und am Ende, als Krönung, der echte, professionelle Doppelagent, moralisch integer und loyal, getestet und für gut befunden (»confirmé«), umgangssprachlich auch »Maulwurf« genannt (»la taupe«). Der Undercoveragent, der den gegnerischen Geheimdienst unterwandert und in die Irre führt. Wie Colonel Joseph Doudot. Unter drei verschiedenen Identitäten war er aktiv für »Auftraggeber« mehrerer Außenposten der Berliner Zentrale. Allerdings hat er sich nie auf deutsches Territorium locken lassen. Doudot, Held der französischen Gegenspionage, nicht nur für seine Biographen, auch für die westlichen Alliierten.
Plötzlich weiß ich: Er war es, unter seiner Führung hat Marie gearbeitet. Er, der Profi unter Frankreichs Doppelagenten, hat seine Schüler angeleitet, es ihm gleichzutun. Marie hat zum Schein für Hackmann gearbeitet.

Blickfeldarbeit! Wie hat sie es geschafft, Hackmanns Vertrauen zu gewinnen?
Spielmaterial! Welche Scheininformationen hat sie Hackmann geliefert? Von welcher Stelle wurden sie ausgearbeitet und autorisiert? Wieder so ein Kürzel: S.A.L.
Maries Foto liegt vor mir. Die Gestalttheorie verweist auf die bekannten Beispiele, bei denen Bilder »kippen«. Der Betrachter erkennt plötzlich eine andere Figur, die er zuvor nicht wahrgenommen hat. Statt eines Kelches sieht er nun zwei Gesichter. Ich versuche es mit einem ähnlichen Verfahren, decke Maries beide Gesichtshälften abwechselnd ab, mit frappierendem Ergebnis. Ich traue ihr das Jonglieren mit zwei Identitäten zu. Die eine Seite offenbart einen Zug in ihr, der schon auf dem Mädchenfoto zum Ausdruck kam, eine gewisse Trägheit, Passivität. Angepaßte Gleichgültigkeit, könnte man sagen. Die andere Seite zeigt einen zupackenden, entschlossenen Zug, ein Blitzen im Auge.
Ich werde sofort nach Paris fahren. Man muß mir Akteneinsicht gewähren, ich habe ein Recht darauf. Ich werde die Familien zusammentrommeln, wir werden einen Sitzstreik vor dem Militärarchiv veranstalten. (Ich kann nicht ahnen, daß die Akte sich noch in Moskau befindet ...) Reguliere den Atem, beruhige den Geist.
Ein eingeschleuster Agent sollte beim Gegner nie mit politisch-moralischen Motiven aufwarten, lerne ich, hier ist es am schwierigsten, zu täuschen und zu lügen.

Glaubhaft den Patrioten zu mimen, während er in Wirklichkeit für ein anderes Land arbeitet, schafft auf Dauer auch der beste Doppelagent nicht, zumal wenn seine Staatsangehörigkeit zu Zweifeln Anlaß gibt. Die goldene Regel lautet deshalb: Der Lohn sei das Motiv. Der Doppelagent muß bereit sein, sich dem Gegner in der untersten Kategorie anzubieten: als Informant um des Geldes willen.
Eine Frau wie Marie könnte dieses unpolitische Scheinmotiv zusätzlich und glaubwürdig untermauern durch die materielle Sorge um ein Kind. Doudot, der Meister der Irreführung. Weiterhin erfahre ich, daß die deutschen Geheimdienste zweisprachige Agenten suchten, die gepflegtes Französisch sprachen und Aufträge und Fragebögen korrekt ins Französische übersetzen konnten. Und daß es – erstaunlicherweise – nicht üblich war, Bewerber auf Herz und Nieren zu prüfen; das änderte sich erst mit Beginn des Krieges.
Hat der gegnerische Dienst angebissen, gilt in der Anfangsphase für den Maulwurf folgende Grundregel: Niemals Neugier zeigen, nichts auskundschaften oder gar entwenden. Der gegnerische »Auftraggeber« wird ihn anfangs beobachten und seine Zuverlässigkeit testen. Einzige Aufgabe des Doppelagenten in dieser Phase: das Vertrauen des Gegners gewinnen.
Vertrauen, Zuverlässigkeit – die wichtigsten Werte werden ins Gegenteil verkehrt. Gegen die Finten, Täu-

schungsmanöver, Verspiegelungen, Verrätselungen, den Jargon der Geheimdienstspezialisten war die babylonische Sprachverwirrung ein bescheidener Probelauf. Sich bei einem Nazi anschleimen. Zum Schein. Das ist der Auftrag.
Was für ein Leben. Marie, ich bin müde. Will ich dir noch folgen, in die Winkel des Versteckspiels, der Verstellung, raffinierten Camouflage? Haben an diesem Punkt schon andere vor mir aufgegeben, Valerie, Irene, Klara, deine eigene Familie? Hat Paul deshalb nie geredet, weil er wußte, daß dieses komplexe Spiel (Spiel? Tödlicher Ernst) einem Außenstehenden kaum zu vermitteln wäre?
Doudot, ungerührt: »Ich möchte die allzu häufig unterschätzten Verdienste der Geheimdienste hervorheben, die Undankbarkeit dieses verborgenen Handwerks, die Zwänge, denen alle unterworfen sind, die damit zu tun haben ... Wir hatten nur ein Ziel, die ›intoxication‹, die Vergiftung des Gegners: Nazideutschland.«

Ein pensionierter Offizier aus dem Generalstab der Armee wird mir vorgestellt. Er schaut mir interessiert über die Schulter, begutachtet den Bücherturm und will mich zum Essen einladen. Er zeigt mir seinen Armeeausweis. Warum? Habe ich Ähnlichkeit mit einem Maulwurf? Leseratten, Bücherwürmer ... alles eine Familie, vielleicht sollte ich den Beruf wechseln. Ich lehne dan-

kend ab. Obwohl Verbindungen zur Armee nicht schaden könnten. Womöglich würden sie die Entscheidung über meinen Antrag im Pariser Militärarchiv beschleunigen. Am Abend treffe ich ihn wieder, er wohnt zufällig im gleichen Hotel. Seltsam. Redet von dem Anschlag.
– Was für ein Anschlag?
– Al Kaida. Sie haben wieder zugeschlagen. Die Nachrichten sind voll davon. Zum Beweis schlägt er die Zeitung auf, zwei Seiten Berichte. Ob ich keinen Fernseher auf dem Zimmer hätte, welche Zimmernummer...
– Doch, aber ich nutze ihn nicht. (Fragt er mich aus?)
Er schaut ungläubig, mißtrauisch. Eine Frau allein, mit solcher Lektüre, die sich die Nachrichten entgehen läßt? Es sei eine amerikanische Agentin im Hotel abgestiegen, ob sie mir nicht aufgefallen sei. (Wie bitte?) Er beschreibt sie mir. (Leidet er unter Paranoia?)
– Warum sind Sie hier? fragt er mich plötzlich in harschem Ton.
Ich bin sprachlos. Glaubt er, ich sei eine »Spannungsreisende«, unterwegs, um geheime Aufträge zu erfüllen? Wieder ein abrupter Tonwechsel, dieses Mal sehr höflich: Er habe etwas Interessantes für mich, auf seinem Zimmer. Einen Aufsatz zu meinem Thema.
Nicht möglich. Das sage ich aber nicht. Kann ich ablehnen, ohne mich verdächtig zu machen? In meinem Nacken zieht sich das Kräuselband zusammen. Wie war das mit der Paranoia?

Nach dem Essen klopfe ich an seine Tür, entschlossen, nicht einzutreten. Die Neugier treibt mich, ich will wissen, was er mir geben will. Der Schlüssel dreht sich im Schloß. Als die Tür sich öffnet, wird ein Piepser aktiviert, gibt einen ziemlich grellen Ton von sich, Monsieur trägt ihn anscheinend unter dem Jackett. Ich weiche zurück.
– Mein Herzschrittmacher, sagt er. (Ich glaube ihm kein Wort.) Er sei Jurist, sagt er, und Hobbyhistoriker, und drückt mir seine Studie über Goerdeler und Staufenberg in die Hand.
Tatsächlich, ich bin beeindruckt. Merci, Monsieur, c'est très interessant. Bonjour, pardon ... Au revoir.
Ich mache mich davon, laufe durch die Stadt, ziellos, nur um nicht auf meinem Zimmer sitzen zu müssen. Das wird eine unruhige Nacht werden. An Alpträume bin ich inzwischen gewöhnt, diesmal ist es besonders schlimm.
Ich bin eingeschlossen. Im Flur und Treppenhaus haben sie die Schilder abmontiert, nirgendwo grüne Strichmännchen, die den Fluchtweg über die Außentreppe weisen. An der Decke ist eine Liberator-Pistole installiert, diese speziell für die Résistance hergestellte Waffe. Links und rechts des Laufes erkenne ich im Halbdunkel kugelförmig hervorstehene Augen. Sie registrieren jede meiner Bewegungen im Schlaf, leiten die Information weiter an die Zentrale, die sie analysiert und verdächtige Impulse aufspürt. Die Pistole knackt in kurzen Zeitab-

ständen, als sei ein Schuß ausgelöst worden, der steckenbleibt.
Irgendwann gegen drei Uhr nachts wache ich auf. Ich fühle mich schuldig, wie als Kind vor der Samstagsbeichte. Ich stehe auf, untersuche Wände und Mobiliar auf Wanzen und Mikrokameras, jeder Lauscher hört, wie mein Herz pocht. War Marie tatsächlich eine Doppelagentin, oder ist die Phantasie mit mir durchgegangen? Ich zähle die Atemzüge, jeweils bis zehn. Reguliere den Atem, beruhige den Geist. Ein Mantra sollte mehr bewirken als der Rosenkranz. Bei mir jedenfalls.

Gegen Mittag mache ich mich auf den Weg zum Hotel, um den versäumten Schlaf nachholen, um ausgeruht und mit voller Konzentration die Begegung mit Maries Nichte zu erleben. An der Rezeption eine Nachricht: Madame Belmont bestätigt den Termin. Auch ihr scheint es wichtig zu sein, sie will mich nicht verpassen.
Auf dem Grand lit ruht es sich prächtig, doch an Schlaf ist nicht zu denken. Wie mag sie aussehen? Sie erscheint als Kind vor meinem inneren Auge, gleichsam im Jetlag wirft die Zeit meine Vorstellungskraft um Jahrzehnte zurück. Immer wieder muß ich mir klarmachen, daß Maries Nichte, die Tochter ihres Bruders Pierre, als alte Frau vor mir stehen wird. Dann, endlich, ist es soweit.
Das Stadtarchiv ist in einer klassizistischen Villa unterge-

bracht, inmitten eines großen Parks mit alten Buchen und Platanen. Ich öffne das schmiedeeiserne Tor, gehe den Hauptweg hinauf. In diesem Moment steigt eine Frau aus einem kleinen Fiat, der oben am Eingang parkt. Sie schaut mir entgegen, geht auf mich zu, das muß sie sein. Woher weiß sie, daß ich es bin? Bonjour, Madame, guten Tag, Sie sind bestimmt ...?

Monsieur H. hat für Kaffee gesorgt, das Tablett steht auf dem ehrwürdigen Eichentisch. Er zieht die Vorhänge auf und bittet uns, Platz zu nehmen. Mit einem Scherz verabschiedet er sich und zieht die gepolsterte Tür hinter sich zu.

Julienne Belmont. Nun könnte man sagen, daß nach wenigen Minuten das Eis zwischen uns gebrochen war, doch da war kein Eis. Ihr offener, direkter Blick, die Art, wie sie mich angesprochen hat, der radikale Kurzhaarschnitt ihres weißen Haars, der sportliche Pulli – das alles gefällt mir und läßt das junge Mädchen ahnen, das sie zu Maries Zeiten war. Heimlich bleibe ich beim Vornamen.

– Danke für den Brief. Ich war sehr überrascht und habe viel nachgedacht. Ich will versuchen, Ihre Fragen zu beantworten.

Sie macht mir Mut, dennoch bin ich befangen. Wird sie mich für neugierig, gar zudringlich halten, meine Nachforschungen als unerwünschte Einmischung in Familieninterna abwehren?

Ich beginne zu erzählen, stelle keine Fragen. Gut, daß ich

vieles selbst herausgefunden habe. Sie ist erstaunt, bewegt, am Ende erschüttert angesichts der Fotos, Dokumente und Details, die ich vor ihr ausbreite. Drei Stunden vergehen im Fluge, dieses Mal ohne Zeitverschiebung.

Ich erfahre, wie eng der Kontakt zwischen Marie und ihrem Bruder Pierre war. Ja, er ist es, der »namensgleiche« Redakteur bei der Zeitung damals. Pierre wurde nach der Annektion von den Nazis ausgewiesen. Nach dem Krieg lebten sie in Metz.
– Wenn Adenauer kam, hat er meinen Vater verlangt, der sollte den Artikel schreiben, sagt Julienne, nicht ohne Stolz. Mein Vater war streng katholisch, konservativ, er kannte Robert Schuman, das paßte zu Adenauer.
– Und Sie?
– Ob ich konservativ bin? Was heißt das heute schon? Ich bin ein Freigeist. Sie lacht. Auch wenn ich ins katholische Mädchenpensionat geschickt wurde.
Dann geht es um Marie. Julienne weiß nichts von Spionage. Vielleicht Paul, ja, aber Marie? Daran glaubt sie nicht.
– Marie war nicht der Typ.
– Gibt es einen »Typ«? Dann wäre es doch leicht, jeden Spion zu enttarnen.
– Stimmt. Klug genug war sie. Marie hatte eine einfache Schulbildung, aber sie war belesen und hatte eine eigene Meinung. Sie hat sich eingemischt, nicht nur mit kur-

zen Einwürfen, nein, sie konnte reden. Reden und schreiben war der Beruf meines Vaters, Marie gehörte dazu, das war selbstverständlich. Aber eine Spionin? Da braucht man Strenge, Beherrschung und Berechnung, Kälte, Disziplin und feste Regeln. Das war nichts für Marie.

– Vielleicht ist ein Spion nicht unbedingt ein Spion – oder, anders gesagt, wir haben ein zu starres Schema im Kopf. Erst recht von einer Frau.

– Marie war zu lieb für einen Spion, zu spontan, gefühlvoll. Hier, ich habe Ihnen eine Postkarte vom Zirkus Lilliput mitgebracht, die haben wir gemeinsam meinen Eltern geschrieben, als ich in den Ferien bei Marie war. Das war für sie keine Pflichtveranstaltung, sie hatte selber Spaß. Sie saß nicht gern zu Hause, war unternehmungslustig, bei ihr durfte ich alles Mögliche, was ich zu Hause nicht durfte. Bei ihr war ich frei, nicht eingezwängt in Vorschriften. Es lag in ihrer Persönlichkeit, so war sie auch bei uns zu Hause, sie pochte nie auf starre Regeln. Ich mochte sie sehr, besonders ihre warme, angenehme Stimme. Einmal sang Tino Rossi im Radio, ein schmelzender Tenor, wir nannten ihn den Rosinen-Tino. Marie drehte auf volle Lautstärke und sang das Chanson komplett mit. Après toi je n'aurai plus d'amour ... J'ai peur de ne plus te revoir. Es klang wundervoll, die beiden zusammen. Später mußte ich oft daran denken, vielleicht hat sie damals schon etwas geahnt. Warum hat man

sie so schrecklich bestraft? Von keiner offiziellen Stelle haben wir jemals Antwort bekommen.
– Den Satz kenne ich von meiner Mutter.
– Spionage – nein! Mein Vater war nach ihrer Verhaftung bei der Police Spéciale, dort haben sie ihm gesagt, es war nichts, sie wissen von nichts. Marie fand Hitler abscheulich, sie hatte Angst vor den Nazis, wie wir alle. Das war's.
– Muß das ein Widerspruch sein?
– Sie ist denunziert worden, ganz einfach. Jemand hat etwas erfahren und sie angezeigt.
– Was sollte man erfahren haben?
– Daß Marie mit meinem Vater zusammengearbeitet hat. Da gab es diesen Ring, eine Kette. Da wurden jüdische Flüchtlinge weitergeschleust. In den Grenzdépartements konnten sie nicht bleiben, es gab strenge Aufnahmebeschränkungen bei uns.
Marie und Pierre, eine Kette – das höre ich zum ersten Mal. Ein Aktenvermerk über Paul fällt mir ein, den ich im Archiv nicht zu deuten wußte: »Seine Frau trat mit seiner Billigung in den Dienst des französischen Geheimdienstes mit dem Ziel, Frankreich über die einsetzenden Kriegsvorbereitungen Hitlers sowie die gegen deutsche Juden und Emigranten gerichtete Spitzeltätigkeit der Gestapo zu unterrichten.«
Julienne fährt fort, ich will sie nicht unterbrechen. Auch

Paul war öfter bei ihnen, stundenlang wurde im Salon politisch diskutiert. Nein – nicht gestritten, betont sie. An die Inhalte erinnert sie sich kaum, sie war erst vierzehn, fünfzehn Jahre alt und hat sich für den Salon nicht interessiert.
Ich insistiere, ist nicht doch etwas hängengeblieben?
Ja, und zwar von den Gesprächen bei Tisch. Während der Mahlzeiten durfte sie nicht sprechen, wie sich das für eine wohlerzogene Tochter damals gehörte. Da hat sie die Ohren gespitzt. Das Thema Spanien fällt ihr ein, Franco und der Bürgerkrieg. Dann, anders als in Innerfrankreich, spielte in Lothringen der Klerus eine wichtige Rolle, auch bei der Zeitung hatten die Abbés Anteile und Einfluß. Paul und Marie dagegen sympathisierten eher mit den Sozialisten. Dann, die Kommunisten. Da wollte ihr Vater mehr Abstand. Ein anderes Mal ging es um Radio Strasbourg, der Sender war Paul zu »weich«.
– Paul und Marie haben sich viel von Frankreich versprochen?
– Bestimmt. Und mein Vater konnte auch nicht immer, wie er wollte. Chamberlain und Daladier nannte er »Dirmel«, die erst aufwachen, wenn es zu spät ist.
Aber das kann Julienne zeitlich nicht klar zuordnen. Vielleicht waren es spätere Kommentare ihres Vaters, nachdem er ausgewiesen war und für die Résistance Papiere fälschte.
– Wissen Sie mehr über Maries Aktivitäten?

– Ich weiß es, weil wir später darüber gesprochen haben. Marie hat für Flüchtlinge und Emigranten Schmuck und Devisen geschmuggelt. Die »Fluchtsteuer« für Juden in Deutschland war so hoch, daß sie auf legalem Wege praktisch kein Vermögen mitnehmen konnten. Wann ging es los im Reich, schon sehr früh, 1933 mit dem Boykott der jüdischen Geschäfte, 1935 die Nürnberger Gesetze. An der Saar hatte der Völkerbund nach dem Anschluß eine Schutzfrist für Juden durchgesetzt. Dieser einflußreiche Stahlunternehmer, Röchling, hat sich dann bei Hitler beschwert, das Saargebiet sei der reinste »Naturschutzpark« für Juden ... Das ging dann über diese Kette, ein Netz von Helfern, die israelitische Gemeinde war beteiligt. Die besten Freunde meines Vaters waren Juden.
Ich will es genauer wissen. Julienne nennt Namen.
– Und ich erinnere mich an einen Arzt, der einige Male zu uns zum Essen kam. Obwohl damals Juden aus Deutschland ausreisen durften, war sein Paßantrag abgelehnt worden. Man wollte ihn als »Reserve-Juden« zurückhalten, er galt als Spezialist. Er kam dann illegal über die grüne Grenze. Paul hing auch mit drin, vielleicht war er es, der die Leute an den Bootssteg brachte oder mit einer Wegbeschreibung versorgte, wissen Sie, dort wo der Fluß einmündet, am Kanuclub ...
Ich weiß gar nichts.
– Einmal, als ich mit Jean-Claude übers Wochenende bei Marie und Paul in der Hofstraße war, haben sie das

Radio laut gestellt und sich über dieses Thema unterhalten. Da gab es im Reichssender Saarbrücken um die Nachmittagszeit eine Serie »Tante Käthe erzählt Märchen«. Jean-Claude und ich haben uns beschwert, wir wollten Domino spielen und keine Kindersendung anhören. Aber das Radio blieb an, deshalb habe ich genauer hingehört, was die beiden da zu tuscheln hatten. Als der Eismann vor der Tür klingelte und wir rausrennen wollten, hielt Marie uns fest. Kein Wort da draußen, verstanden? sagte sie in scharfem Ton, fast böse. So kannte ich sie nicht.

Ich erinnere mich auch, daß meine Mutter eines Nachmittags, nachdem Marie die Haustür hinter sich zugezogen hatte, zu meinem Vater sagte: Sie ist leichtsinnig. Man kann doch nicht in der Kittelschürze ... Ich wollte wissen, was Marie in der Kittelschürze ... Sie gaben mir keine Antwort.

Was die beiden taten, war gefährlich, auf beiden Seiten hätten sie erwischt werden können. Aber bei den Nazis drohten die drakonischen Strafen, das wußte ich damals schon, obwohl ich ein Kind war. Marie war gegen die Nazis, »avec son coeur et ses tripes«, wie man hier sagt. Mit Herz und Eingeweiden, wörtlich übersetzt.

Julienne zögert, entschließt sich dann, es auszusprechen.

– Vielleicht hat Paul Marie im Prozeß belastet? Hat die Gestapo einen gegen den andern ausgespielt? Warum wurde nicht auch er zum Tode verurteilt? Verzeihen Sie,

auch diese Frage haben wir uns gestellt. Die Kontakte sind nach Kriegsende nicht wieder aufgenommen worden. Zu schlimm alles. Heute bereue ich es. Paul hatte wieder Kontakt zu Maries Sohn Jean-Claude, nach dem Krieg. Als das erste Kind geboren wurde, ein Mädchen, hat Paul ein hübsches Kinderbett gezimmert und es, in Einzelteile zerlegt, über die Grenze geschafft. Haben Sie mit der Witwe gesprochen?
Ich erzähle von meinem Besuch bei der alten Frau, die mich herzlich empfangen hat, aber nichts Näheres über die ganze Geschichte weiß. Es ist kaum eine Woche her. Endlich hatte ich es geschafft, anzurufen, mich vorzustellen. Madame rief dic Familic zusammen. Ich saß bei ihnen am Wohnzimmertisch und wurde königlich bewirtet. Ich erfuhr, daß Jean-Claude seit langem tot ist. Dann waren die Rollen vertauscht. Statt etwas in Erfahrung zu bringen, berichtete ich. Ich wüßte so gern, was Marie ihrem Sohn zum Abschied schrieb. Doch Jean-Claude, der jahrelang den Brief seiner Mutter in der Brieftasche mit sich trug, hat ihn niemals vorgelesen. Er wollte nicht darüber sprechen. Seine Frau hat das akzeptiert, wollte nicht in ihn dringen. Auch die Kinder hielten sich an das Frageverbot.

– Ihre Information ist falsch, sagt Julienne unvermittelt. Marie ist mit dem Handbeil hingerichtet worden. Wir saßen zu Tisch, es war unmittelbar nach dem Mittagessen. Mein Vater kam in der Mittagspause immer nach Hause und hörte Nachrichten, Radio Zürich, Strasbourg, Stuttgart. Die Hinrichtung kam in den 13 Uhr-Nachrichten von Radio Stuttgart. Der Sprecher sagte Handbeil, nicht Guillotine. Ich weiß es absolut sicher. Wir saßen wie versteinert. Ich rannte hinaus, mußte mich übergeben. Mein Vater fuhr sofort weg, wollte Jean-Claude holen.

– Vielleicht hieß es Fallbeil? Das klingt ähnlich. Die Nazis hatten eine Sprachregelung, man vermied den Begriff Guillotine.

Julienne schüttelt den Kopf. Die Erinnerung setzt ihr zu. Was für ein Dialog. Ich entschuldige mich. Ich würde gern ihre Hand nehmen, wage es aber nicht.

– Sie brauchen sich nicht zu entschuldigen, die Wahrheit muß auf den Tisch. Auch Verwandte haben im Radio »Handbeil« gehört. »Le Jour« schrieb: »Elle fut executée par la hache«. Und im Daily Mail stand es, allerdings ohne Hinweis auf die Todesart. Es war Rache. Den Tag der Hinrichtung haben sie genau berechnet, das kann kein Zufall sein, am 4. Oktober verhaftet und genau ein Jahr später, am 4. Oktober, ermordet.

Ich widerspreche nicht mehr. Wie soll man diese Frage endgültig klären? Im Sterbebuch beim Standesamt Charlottenburg, das die Einträge der Ermordeten von Plötzensee enthält, fehlt Maries Registerblatt. Dort war häufig,

aber nicht immer, unter »Todesursache« die Art der Hinrichtung aufgeführt.
– Sollen wir uns duzen?
– Ja, natürlich. Ich bin erleichtert, dankbar, und bitte sie fortzufahren.
– Abends dann meine Mutter, weinend: Sie hätte Marie doch immer gewarnt. Das ist gefährlich, was du da machst. Schmuck wird nach Goldwert taxiert, das ist schlimmer als ein Devisenvergehen. Du weißt doch, wie rabiat die da drüben sind, das kann kein gutes Ende nehmen ...
Meine Mutter verbot mir unter Androhung strengster Bestrafung, mit dem Hund abends rauszugehen.
– Wieso?
– Ich durfte abends nie raus, außer wenn Flüchtlinge kamen. Dann ging ich mit dem Hund runter zu den Uferwiesen und spielte mit ihm. Mein Vater wußte, wann die Grenzstreifen Patrouille gehen, er kannte die wechselnden Zeit- und Wegepläne, er hatte seine Kontakte. Wenn die Luft rein war, kamen die Leute mit Rucksack. Sie wußten genau Bescheid. Ich sprach nie mit ihnen, ging nur vor ihnen her bis oben zur Straßenecke, wo jemand anders auf sie wartete ... Genug für heute.
Wir gehen auseinander mit einer weiteren Verabredung.
– Weißt du, daß ich mit deiner Mutter Irene Puppenkleider getauscht habe? ruft Julienne hinter mir her, als

sie bereits hinterm Steuer sitzt. Aber eine brave Puppengretel war ich nicht!

Zurück im Hotel, überkommt mich eine tiefe Müdigkeit. Ich werde über alles neu nachdenken müssen. Aber nicht jetzt. Nach Stunden wache ich auf, es ist längst dunkel, das Dauerrauschen eines Ventilators steigt aus der Tiefe des Innenhofes empor.

Am späten Abend mache ich mich noch einmal auf den Weg. Das arabische Bistro in der Rue du Château hat noch geöffnet, unter einem libanesischen Sonnenuntergang habe ich einen Tisch für mich allein und feiere meine Begegnung mit Julienne.

Beim Aufbruch verstaue ich sorgsam die Ernte des Tages im Rucksack, ein Clairefontaine-Heft im Umfang von sechsundneunzig eng beschriebenen Seiten, ein gutes Ergebnis. »Douceur de l'écriture«, wirbt der Slogan auf dem Umschlag für samtweiches Papier. Die Süße des Schreibens, übersetze ich, sehr frei. Das Tor zu Maries Welt ist nicht mehr verschlossen.

Aus den Kassibern (III)

Paul an Marie:

Liebste Frau!
Ich habe Valerie wieder geschrieben wegen eines Rechtsanwalts. Die Briefe dauern immer so lange, zudem sind unsere ersten nicht angekommen, das verzögert die ganze Sache. Schreib du doch Valerie auch noch einmal. Sie gibt sich so viel Mühe mit uns! Wenn meine Schwester nicht wäre, liebe Frau, hätten wir niemand, der sich um uns kümmert. Dann wäre es hart. Also schreib ihr bitte, schön ausführlich, was Du brauchst, wie es Dir geht, aber paß auf, nur ja nichts von unserem Briefverkehr.
Jetzt möchte ich unbedingt wissen, was die falsche Hackmann Dir damals für einen Brief in den Sack gesteckt hat, das muß ich wissen, ehe die Frau hier auf Urlaub geschickt wird. Aber komisch, der Überbringer sagte nichts von Urlaub, er sagt, sie wird vorzeitig entlassen. Daß sie ein Jahr geschenkt bekommen soll, ist doch merkwürdig.
Bitte, denk an das, was ich gesagt habe, jetzt fange ich wieder an zu zweifeln. Nicht daran, daß die Frau zwei Jahre bekommen hat, sondern daß sie und der Überbringer von der Polizei beauftragt sind, uns auszuhorchen, und sie dann, bei gutem Erfolg, ein Jahr geschenkt be-

kommt und er zum Oberwachtmeister befördert wird. Das war alles schon da. Nehmen wir an, daß es nicht so ist, aber schreibe mir trotzdem immer nur so, daß man keinerlei Anhaltspunkte findet.
Liebling, hör auf mich, denk an mich, wir haben schon genug Elend.
Seltsam war auch, als ich den Überbringer fragte, wie er sich denn herausredet, wenn er mal bei mir gesehen wird. Er antwortete, wir müßten dann beide sagen, er hätte mich etwas gefragt. Er sagte das so kalt, als ob er geschützt wäre. Wenn mich der Hauptwachtmeister tatsächlich danach fragt, könnte ich ihm unmöglich diese Antwort geben, das ist lächerlich. Deshalb traue ich der Sache nicht. Es gibt ehrliche und andere Menschen, die einen für dreißig Silberlinge verkaufen. Du weißt ja, meine liebe Frau, wir waren noch immer bei den Unglücklichen. Also noch einmal meine große Bitte: Sei vorsichtig! Im Schreiben und in allem andern!
Sag bitte davon nichts der Frau, es ist ja nur meine Meinung. Ich bin so mißtrauisch geworden durch diesen harten Schicksalsschlag, daß mir niemand mehr ins Haus kommt, wenn wir wieder daheim sind.
Die Frau will noch etwas für uns tun, wenn sie draußen ist? Gut, ist es unserer Befreiung dienlich, dann der Frau alle Ehre und Lohn. Ist es aber unser Untergang, was dann?

Also, liebster Schatz, ich bin furchtbar erregt, beruhige Du mich wieder, wenn Du kannst, und schreibe mir etwas über die Ehrlichkeit der beiden. Du kennst ja die Frau besser. Wenn ich sie schon einmal gesehen und gesprochen hätte, würde ich vielleicht auch anders denken. Noch etwas: Was für höhere Herren waren das, die Dich verhört haben, außer der Gestapo?
Waren sie so grob wie der, der mich zuletzt verhört hat? Der wurde zum Schluß frech mit mir ...
Bitte kauf Dir alles, was Du brauchst, denk nicht an Geld. Jupp geht für mich auf unser Büro und fragt, ob er mein Urlaubsgeld für sechs Tage bekommt. Urlaub habe ich ja nun genug, gelt, mein Schatz, und auch Du hast Ferien. Immer ein bißchen Humor behalten, wenn's auch schwerfällt ... Weißt du noch, letztes Jahr um die Zeit war Kirmes.
Wenn die Frau aus Deiner Zelle fortkommt, dann melde sofort, daß Du nicht allein sein kannst wegen Deiner Krämpfe. Wie war es während Deiner letzten Periode, hast Du viel gelitten? Bekommt Ihr auch Binden? Es ist ja alles nicht so sauber wie zu Hause. Ich war erst ein einziges Mal baden. Ich habe ein blutiges Taschentuch hier liegen, damit habe ich Ungeziefer zerquetscht. Ich werfe es in den Kübel, ich kann es Valerie nicht mit der Wäsche schicken.
Sei nicht traurig, Liebling, wir sehen uns bald, ich ahne es.

Marie an Paul:

Lieber!
Denk doch nicht mehr an die verpaßte Kirmes, dann fällt Dir der Tag nicht so schwer ... Ich freue mich schon auf die Nacht, um im Traum bei Dir, meinem Allerliebsten zu sein.
Ich stricke jetzt viel.
Nun hast Du ja wieder einige Worte von mir, die Dich hoffentlich aufmuntern. Ich danke unserem Herrgott, daß er uns, bis jetzt wenigstens, eine Verständigung auf diesem Wege gegeben hat, und bete zu ihm, daß er uns auch weiter nicht verläßt.
Also, mein Liebster, sei stark in Liebe zu mir, so wie ich das gleiche tue.

Paul an Marie:

Mein Liebling, heute morgen habe ich Gefängniskleider bekommen, Du auch? Stell Dir vor, ich mußte mich auf Kammer ganz nackt machen und hatte doch Deinen Brief bei mir. Wie ich den gerettet habe, kann ich Dir nicht schreiben. Später sag ich Dir's! Die Angst, die ich hatte ... Ich habe gefragt, warum ich die Kleider bekomme, da hieß es: Befehl von oben. Da stimmt etwas nicht. Oder Druck von der Gestapo. Schreibe mir noch einmal, wenn es möglich ist, dann nicht mehr, es ist zu gefährlich.

Das Wichtigste haben wir uns geschrieben.
Du meinst, in den nächsten Wochen erfahren wir Besseres? Was denn, Liebling? Wenn es nur bald vorbei ist. Ich weiß nicht, was ich aus Dank und Freude mache ... Der Einbruch kann doch nicht unser Verhängnis sein. Die Gestapo weiß doch, daß wir im Kino waren ... Sei trotz allem anständig gegen die Vorgesetzten, wenn auch einige einen behandeln wie ein Stück Vieh.
Tröste Dich mit mir. Ich bin ganz geduldig geworden und denke immer, es kommt der Tag. Noch was: Hast Du Pantoffeln? Gib Valerie Deine Schuhnummer, sie kauft Dir Pantoffeln.
Du hast doch Spaziergang und Kirchgang? Geh immer mit, sonst wird man steif. Ich gehe in der Zelle hin und her und bewege meine Arme, morgens atme ich am Fenster tief die frische Luft ein. Das hätte ja noch gefehlt, daß man hier krank würde!
Jetzt ist mein Papier zu Ende.
Der Schritt, den die Frau noch für uns tun will: Lege ihr ans Herz, daß sie vorsichtig ist und ehrlich. Wo ist sie eigentlich her und wie alt ist sie? Sie muß ja wissen, wie es ist, wenn man hier schmachtet, dazu unschuldig, wie wir.
Au revoir, meine Liebste. Auf Wiedersehen! Bald! Au-revoir!

Paul an Marie:

Meine liebe Frau!
Habe heute morgen Deine lieben und verzweifelten Worte erhalten. Du hast ja gar keinen Mut mehr, Liebste. Ich rechne damit, daß wir mindestens zwei bis drei Monate sitzen, bis es zum Termin kommt. Zwei bis drei Wochen vor dem Termin bekommen wir eine Vorladung, wenn wir die mal haben, dann ist das Ende nahe und die Freiheit gewiß.
Bei der Verhandlung muß es zum Freispruch kommen, wir sind ja unschuldig. Der Hauptverdacht besteht doch nur darin, so wie Du mir gesagt hast, daß Du den Franzosen auf ihren Antrag hin, für sie zu arbeiten, ein oder zwei Fragen beantwortet hast. Du mußt vor Gericht betonen, daß Du das nur getan hast, um wieder loszukommen.
Der Überbringer hat heute bis drei Uhr bei uns Dienst. Wir wollen ihn von jetzt ab nicht mehr Überbringer nennen, sondern nur noch Ü., damit der Mann nicht auffällt. Du weißt doch, wie ich das meine? Er hat mir gesagt, er hätte mit Dir gesprochen und meint, Du hättest noch etwas auf dem Herzen, würdest Dich aber nicht heraustrauen damit. Wenn Du, liebste Frau, wirklich noch etwas auf dem Herzen hast und denkst, daß es besser ist, wenn Du es im Herzen verwahrst, bis wir uns wiedersehen, dann tue es. Meinen letzten Brief von zwölf Seiten

hast Du doch erhalten, oder nicht? Ich hoffe es sehr. Vielleicht kommt Valerie heute zu Besuch, aber ich glaube nicht, daß sie die Genehmigung bekommt. Wenn ja, geh unbedingt hin und besprich mit ihr das Wichtigste, nur, was Du darfst, natürlich, es ist ja Aufsicht dabei. Die Besuchszeit dauert zehn Minuten, da kann man viel sprechen. Auch im Brief darfst Du nichts schreiben über die Verhältnisse im Gefängnis, über das Essen, die Behandlung, die Wanzen usw., sonst wird sofort der Briefverkehr gesperrt.

Bekommst Du auch etwas zu lesen, oder mußt Du den ganzen Tag stricken? Wenn Du müde bist, hörst Du einfach auf. Untersuchungsgefangene müssen nicht arbeiten. Beim Rasieren und Haareschneiden steht seit Montag der Wachtmeister neben mir. Nehmen die an, daß ich einen Fluchtversuch machen könnte? Ich bin doch kein Schwerverbrecher. Obwohl man mich so behandelt. Ich habe den Frisör nach dem Grund gefragt, er antwortete, das sei nur bei Einzelhaft und Sprechverbot der Fall.

Also, liebste Frau, ich muß schließen, der Ü. wartet auf den Brief.

Sei lieb, mutig, treu und tapfer bis ans Ende, mag es dauern, so lange es will.

Viele Küsse. Auf Wiedersehen!

Dein Dich treu Liebender bis in den Tod.

P.

P.S. Wenn Du noch etwas auf dem Herzen hast, dann sei sehr vorsichtig, nicht, daß wir zum Schluß die Sache verderben. Stärke Dein Gedächtnis. Werde nicht krank, sonst ist alles aus. Und iß tüchtig, wenn's auch nicht so schmeckt wie zu Hause. Alle Schreiben gut vernichten! Wenn wir wieder frei sind, beginnt ein neues Leben!

Und wieder auf der Brücke. Dieses Mal mit Julienne.
– Schau mal, dort hinten war unsere Badebucht. Auf eurer Seite hatten die französischen Kinder eine lange Liane im Baum befestigt, vielleicht war es auch ein Seil, Lianen gab es nur auf unserer Seite, am Schwarzen Berg. Das Seil hatte unten einen dicken Knoten. Wenn wir uns geduldig in die Warteschlange einreihten, konnten wir quer durch die Lüfte von Frankreich nach Deutschland schwingen.
Mit Julienne schwinge ich in ihre Vergangenheiten. In den Sommerferien war sie mit Marie mal hier baden. Sie erinnert sich nicht, ob Marie ins Wasser ging, schwimmen konnte, wahrscheinlich hatte sie es nie gelernt. Der Pépé, Maries Vater, ging mit seinen Buben im Sommer schwimmen, sie tauchten unter den Kanalschiffen durch und erzählten von ihren Heldentaten. Für die Töchter war das nichts, zu gefährlich, unschicklich. Wenn sie mitwollten, mußten sie angezogen am Ufer sitzen und zuschauen. Maries Foto fällt mir ein, die Strickjacke mit Stehbündchen, der ernste, müde Blick. Zu Juliennes Zeiten gab es dann den Schwimmverein, in der Nähe des Kanuclubs war ihre Wettkampfstrecke (auch sie eine passionierte Schwimmerin), sie trainierte sogar für die Nationalliga.

An der Treppe, die zur Insel hinunterführt, machen wir Halt. Ackerwinden ranken um die luftige Konstruktion.

Ich sehe Marie auf der Bogensteinbrücke. Sie hatte wie die Mühlen- und Grubenarbeiter, die täglich die Seite wechselten, eine Grenzkarte, einen Grenzschein, Passierschein, Laissez-passer – wie jeweils die Bezeichnung für dieses existentielle Stück Papier lautete. Wer auf beiden Seiten Familie oder Eigentum hatte, konnte die Karte beantragen, verschiedene Farben signalisierten den Grenzposten abgestufte Privilegien im Waren- und Devisenverkehr.
Marie trägt einen Korb mit jungen Kohlrabi und Lauchzwiebeln. Ein Fuhrwerk überholt sie. Eine Frau kommt ihr entgegen, an der Deichsel zieht sie eine Handkarre, beladen mit frisch geschnittenem Gras und jungem Strauchwerk für die Geiß, kunstvoll aufgetürmt, obenauf die Sichel, das Sichelblatt hält den kompakten Futterberg zusammen, nur der Stiel ragt heraus. Sie grüßen sich, bleiben stehen, comment ça va, reden übers Wetter und wie's denn so geht daheim, mit dem Rheuma der Madame, und ob sie noch stricken kann, und überhaupt ... das Rauschen des Wehrs im Hintergrund, sonst kein Geräusch, Autos verkehren hier selten. Marie kann den Blick nicht von der Karre wenden. Ich muß heim, sagt die Frau. – Ja, ich auch. Salut.
Marie schaut der Frau hinterher, die an den deutschen

Grenzern vorbeigeht, ohne stehenzubleiben, unbefangen, als sei es selbstverständlich. Und die Posten lassen sie passieren, obwohl die Grenzbestimmungen und Kontrollen von Jahr zu Jahr strenger werden. Plötzlich hat sie eine Idee. Das Geld des Rechtsanwaltes, der seine Praxis im Reich schließen mußte, mehrere Umschläge sind es – das wird sie genau so rüberschaffen wie Josephine ihr Grünzeug. Den Boden des Handkarrens kann man mit einem Stück Sackleinen auslegen, es mit zwei Stiften befestigen, unauffällig, darunter eine Lage Zeitungspapier, darin die Geldscheine, portionsweise, nicht alle auf einmal, dann den Wagen vollpacken mit Klee, Löwenzahn, Zweigwerk mit jungem Grün, obenauf die Sichel, genau wie Josephine. Und eine Kittelschürze wird sie anziehen, genau wie Josephine ...

Ist diese Vorstellung naiv? Falls Marie eine Doppelagentin war und zum Schein für Hackmann arbeitete, verfügte sie über andere Methoden des Transfers, genoß womöglich bei den Grenzstellen, die eng mit Gestapo und SD kooperierten, einen gewissen Schutz. Das behalte ich vorläufig für mich, Julienne hielte meine Theorie für abenteuerlich.
– Von der Hofstraße über die Brücke war Marie in fünfzehn Minuten zu Hause, sagt Julienne. Genauer gesagt, im Elternhaus. Komm mit, ich zeig dir alles!
Der Weg führt an der kleinen Synagoge vorbei, die ge-

schlossen ist. Eine Gedenktafel erinnert an die Deportierten und Ermordeten. Wir überqueren die Hauptstraße, dann stehen wir vor Maries ehemaligem Elternhaus. Die Eltern, Jean-Claude und zwei Geschwisterfamilien bewohnten zwei Doppelhaushälften. Jean-Claude hatte bei Maries Heirat die französische Staatsbürgerschaft behalten und verbrachte meist nur das Wochenende bei Paul und Marie. Warum sie das Kind nicht zu sich genommen hat, als sie aus Paris zurückkam, auf die deutsche Seite heiratete und in die Hofstraße zog? Mutmaßungen.

»Der is e Franzos«, hieß es drüben auf gut Lothringer Platt, »unn der solls bliwwe.« Der Pépé, Jean-Claudes Großvater, bestand darauf, daß Jean-Claude – étant de toute façon un français – in seinem Nachnamen das Accent auf das e setzte, und daß er bei ihnen in der Schule angemeldet würde, um ordentliches Französisch zu lernen. Der Pépé erzählte mit Stolz bei jeder sich bietenden Gelegenheit von seiner »Tour de France« als Schneidergeselle und präsentierte seine Postkartensammlung von all den Städten, in denen er gearbeitet hatte. »Les plus beaux ponts de Paris« war ein Kartensatz benannt. Quiz- und Tauschspiele mit den Pariser Brückenkarten waren für die Kinder ein beliebter Zeitvertreib bei Familienfeiern, nur überboten von den echten Spielkarten im Lederetui, mit denen die älteren Zaubertricks vorführten. Beim Pépé in der Werkstatt wurden 1917 heimlich Trikoloren genäht, als absehbar war, daß die Lothringer den Kaiser aller Deutschen bald los wären, erzählt Julienne. Jean-Claude gehörte nach drüben, bien entendu, selbstverständlich.

Es ist fraglich, ob Marie sich gegen so viel Widerstand hätte durchsetzen können, wenn sie es denn gewollt hätte. Die Familie in Frankreich hatte das uneheliche Kind angenommen und aufgenommen. »Das isch min kläänes Männsche, mon petit Claudely«, sagte die Mémé-Oma, »der konn jo nix defier.« (Das ist mein kleines Männchen, der kann ja nichts dafür.)

Bei Paul, auf der deutschen Seite, waren die Wohnverhältnisse beengt, sie lebten damals noch alle zusammen unter einem Dach beim alten Vatter, Valerie und Jupp mit den beiden Töchtern, Paul und Marie. Sieben Personen aus drei Generationen, mit einer Küche – da kommt es unweigerlich zu Reibereien. Nicht auszuschließen, daß der alte Vatter anfangs eine abfällige Bemerkung machte über eine Schwiegertochter, die einen »Bankert« mit in die Ehe brachte.

Solche bedacht-unbedachten Äußerungen gab es immer wieder – alle gegen alle –, und die jeweils Betroffenen erinnerten sich noch Jahrzehnte später an einen kränkenden Satz des Soundso am Soundsovielten im Jahre Soundsoviel. Weißt du noch, da stand unterm Balkonfenster der Stuhl mit dem graublauen Polster, weil eine Sprungfeder kaputt war, dort saß ich, ich war im vierten

Monat, als sie sagte ... Dann ging die Stimme dramatisch in den Keller und eine Träne rollte rechts oder links über die Wange, je nachdem, welche Seite sich besonders betrübt fühlte.

Das Haus in der Hofstraße war schmal, mit zwei Stockwerken, einem Garten, dem Hof mit Stall, der Wurstküche und einem angedeuteten Keller, eher einem Verschlag, zu dem vier Treppenstufen führten, wo rechts die Kohlen und links die Kartoffeln lagerten. Im Erdgeschoß lag die Küche, eine große Wohnküche mit Chaiselongue, wo Jean-Claude am Wochenende übernachten konnte. Oben waren die Schlafräume. Valerie kochte mittags, wenn der alte Vatter sein Essen haben wollte, die Töchter aus der Schule kamen und Jupp seine Mittagspause machte. Marie ging meistens schon vorher aus dem Haus.

Drüben half Marie im Garten, bei der Obsternte, beim Einkochen, manchmal auch dem Vater in der Schneiderwerkstatt, wenn die Uniformen für die Feuerwehr bis Sankt Martin fertig werden mußten. Der 11. November, Nationalfeiertag seit Ende des Ersten Weltkrieges (»Victoire 1918«), war auch ein wichtiger Stichtag im Schneiderhandwerk, an diesem Tag wurden die Jahresrechnungen bezahlt: doppelter Anlaß zu feiern.

Manchmal saß Marie mit Jean-Claude über einem Aufsatz, einer Rechenaufgabe, oder hörte ihn ab, wenn er ein Lied oder ein Gedicht auswendig lernen sollte.

»Quand tout renaît dans la nature/Quand l'hirondelle revient chez nous ... J'aime à revoir ma Normandie/ C'est le pays qui m'a donné le jour ...«
Dieses Lied, das auch in meiner Französischfibel stand, sang meine Mutter gern, wenn die Schwalben zurückkehrten. Jean-Claude, erzählte sie, der vor dem Krieg zur Familie gehörte, den Cousinen der liebste Spielkamerad war, habe später alle Brücken nach Deutschland abgebrochen und eine Französin aus der Normandie geheiratet. Was Jean-Claude in der Normandie suchte, daß dies weder mit einem hübschen Mädchen noch mit einem hübschen Frühlingslied zu tun hatte, erfuhr ich erst viel später. Hätte ich fragen können? Aber wonach?
Nachmittags kehrte Marie in die Hofstraße zurück. Alle warteten darauf, daß das neue Haus am Bahndamm fertig würde. 1932 war es endlich soweit, Valerie, Jupp und die beiden Mädchen konnten dort einziehen. Für Paul und Marie wurde es jetzt komfortabel in der Hofstraße. Nur der alte Vatter nörgelte. Daß Maries Salatsauce zu sauer sei, weil sie Vinaigre aus Belfort benutzte statt Essigessenz zu verdünnen; daß sie lieber frische Kartoffeln fritierte, statt gekochte mit der Gabel im Pfännchen zu zerdrücken, wie er es liebte. Valerie hätte ihn gern als Kostgänger behalten, auf dem neuen Haus waren Schulden, doch er scheute den Weg dorthin, sein Spazierstock sei müde, sagte er.
Jean-Claude, inzwischen zehn Jahre alt, kam nun häufi-

ger über die Brücke und bekam sein eigenes Bett in der Hofstraße. Zwei Schubfächer in der Kirschholzkommode waren für ihn reserviert. »Maman« und »Freiheit«, das ergab, in diesem Fall, einen harmonischen Zusammenklang, auch wenn er das Wort vielleicht noch nicht kannte.

Zurück auf der Brücke. Julienne lehnt sich ans Geländer und genießt den Blick auf die Höhenzüge, das Plätschern und Glucksen der Wellen. Unsere Gespräche sind intensiv, wir brauchen Pausen.
An deine Großmutter kann ich mich gut erinnern, sagt sie. Zu meinem dreizehnten Geburtstag war ich bei Marie eingeladen, meine Mutter war krank. Marie hatte den Tisch gedeckt, zwei Erdbeertorten prangten in der Mitte, so richtig zum Sattessen. Ich glaube, deine Großmutter hatte ein großes Erdbeerbeet. – Ja, im Eisenbahnergarten, ich zeig dir, wo es war.
Wir nehmen den Weg zur Ziegelfabrik.
Der Eisenbahnergarten lag zwischen Bahndamm und Fluß. Als Kinder schickte man uns mit der Gießkanne hinunter, um Wasser zu holen. Die Weiden der Uferböschung wedelten in der trägen Strömung, Erlen und Pappeln diesseits und jenseits stießen mit den Kronen aneinander und bildeten einen grünschillernden Baldachin, schön wie ein bestickter Fronleichnamhimmel, doch wir durften nicht nach oben schauen, das war zu gefährlich.

Wir spielten am Mühlenwehr, auch das war uns verboten, es war zu gefährlich. Unsere Holzschiffchen rasten todesmutig vom Kamm des Wehres in die Tiefe. Kurz vor der Havarie wurden sie dem Strudel entrissen und in Sicherheit gebracht.

Wir badeten am Felsen, wo man bei niedrigem Wasserstand über die glitschige Steinplatte bis ans andere Ufer kriechen konnte, lernten schwimmen in den ausrangierten Autoschläuchen von Karmans August, der einen Getränkevertrieb hatte, alles war gefährlich; angeblich gab es heimtückische Unterströmungen, die einen in die Tiefe zogen.

Gefährlich war es auch für die, die bei Vollmond verschwanden und Tage später flußabwärts wieder auftauchten.

Als ich dreizehn war, wurde es gefährlich, mit hübschen Jungens abends am Uferweg spazierenzugehen.

Gefährliche Nazispione, die des Nachts über einen Schleichweg zwischen Schleuse und Inseltreppe ihren Verbindungsmann kontaktierten – bei dieser Vorstellung hätte man sich an die Stirn getippt. Seit ich es weiß und darüber spreche, ernte ich ungläubiges Kopfschütteln.

Maries Entscheidung, Hackmann und seine Helfer auszuschalten, eine bewußte, lebensgefährliche Entscheidung, ist der Rede nicht wert, nie wert gewesen. Wer zu ihr stand, stand zu ihr, weil sie zur Familie gehörte, weil sie Opfer wurde. Niemand stand zu ihr, weil sie eine mutige Entscheidung getroffen, eine ungewöhnliche Tat vollbracht hatte. Noch weiß ich es nicht aus erster Hand, doch alle Indizien sprechen dafür: Marie hat mindestens acht gefährliche Nazispione auffliegen lassen. Marie, auf die man stolz sein kann – hat irgend jemand den Mut gehabt, die Geschichte auf diese Art zu erzählen? Nein, nicht einmal Paul.

Ach, Marie, wie war es damals, als du das letzte Mal über die Brücke gingst?

Jean-Claude, inzwischen fünfzehn, besucht in der Stadt die Ecole Pratique, eine weiterbildende Schule. Er hat jetzt öfter Streit mit Tante Madeleine und Onkel Fernand. Vielleicht flüstert Marie ihm beim Abschied ins Ohr: Schick dich, ist ja nicht mehr lang! Bevor sie am 3. Oktober 1937, einem Dienstag, abends zu Paul zurückkehrt, verabredet sie sich für den nächsten Tag mit Jean-Claude, der nach der Schule in die Hofstraße zum Essen kommen will. A toute à l'heure, bis später. Garde à toi, mon petit grand. Paß auf dich auf, mein kleiner Großer. Jean-Claude bleibt. Sie geht. Sie verläßt die – noch – sichere Welt. Sie werden sich nie mehr wiedersehen.

Julienne will sich verabschieden, zögert und sagt: Wenn es wirklich Spionage war, muß man ihre innere Selbständigkeit bewundern. Daß sie imstande war, so weit zu gehen. Ohne meinen Vater ins Vertauen zu ziehen.

– Es war Spionage, sage ich.

Lange stehen wir an der Brücke.

Der alte Leinpfad zieht sich hin. Écluse N° 28. Sarre Canalisée.

Bei den leuchtend gelben Seerosen trudelt ein morscher Ast, hat sich verfangen in den tief rankenden Stengeln. Dort, auf dem Ast, bewegt sich etwas. Es ist eine Schildkröte. Eine Schildkröte in diesem, seit Jahrzehnten von Industrierückständen strapazierten Gewässer? Warum nicht? Renaturierung ist das Zauberwort. Jetzt bewegt sie den Kopf, schiebt ihn sacht aus dem Panzer hervor, wiegt ihn leicht hin und her. Ein rötlicher Streifen zieht sich um ihren Hals. Ich schaue noch einmal, der Streifen ist deutlich zu erkennen, als habe ihr jemand einen roten Faden um den Hals geschlungen. Oder eine Markierung angebracht ... Mich schaudert.

Reguliere den Atem, beruhige den Geist. Die Kenntnis von Flora und Fauna gehört nicht zu meinen Stärken. Die Rothalsschildkröte klappt die Augenlider zu, zieht sich in ihren Panzer zurück.

Sie hat ihr Floß gefunden, läßt sich in aller Zeit flußabwärts treiben, strandet im gelben Seerosenbeet. Wind kommt auf in den Pappeln, bald geht es weiter ...

Ich muß zurück, bevor es dunkel wird.

Aus Hackmanns Katalog: Aufträge und Fragebögen

Aufträge:
a) in Spannungszeiten:
1. Beobachtungen der Garnisonen Metz, Nancy, Reims, Verdun, Sainte Menehould, Châlons-sur-Marne.
2. Neue Transporte.
3. Disponibilität, telefonisch melden.
4. Reservisten mit Angaben der Jahresklassen.
5. Brennstofflager W ... Ist dort auffallende Tätigkeit?

b) bei Beginn der Aufmarschtransporte:
1. Versammlung und Marschrichtung der motorisierten Division Reims und der 42. Infanteriedivision.
2. Zusammenziehung von größeren Kraftwagen-Transportgruppen in Sainte Menehould und Dieuze.

c) im Kriege:
1. Feststellen, ob Anzeichen für die Aufstellung einer Reserve-Armee bei Nancy zu erkennen sind.
2. Unablässig die Nummern und Quartierorte von hohen Stäben melden.

Fragebogen:
1. Genaue Gliederung des I.R. 24, insbesondere
a) der Begleitwaffenkompagnie,
b) der Begleitwaffenkompagnien der Bataillone,
c) der Bewaffnung und Einteilung der Schützenkompagnien.
d) der Einteilung, Bewaffnung und Ausrüstung der Reiterzüge.
Wichtig ist die genaue Bezeichnung der einzelnen Geschütze, Maschinengewehre etc. nach Kaliber und Modell.

Besondere Fragen:
Besitzt das Regiment neben der 25-mm-Panzerabwehrkanone noch 47-mm-Panzerabwehrkanonen?
Wie viele?
Wie ist ihre taktische Verwendung gedacht? Für diese Einteilung nach Möglichkeit Unterlagen beschaffen.
Kann Gewährsmann Angaben machen über Ausrüstung der französischen Kampfwagentruppe? ... Möglichst gute Lichtbilder von neuen Kampfwagentypen!
Angaben sind erwünscht über Bekämpfungsmethoden der Kampfwagen durch noch andere Mittel als Panzerabwehrwaffen. Gibt es Vorrichtungen in Art von Ankern mit Widerhaken, die sich in das Laufwerk einklemmen und den Panzerwagen zum Halten bringen?

Bezüglich eines Aufmarschplanes kann ein fester Preis nicht angegeben werden. Er richtet sich nach der Bedeutung des Planes, ob für Regiment, Division oder höheres Kommando, sodann ob er im Original oder beglaubigtem Original geliefert wird. Außerdem muß er zuerst geprüft werden ... Anzahlung 1-5000 Franken und Nachzahlung bis zum Zehnfachen, je nach Wert.

Nach Hause zurückgekehrt, schaue ich als erstes die Post durch. Ein Mann aus M., dessen Vater bei der SS war, will sich mit mir treffen. Einige Archive haben geantwortet. Kleine Fortschritte bei der Rekonstruktion der Ereignisse – immerhin. Doch dann der Brief aus Paris.
Es gibt sie, die Agentenakte über Marie. Und man gibt sie frei zur Einsichtnahme. Ich kann es nicht glauben, lese den Brief zum dritten Mal, laufe in der Wohnung hin und her, kann die Aufregung kaum dämpfen. Dann rufe ich Julienne an. Nur der Anrufbeantworter. Ich muß raus, nehme die U-Bahn zum Stadtpark, mache einen langen Spaziergang. Reifglitzer in strahlender Wintersonne, eigentlich erbaulich, doch ich habe kein Auge dafür. Dann, endlich, Julienne am Telefon: Ich hatte schon Heimweh nach dir.
Ich lese ihr den Brief vor. Marie, nunmehr aktenkundig aus erster Hand, eine Agentin gegen Hitlers militärischen Geheimdienst. Meine Nachricht verwundert sie nicht. Seit unserem Treffen auf der Brücke habe sie immer wieder darüber nachdenken müssen, ob ihr Vater nicht doch etwas wußte und vor ihnen verheimlicht habe.
– Ich komme mit nach Paris, sagt sie.
– Das habe ich gehofft.

Wir einigen uns auf einen Termin. Ich werde den Antrag stellen, sie wird telefonisch nachhaken. Noch sechs Wochen bis dahin.
Am Abend rufe ich Klara an, um ihr die Neuigkeit mitzuteilen. Sie hat Angst.
– Wovor?
– Vor diesem SS-Mann. Geh nicht hin, sagt sie.
– Sein Vater war in der SS, nicht er.
– Trotzdem. Und fahr nicht nach Paris.
– Warum nicht, was könnte passieren? Ich rede gegen ihre Sorgen an.
Dann, in der Nacht, erneut ein Alptraum. Ich liege lange wach, mir kommen Zweifel. Klara hat mich angesteckt. Gehe ich zu weit?

Endlich.
Wir fahren über Metz und Reims, quer durch die Champagne, nach Paris.
Am Tag unserer Ankunft wird uns kein Einlaß gewährt, man verweist auf Unstimmigkeiten bei den Terminabsprachen. Die Antragsprozedur wieder von vorne? Ich muß an Klara denken. Deprimiert und erschöpft, bin ich kurz davor aufzugeben. Aber Julienne läßt nicht locker. Mit Erfolg.
Am nächsten Morgen stehen wir pünktlich um 7.30 Uhr vor dem mächtigen Portal im Château Vincennes, in der Hoffnung, die ersten zu sein. Wir müssen uns in eine

lange Schlange einreihen, bis wir nach neun Uhr zu einem Offizier vorgelassen werden und die Formalitäten beginnen können. Als wir um 12 Uhr einen Platz im Lesesaal ergattern und uns gegen 13 Uhr zwei Dossiers vorgelegt werden, halten wir Händchen wie Schulmädchen.
Das Deckblatt der ersten Akte ist in kyrillischer Schrift verfaßt, sie stammt aus dem Bestand des »Fonds Moscou« und wurde erst vor kurzem von Rußland an Frankreich zurückgegeben. Zweifache Beuteakten, erst von Paris nach Berlin, dann von Berlin nach Moskau verschleppt.
Marie alias N. Bergmann hat die Agenten-Nummer Me.0.6 ...
Die zweite Akte: Nikolaus Hackmann, genannt »le Singe«, der Affe.
Wir brauchen einige Minuten, bis wir es wagen, das Band, das den Stoß zusammenhält, zu entfernen. Sprechen ist nicht möglich. Der Lesesaal ist nicht groß, man sitzt nah beieinander, beim geringsten Tuscheln kommen Proteste. Zunächst versuchen wir, uns einen Überblick zu verschaffen, was nicht leicht ist. Das Material ist nicht geordnet, scheint aus verschiedenen Dossiers zusammengestellt zu sein. Wie könnte man unsere Reaktion beschreiben: verwirrt, perplex, erschüttert?
Hackmann, der, von langer Hand geplant, systematisch die Zusammensetzung, den Zustand und die Ausrüstung der französischen Armee bis ins Detail ausspioniert, ihre

Vorbereitungen für den Spannungs- und Kriegsfall mit Nazideutschland.
Marie, die Hackmanns Ziele durchkreuzt.
Marie ging »spontan, aus eigenem Antrieb« zur Police Spéciale, »um das gefährliche Treiben, die Machenschaften des Nazigeheimdienstes in Saarbrücken zur Anzeige zu bringen, nachdem sie zufällig Kenntnis davon erhielt«, heißt es in ihrer Stammkarte. Auch Paul wird mit einer Agentennummer geführt, aber erst später, eine Akte oder Karteikarte von ihm gibt es nicht.
Dann: Marie, als Maulwurf eingeschleust bei Hackmann: »Ist auf unseren Vorschlag hin in Kontakt getreten mit dem Spion H., mit dem Ziel, ihn zu überwachen.« Marie soll zum Schein auf Hackmanns Anfragen und Angebote eingehen. Es beginnt mit einer Aufwärmphase, in der sie für Hackmann kleinere, harmlose Aufträge erledigt, Zeitungen mitbringt und ähnliches.
Dann: Marie wird befördert, wird eine professionelle Doppelagentin im Dienste Frankreichs. Sie liefert dem französischen Geheimdienst zahlreiche militärtechnisch und verteidigungspolitisch wertvolle Fragebögen des deutschen Geheimdienstes.
Marie übersetzt Hackmanns Fragebögen ins Französische und sucht für ihn »Gewährsleute« in der französischen Armee, die für gute Bezahlung die Antworten beschaffen sollen oder, noch besser, bereit wären, sich auf

Dauer als Agenten für Berlin rekrutieren zu lassen. Daß diese Gewährsleute erfunden sind, kann Hackmann nicht ahnen. Marie stellt den Kontakt her, Hackmann trifft sich mit ihnen. Es sind Beamte des französischen Geheimdienstes, wie jener »Artillerist« der Garnison in S. Ein Spielzeugsoldat.
Attrappen wie die Gummipanzer und Holzgeschütze, die die Alliierten 1944 in Nordfrankreich auffahren ließen, um die Wehrmacht darüber zu täuschen, daß sie in der Normandie landen würden.
Marie liefert Hackmann Scheinantworten, »des précisions fantaisistes« auf seine Fragebögen. Sie werden ausgearbeitet und autorisiert von SAL, dem BREM-Außenposten Forbach sowie vom Führungsstab der französischen Armee. Der militärische Geheimdienst der Nazis soll in die Irre geleitet werden.
Marie enttarnt »zahlreiche« Decknamen und -adressen von Agenten der Abwehrstelle Trier und liefert sie an Frankreich.
Marie, getestet und für gut befunden: »Agent double confirmée«. »Loyauté certaine«: Auf ihre Anständigkeit, Ehrenhaftigkeit, Redlichkeit, Loyalität, Treue ist Verlaß. Wußte Marie, daß man ihr zu Lebzeiten solch ein Zeugnis ausgestellt hatte?
Dann: »Me.0.6 ... hat uns erlaubt, zwölf Spione des deutschen Geheimdienstes in Frankreich festzunehmen.«

Beide sind wir unfähig, die Akten zuzuklappen, eine Pause zu machen. An Essen ist nicht zu denken, eine kleine Flasche Wasser muß bis zum frühen Abend reichen. Weil viele Dokumente durch den Kopiervorgang Schaden erleiden könnten, müssen wir sie von Hand kopieren, was viel Zeit in Anspruch nimmt. Nach fünf Stunden hat Julienne Probleme mit dem Kreislauf.

Beim Ertönen des Gongs verlassen wir den Lesesaal. Wir erledigen die Formalitäten für die Fortsetzung der Lektüre am nächsten Tag und stellen einen Antrag auf Ablichtung. Wir machen einen Rundgang durch die ehemalige Schloßanlage, Teil der alten Pariser Ringfestung. Hier, auf einem dieser Innenhöfe, war der Schießplatz, wo 1917 Mata Hari, die niederländische Tänzerin, nach Kriegsrecht erschossen wurde. Sie soll für Deutschland spioniert haben.

In einem kleinen Hotelzimmer mit französischem Balkon in der Nähe des Schlosses verbringen wir drei gemeinsame Nächte. Wir sprechen über Marie und Paul, Stunde um Stunde. Irgendwann ist unser eigenes Leben an der Reihe, wieviele Berufe, Kinder, Ehemänner, welche Leidenschaften und Abneigungen. Dann stellen wir Mutmaßungen an über Nickel Hackmann, ob er nach Maries Tod mit den Siegern nach Frankreich zurückgekehrt ist. Julienne berichtet über die Zeit der Annexion. Wie ihr Vater mit dreißig Kilo Gepäck ausgewiesen wird, weil es unmöglich sei, »französisch Denkende zu Reichs-

deutschen zu machen«. Wie sie selber in einem Stahlwerk nahe der belgischen Grenze als Sekretärin dienstverpflichtet wird, bis sie flüchten muß, weil ihr Mann, der keine Lust auf den deutschen Arbeits- und Wehrdienst hat, »durchgegangen« ist.
Von Paris sehen wir nicht viel, dieses Mal. Einmal gönnen wir uns eine ausgiebige Mittagspause, nehmen die Metro nach Porte de Charenton und gehen im Bois de Vincennes spazieren, wir hoffen, erste grüne Blattspitzen zu entdecken, doch der Frühling läßt sich dieses Jahr Zeit. Zurück ins Hotel fahren wir einen Umweg, Julienne will mir unbedingt die blauen Kacheln aus der Fayancerie von S. zeigen, die noch heute die Pariser Metro zieren.
Auch die letzte Nacht bringt nur wenig Schlaf. Julienne fordert mir höchsten Respekt ab. Sie ist achtzig Jahre alt; sie ist erschöpft, doch gleichzeitig von einer fast irrealen Energie angetrieben. Auf der Flucht habe sie sich ähnlich gefühlt, damals, in der Zeit des Krieges und der Besatzung, sagt sie.
Und immer wieder zurück zu Marie, wir rekapitulieren, phantasieren, entwerfen verschiedene Versionen des Geschehens, verwerfen die eine, favorisieren eine andere, bis sich eine zusammenhängende Geschichte herausschält. Ja, so oder so ähnlich. Das könnte passen. So wird es gewesen sein, sagt Julienne. Marie hat den Anfang gemacht. Das hat sich entwickelt, ganz allmählich, dann

fiel die Entscheidung. Marie wußte, was sie wollte, trotz aller Zweifel und Befürchtungen. 1934 muß es begonnen haben, nachdem Hackmann aus der Haft in Frankreich entlassen war und daran ging, ein neues Netz aufzubauen. 1934, als das Saargebiet noch frei war, als der Völkerbund versuchte, die Nationalsozialsten unter Kontrolle zu halten ...

Sag mir, wie sie miteinander gesprochen haben! Ich möchte endlich Marie und Paul hören, wie sie solch ein Thema durchdenken, wie sie ihre Gedanken in Worte fassen.

Frühjahr 1934.
Der alte Vatter rüstet sich für den ersten Spaziergang. Die große Runde will er machen, zur Brücke, dann rechts, am Ufer entlang bis zur Ziegelfabrik, dort den Schwarzen Berg hinauf zum Kalkwerk, wo die wilden Kirschen blühen. Über die Sandkaul und den Waldweg am Kloster zurück.
– So weit? Dann greif noch mal zu, sagt Marie. Gute Butter steht auf dem Tisch – heute, am Samstag. Das Quittengelee stammt von Madeleine, schön steif, durchsichtiges Rotgold. Marie drückt den Brotlaib gegen die Brust, setzt das große Messer an. Da kann er nicht hinschauen. Auch seine Frau hat das Brot so geschnitten, unbelehrbar, die Frauen. Aber er hat sie durchschaut, sie wollen sich früh aus dem Staub machen, werden krank oder schneiden sich sonstwie ins eigene Fleisch, immer schaffen sie gegen sich selber, die Frauen.
Joppe, Hut, Spazierstock, und los geht's. Der Fluß führt Hochwasser. In der Mitte der Strömung treiben die letzten morschen Äste; jetzt können sie ausschlagen, die jungen Pappeltriebe. Die Eisenbahnergärten sind schon umgegraben, Karotten und Radieschen eingesät. Scharen von Krähen und Spatzen flattern auf, wenn ein Zug vor-

beifährt. Auf dem Heimweg muß er beim Wilhelm reinschauen. Paul hat ihm zwei neue Schlüssel für sein Gartentor mitgegeben. Das Schloß hat er dem Wilhelm auch repariert. Paul hat Geschick und ist fleißig, steht im Schuppen an der Werkbank in seiner freien Zeit. Gut, daß er private Kunden hat in diesen schweren Zeiten. Elektrische Leitungen kann er auch verlegen, und alles reparieren, hat immer eine Idee. Marie arbeitet jetzt zweimal die Woche vormittags auf dem Markt. Einmal die Woche geht sie zum Bruder, macht dort die große Wäsche. Die Schwägerin soll nicht gut zurecht sein. Pierre ist großzügig, Marie bringt immer etwas mit, er verdient ja auch gut.
Seit Valerie ins neue Haus eingezogen ist, macht Marie hier alles allein, kochen, putzen, waschen, bügeln. Nein, nicht alles! Nicht aufräumen, da weigert sie sich. Er hat doch schön Zeit als Pensionär, sagt sie. Und neuerdings steht Paul sogar am Herd. Gestern abend hat er sich ein Geschirrtuch in den Hosenbund gesteckt, Kartoffeln gerieben und anschließend die Reibekuchen ausgebacken. Als Marie nach Hause kam, waren die ersten fertig. Moderne Sitten, was soll man davon halten? Nein, einem Mannskerl steht die Kittelschürze nicht. Ehrlich gesagt, Valerie hat den Haushalt besser gemacht. Marie nimmt es nicht so genau. Staub wischen zum Beispiel. Es heißt ja, ein Mann hat keine Augen für so etwas, aber das stimmt nicht, er sieht alles, weiß auch, daß man den

Finger naß macht und über die Fußleisten streicht, um die schlechte Hausfrau zu überführen. Trotzdem, eine Haushälterin würde ihn teuer zu stehen kommen. Deshalb will er nicht knickerig sein und ihr ab 1. Mai mehr Kostgeld geben. Und wenn alle Stricke reißen, reicht die Pension auch für drei. Wird schon gehen, wenn es muß. Sie halten ja zusammen, die beiden, und sie vertragen sich gut. Keine Launen, kein Gezänk. Aber sie sollten nicht soviel politisieren. Man kann sowieso nichts ändern. Muß man erst alt werden, um das zu begreifen? Wenn er in die Küche kommt, ist das Radio eingeschaltet, kaum noch Musik, meistens Nachrichten. Paul hat sich die Sender selber eingestellt, so was kann er, ein bißchen Draht, und schon bekommt er rein, was er haben will. Aber zuviel Politik, das ist nie gut. Politik verdirbt den Charakter. Man sieht es doch an dem schwarzen Schnurres, den sie jetzt die Kommandos brüllen lassen im Reich. Hoffentlich ist der bald wieder abserviert. Den kann man hier nicht brauchen. Ach, ja. Beim Wilhelm bekommt er gleich einen Schnaps. Oder zwei. Aber dafür muß er noch die Beine bewegen, umsonst gibt's den nicht.

Brauner Schlamm liegt auf den Uferwiesen. In den Vogesen gab's viel Schnee, dieses Jahr, und Ende März kam der Winter noch einmal zurück. Aber heute schmeckt man schon den Frühling auf der Lippe, richtig süß, oder sind das die Quitten? Paul soll die Bank im Garten aufstellen, Marie die Kleider ausklopfen und die Betten rauslegen, wenn das Wetter hält ...

Marie hat kräftig gelüftet und schließt das Küchenfenster. Sie blättert in der Zeitung. In der Stadt stellen sie den Maibaum auf, schlagen frisches Grün, um die Giebel zu schmücken und treffen Vorbereitungen für den Tanz in den Mai.
– Hier, schau mal. Marie schiebt die Zeitung zu Paul hinüber, der wortlos in seiner Kaffeetasse rührt. Im AWO-Kino zeigen sie einen Film. Und nach dem politischen Teil wird's gemütlich. Kommst du mit?
Paul brummelt etwas vor sich hin. Er hat keine rechte Lust. Die Braunen haben ihm mal wieder die Stimmung verdorben. Ihr Führer soll Ehrenbürger von Saarbrücken werden. Ausgerechnet am Ersten Mai. Das ist unerhört. Die werden immer frecher. Er könnte reinhauen, aber er muß seine Zunge im Zaum halten, sonst bekommt er wieder Ärger. Paul greift automatisch nach der Zeitung, schiebt sie wieder beiseite.
– Die werden sich aufführen, als hätten sie die Straße gepachtet, da braucht man kein Hellseher zu sein. Dieser sogenannte Ordnungsdienst der sogenannten Deutschen Front – das sind alles verkappte SA-Stürmer. Weil sie verboten sind, hängen sie sich ein neues Schildchen um. Wir sind alle Deutsche, und alle in Siegerlaune. Mir wird schlecht, wenn ich nur dran denke. Sogar Jupp fällt dar-

auf herein. Willst du, daß unsere Kinder Franzosen zweiter Klasse werden, hat er mich neulich gefragt. So ein Quatsch. Das will hier niemand. Willst du die Nazis, war meine Gegenfrage. – Es gibt keine NSDAP mehr, hat Jupp gesagt. Die haben sich freiwillig aufgelöst. Wer ein Schreihals ist, wird aus dem Verkehr gezogen. – Eher löst die SPD sich auf, habe ich zu ihm gesagt, du bist doch das beste Beispiel. Na ja, da war er beleidigt.

– Deshalb läßt Valerie sich nicht blicken, sagt Marie. Aber Jupp ist nicht so dumm. Er hat Angst, es geht das Gerücht, bei der Abstimmung würden die Namen kontrolliert. Sie müssen das Haus abbezahlen. Und die Mädchen sollen etwas Gescheites lernen, nicht gleich Hausfrau werden.

– Ja, nimm du sie nur in Schutz! Paul macht seine finsterste Miene.

– Ich nehme sie nicht in Schutz.

– Der Kranitz, in der Wirtschaft gestern abend, hat doch tatsächlich die Stirn gehabt zu fragen, ob ich nicht flaggen wolle, diesmal. Der weiß genau, was ich von seinem krummen Kreuz halte. Krumme Beine hat er außerdem, wirst sehen, der wird der Ortsgruppenführer.

– Und du, hast du ihm was Krummes geantwortet?

– Das hat noch gefehlt, habe ich gesagt, eher würde ich den Führer heiraten. Spaß beiseite. Flaggen schon, habe ich gesagt, aber für den Völkerbund.

– Ach ja, der Völkerbund ... hat der überhaupt eine

Flagge? Marie steht auf und holt den Nähkorb, um den Winkel in Jean-Claudes Hose zu flicken, er muß sie morgen wieder anziehen.

– Die Regierungskommission hat nichts zu sagen. Die zeigen die Zähne, und jeder weiß, sie können nicht beißen.

– Trotzdem, sagt Marie. Wenn der Völkerbund nicht wäre, könntest du morgen früh im KZ frühstücken. Ohne Kaffee.

– Du und dein Bruder ... Ihr habt Illusionen. Die neuen Herren kann man nicht mehr aufhalten. Das sind Verbrecher. Sie halten sich an gar nichts. Jemand muß auf die Pauke hauen. Die Franzosen. Die Engländer. Sonst sind wir geliefert.

– Pierre und Illusionen? Der ist doch am besten informiert. Frankreich kann nichts machen. Wenn die Deutschen Hitler wollen, dann wollen sie ihn. Und wenn man hier glaubt, man will heim ins Reich, dann kannst du sie nicht hindern.

– Ich gehöre aber auch dazu. Und ich werde sie hindern! Ich sag' dir, das sind Verbrecher, keine Politiker.

Marie fängt seine Hand ein, die heftig gestikuliert. Jetzt mal im Ernst, wer soll das hier wollen? Jeder sieht doch, was los ist im Reich, wer wird Hitler freiwillig ins Land holen? Man weiß doch, was die Freiheit wert ist. Ein paar Wilde, die verrückt spielen, von denen läßt man sich nicht ins Bockshorn jagen. Bei der Abstimmung wird ihnen die Quittung präsentiert.

– Das meine ich mit Illusionen.
– Komm mit, es wird bestimmt ein lustiger Abend.
Paul zieht seine Hand zurück: Nein!
Dann tut es ihm leid, er rückt zu ihr auf die Sitzbank. Frag deine Schwester. Evelyne geht doch gern aus. Es ist schon gut, wenn einer hingeht. Man hört das Neueste, es sind wieder Emigranten gekommen.
Marie lehnt den Kopf an seine Schulter: Und wer tanzt mit mir? ... Vielleicht frage ich Valerie, ob sie mitkommt. Ach, nein, das ist nicht ihre Art, sie ist zu ernst. Ich frage Evelyne. Jean-Claude geht jetzt öfter zu ihr. Madeleine ist so laut, immer muß sie kommandieren, sagt er. Und Madeleine beschwert sich, er sei aufsässig. Er kommt jetzt in das Alter ... Weißt du noch, am ersten Mai vor drei Jahren, da hatten wir Spaß. Und spät nachts zurück, im Auto vom Quatt Pitt. Stell dir vor, es wäre was passiert, der Pitt hatte doch ordentlich einen gepichelt.
– Ja, da waren wir noch jung und optimistisch. Das war eine gute Zeit, eigentlich die beste. Die Seele hatte Flügel und die Zukunft breitete die Arme aus.
– Mon chouchou! Marie lacht und küßt ihn auf den Mund. Seit wann liest du Gedichte? Sag es noch einmal, es war schön.
– Gedicht? Das stammt von mir. Du traust mir gar nichts zu. Nicht jeder Deutsche ist ein dummer Flappes!
Sie sticht mit dem Zeigefinger zwischen seine Rippen, da ist er kitzlig. Er hält ihre Arme fest. Sie raufen miteinander.

– Komm, wir gehen nach oben, der Vatter ist gerade am Kloster. Du mußt doch müde sein, so früh aufgestanden.
– Klar, genauso müde wie du, mein Liebster!

Wenige Tage später. Marie und Evelyne treten aus dem Vereinslokal auf die Straße. Erst einmal tief durchatmen. Die Zigaretten kann man ja ertragen, aber die Alten mit ihren Zigarren und ihrem Piffetabak, die räuchern einen aus. Was machen wir jetzt? – Bist du noch unternehmungslustig? Ich denke, wir gehen zum Bahnhof und fahren heim. – Mais non, du bist doch nicht müde? Wenn ich einmal bei euch in der Stadt bin ... der Abend ist noch lang, wann fährt der letzte Zug?
Sie schlendern durch die Stadt, bleiben hier und da vor einem Geschäft stehen und betrachten die Auslagen. Es sind noch viele Leute unterwegs, Spaziergänger, Kneipenbummler. Harmlos, nicht die, die Paul befürchtet hat. Erst morgen ist der große Auflauf. Wäre er doch mitgekommen. Das Tanzen macht keinen Spaß ohne ihn. Auch Evelyne scheint enttäuscht zu sein: Ach ja, die Männer ... Die einen sind zu brav, die anderen zu plump. Und dann gibt es noch die, die sich nur für Politik interessieren und nichts sonst. Ich dachte, hier in der Stadt wären sie feinfühliger als auf dem Dorf. Sie denken, zwei Frauen allein, die haben noch keinen abgekriegt, die stellen keine Ansprüche.

– Das ist überall dasselbe, egal, wo du bist. Du mußt erst grob werden, bevor du deinen Spaß hast.
– Hast du eben nicht, das ist es ja. Ich will auch nach Paris. Erzähl doch mal ... Bist du oft ausgegangen?
– In Paris bist du die Provinzgans, da hast du's auch nicht besser. Oder du fällst auf einen Charmeur herein, die gibt's dort zuhauf. Bin ich froh, daß ich Paul habe. Es ist immer noch so wie am Anfang. Und nie ein böses Wort, auch wenn's mal Streit gibt.
– Du hast es gut. Außerdem ist er ein schmuckes Mannsbild, die Mémé hat recht. Daß du den abgekriegt hast ...
– Meine kleine Schwester wird frech. Halt den Mund, bevor du mich beleidigst.
Evelyne bückt sich und streicht über ihren geschwollenen Fußrücken. Das Riemchen ist zu eng. Oder sie hat zugenommen. Sie versucht vorsichtig, es mit dem Finger zu weiten.
Zwei Männer, der eine hochgewachsen, im chicen Popelinemantel, der andere kleiner, in einem gut geschnittenen Anzug aus Wollstoff, die Hände lässig in den Hosentaschen, bleiben neben ihnen stehen.
– Tut's weh? fragt Marie, fast gleichzeitig mit dem Großen, der Evelyne amüsiert zuschaut.
– Je m'en fiche, sagt Evelyne, mit einem patzigen Blick empor zu den Männern. – Toutefois, les chaussures sont vraiment belles, ergänzt Marie.

Wenn sie sich Leute vom Leib halten wollen, sprechen sie französisch.
– Aber ja doch! So viel Charme ist uns heute abend noch nicht begegnet, sagt der Große zu seinem Begleiter. Das macht der französische Einfluß. Mademoiselle, Sie sprechen das hochkarätige Französisch des Quai d'Orsay, sagt er gönnerhaft, wie kommt es?
Wieso weiß er, wie man im Pariser Regierungsviertel spricht? Marie mustert ihn mißtrauisch.
– Hm, das Parfum kommt mir bekannt vor, sagt der Große.
– »Soir de Paris« von Bourjois, flunkert Marie. Sie hat das Parteiabzeichen am Revers erkannt, dem Kerl wird sie auf den Zahn fühlen. Kennen Sie es? säuselt sie.
– Vielleicht kann ich es heute abend kennenlernen? Dürfen wir Sie ein Stück begleiten, es wäre zu schade, so einen wunderbaren Abend allein im tristen Hotelzimmer zu verbringen.
Evelyne holt tief Luft, um den beiden eine gehörige Abfuhr zu erteilen. Marie gibt ihr einen Knuff in die Seite. Der Große bietet Marie seinen Arm, der andere wendet sich Evelyne zu: Wie wäre es mit dem Ratskeller, Mademoiselle, ein gediegenes Etablissement, über jeden Zweifel erhaben. Einen frischen, gepflegten Mosel? Kommen Sie mit! Wir laden Sie ein.
– Auf ein Stündchen. Wir dürfen den Zug nicht verpassen.
– Fantastisch, wie sich das fügt. Ein großer Tag wirft seinen Schatten voraus. Wo die Frauen so aufgeschlossen

sind, möchte jeder gern Ehrenbürger werden. Der Führer liebt die Saar.
– Aha, wollen Sie morgen feiern? fragt Marie.
– Sie etwa nicht?
– Doch, natürlich ...
Im Ratskeller ist es voll, der Große spricht mit dem Kellner, er scheint ihn zu kennen und führt sie an einen reservierten Tisch. Die Männer winken zu einem anderen Tisch hin, scheinen auch dort bekannt zu sein. Sie bestellen Wein für die Frauen und Cognac für sich selbst. Auf der kleinen Tanzfläche drängen sich die Paare.
Nach dem zweiten Cognac tanzt der Blonde mit Marie. Sie gibt sich spröde, er macht sich wichtig und politisiert. Was sie erfährt, verschlägt ihr die Sprache.
Den zweiten Tanz bricht sie ab und läßt sich zurück an den Tisch führen. Evelyne tanzt mit dem Kleinen, hoffentlich sagt sie nichts Dummes.
Er bestellt nach. Dieser Kerl ist in seinem Element, fühlt sich so sicher, daß er gar nicht auf die Idee kommt, sie nach ihrer Meinung zu fragen, bevor er losschwadroniert: Der Führer wird Ehrenbürger der Stadt, da sieht man, wo das Saarvolk steht! Frankreich hilft den Feinden des Reichs, öffnet die Tore für die Volks- und Landesverräter. Die Grenze ist doch ein Witz. Damit ist bald Schluß. Radikal Schluß.
Noch gibt es ein Saarstatut, eigene Gesetze, doch das scheint ihn nicht im mindesten zu kümmern. Er denkt

nicht daran, wenigstens den Schein zu wahren. Die Deutsche Front, der »Ordnungsdienst« – von wegen parteilos, neutral-national! Alles systematisch durchdacht und von langer Hand geplant. Eine beispiellose Überwachung wird vorbereitet, ist bereits im Gange. Verkappte Nazi-Polizei, geheim, militärisch organisiert, und es soll erst richtig losgehen ...
Während er redet, arbeitet es in ihrem Kopf. Was könnte man tun? Es muß sofort etwas geschehen. Wenn das die Regierungskommission erfährt! Aber auch sie wird womöglich schon observiert. Sie starrt ihrem Gegenüber aufs Revers und prägt sich seine Worte ein, deren Inhalt in irritierendem Gegensatz zur Geschliffenheit seiner Formulierungen und der einschmeichelnden Stimme stehen. Ständige Alarmbereitschaft, Einsatz auf der Straße, nächtliche Patrouillen, lückenloses Netz der Polizei, ein eigener Agentenring, und so weiter.
Die Feinde des Reichs werden zerschmettert, so lautet seine frohe Botschaft, als würde er sagen: Auf jeden Frühling folgt ein Sommer. Dabei zeigt er seine strahlend weißen Chlorodont-Zähne und schaut ihr tief in die Augen.
Marie verzieht den Mund. – Ja, der Mosel ist nicht immer lieblich, sagt er. Nehmen Sie einen Cognac! – Mir ist schwindlig, sagt sie, um Zeit zu gewinnen und ihre Gedanken zu ordnen. Evelyne und der Kleine kommen zurück. Das wird ihn stoppen, denkt Marie. Aber nein!

Die Strippenzieher sitzen in Berlin und, wie ihre beiden Begleiter, in Trier. Die dortige Gestapo ist längst »zuständig« für sie! Das Wort empört sie so sehr, daß sie fast die Beherrschung verliert. Dieser Prahlhans ist so von sich überzeugt, daß er nicht merkt, wie schwer es ihr fällt, sich zu verstellen. Bis sein Kumpel auf einmal sagt: Quatsch nicht so viel von Dingen, die keinen etwas angehen! – Allerdings! Jetzt ist Schluß mit Politik, ruft er sich selbst zur Ordnung.

Marie sitzt da, einsilbig, mit hängenden Schultern. Würde man sie ausweisen, die Grenze dicht machen? Paul verhaften, verschleppen? In diesem einen Jahr, seit sie im Reich an der Macht sind, haben sie mehr als hunderttausend Menschen verhaftet und in Lager gesteckt.

– Wir müssen auf den letzten Zug, ruft sie aus und steht abrupt auf.

Evelyne legt ihren Schal um und bedankt sich höflich für die Einladung. Der Große gibt seinem Begleiter zu verstehen, daß er bleiben und auf ihn warten solle. Er bringe mal eben die Damen zum Zug, wie sich das gehöre. Er geht zu einem der Nachbartische und begrüßt jemanden, sie scheinen hier ein und aus zu gehen, diese Herrschaften. Dannn brechen sie auf.

Knapp hundert Meter vom Bahnhof entfernt – es geht ein wenig bergauf –, hat Marie plötzlich Herzschmerzen. Sie hat den Verdacht, der Kerl könnte nur deshalb mitkommen, um zu erforschen, wohin sie fahren. Sie hat

am Anfang eine falsche Ortsangabe gemacht – rein instinktiv. Hoffentlich hat Evelyne bei dem andern nichts ausgeplappert, während sie tanzte.
Marie bleibt am Eingang einer Apotheke stehen, gibt vor, sie habe Seitenstiche und wolle etwas verschnaufen. Dort stehen sie einige Minuten. Wie kann sie ihn loswerden? Plötzlich sagt er, »an höchster Stelle« habe man Interesse an Kontaktpersonen mit französischen Sprachkenntnissen und Verwandtschaft drüben. Man sei auch nicht kleinlich!
Wie bitte? Schnell sagt sie: O ja, sehr interessant. Darüber muß man schlafen. Wo kann ich Sie erreichen?
– Die nächsten zwei Tage im Rheinischen Hof. Fragen Sie nach Hermann. Oder hinterlassen Sie eine Nachricht.
– A bientôt, Hermann, ruft sie, übertrieben munter, schnappt nach Evelynes Hand und rennt los.
Er winkt noch kurz. Zwei rennenden Frauen hinterherzulaufen, scheint ihm wohl unangemessen. Man macht sich als Mann nicht gern lächerlich.

Gut reagiert, sagt Paul. Das war schlagfertig. Und nun?
– Am Donnerstag, wenn ich bei Pierre die Wäsche mache, gehe ich zur Polizei. Im Bahnhof sitzt Grenzpolizei und Zoll, auch Police spéciale. Dort weiß man bestimmt, ob so etwas wichtig ist und gemeldet werden muß. Ich weiß von Pierre, daß die Zeitungsleute sich re-

gelmäßig mit Richtern, Anwälten und Polizeisprechern im Café am Justizpalast treffen. Vielleicht kennt er einen, der für so etwas zuständig ist.
– Keine schlechte Idee. Und ich erzähle es Fritz, er ist im Ortsvorstand. Er soll es weitermelden zum Landesvorstand.
Als Marie einige Tage später vor dem zweigeschossigen Bahnhofsgebäude steht, überkommt sie ein seltsames Gefühl, eine Mischung aus Sorge, Angst und Unsicherheit. Man wird auf jeden Fall ihre Personalien aufnehmen, vielleicht sogar Verdacht schöpfen – was für ein Verdacht könnte das sein? Wie soll sie erklären, daß sie sich von diesen beiden Fremden haben einladen lassen? Es war pure Neugier, Lust sie auszuhorchen – wird man ihr glauben? Bekommt sie am Ende gar Schwierigkeiten mit ihrem Passierschein?
Noch kann sie umkehren. Dann wird das Unglück seinen Lauf nehmen, werden diese Horden hier einbrechen und »aufräumen«.
Vielleicht ist es auch völlig unerheblich, ob sie ihre Anzeige macht oder nicht.
Andererseits, auch ein kleiner Schritt kann große Wirkung zeigen. Dann würde sie sich ihre Feigheit nie verzeihen.
Sie geht auf dem Bahnsteig auf und ab. Einige Leute starren sie an, als könnten sie Gedanken lesen. Dann fällt die Entscheidung. Ihr Unbehagen ist ganz normal, sagt

sie sich, wer hat schon gern mit der Polizei zu tun? Sie geht auf die schwere Holztür zu und drückt die Klinke herunter.

Der Commissaire spécial, der sich mit Monnier vorstellt, bittet sie höflich, Platz zu nehmen. Das Büro ist klein, ein Schreibtisch, ein Holzsessel, zwei einfache Stühle, ein Blechspind, ein Waschbecken und in der Ecke ein Panzerschrank. Es riecht nach kaltem Rauch, unangenehm.
Monnier ist freundlich und hört ihr aufmerksam, immer wieder nickend, zu. Es sei, wie sie schon vermutet habe, in der Tat Sache des Völkerbundes, diese Vorkommnisse zu analysieren und die entsprechenden Vorkehrungen zu treffen.
Das alles sei sehr interessant, sagt er und zögert. Die Gestapo sei, wegen der drohenden internationalen Verwicklungen, normalerweise bestrebt, konspirativ zu arbeiten. Solche Dinge würden nicht im Weinlokal mit Fremden verhandelt. Vielleicht sei ein anderer »Dienst« im Spiel, ein Service de Renseignements. Dieser Agentenring, von dem die Rede war, hat sie mehr über ihn erfahren? – Nein. – Und dieser angebliche Hermann, weiß sie mehr über ihn? – Nein. Natürlich sei sie nicht hingegangen. Monnier runzelt die Stirn, als bedauere er das. Er werde ein Protokoll aufnehmen. Nein, unterschreiben muß sie nichts. Das ist ihr auch lieber. Sie sei nur gekom-

men, weil sie sich große Sorgen mache, nicht, um jemanden anzuzeigen. – Oui oui, naturellement ...
Als er aufsteht, um sie an die Tür zu begleiten, fragt er, ob sie verwandt sei mit dem namensgleichen Redakteur der Zeitung. Sie bejaht. Wieder zögert er einen Moment, sagt dann, er habe eine Idee und schließt die Tür wieder, die er bereits geöffnet hat.
– Was halten Sie davon, wenn wir Sie bitten würden, in vier bis sechs Wochen wiederzukommen und zu berichten, ob Sie noch andere ungewöhnliche Beobachtungen gemacht haben? Die Entwicklung in Deutschland ist rasant und – de toute façon – erschreckend. Nicht alles erfährt man beizeiten. Auch hier macht man sich Sorgen und wäre Ihnen zu Dank verpflichtet ...
Als Marie die Treppe hinuntergeht, ist sie davon überzeugt, das einzig Richtige getan zu haben, als sie Ja sagte. Sie wird wiederkommen, was ist schon dabei? Auch, daß die französische Sprache mehr an Höflichkeit hergibt als die deutsche, denkt sie. Wenn die Deutschen höflich sein wollen, klingt es gestelzt. Aber vielleicht ist das ein Vorurteil.
Am Abend berichtet sie Paul ausführlich von ihrem Besuch.
– Was meinst du, soll ich wieder hingehen?
– Ja, was ist schon dabei?
– Gut, daß du einverstanden bist. Das ist mir wichtig.

Mein Mann ist Deutscher, sagt sie, als stünde sie vor einem Richter, das habe ich immer aus tiefstem Herzen respektiert. Sie nimmt Pauls Hand und legt sie unter ihre linke Brust, als sei der Herzschlag ihr Kronzeuge.
– Das weiß ich doch, Liebling, sagt Paul und umarmt sie. Jedes von uns tut, was es kann.
Auch er scheint von zwei Herzen zu sprechen.

Einige Monate später steht Marie wieder vor dem Bahnhofsgebäude. Diesmal kommt sie von Monnier. Sie haben sich unterhalten, unverbindlich Meinungen ausgetauscht. Das dritte Mal bereits. Viel ist passiert in der Zwischenzeit, in rasendem Tempo treibt die Entwicklung auf die Abstimmung zu. Goebbels in Zweibrücken. Mordaktionen von SS und Gestapo im Reich, auf offener Straße, gegen die eigenen Leute, und gegen hochgestellte Persönlichkeiten. Zwei katholische Führer, Probst und Klausener, hat man ermordet.
Adolf Hitler ist nicht wie andere Politiker, hat Marie zu Monnier gesagt. Der nimmt sich alles zu Herzen, vielmehr, er tut so. Er zeigt große Gefühle, als nähme er alles persönlich. Das mögen die Leute. Er hat die Soldaten der Wehrmacht auf sich persönlich vereidigt. Er kommt höchstpersönlich auf den Ehrenbreitstein, um die Saarländer einzuladen: Heim ins Reich. Hunderttausend werden anreisen, um ihn zu sehen, zu hören, ihm zuzujubeln. Seine Anhänger werden täglich unver-

schämter. Aber auch die Gegner formieren sich, bei den Katholiken haben sie eine neue Zeitung gegründet. Die linken Parteien und Gruppen haben sich zusammengeschlossen, sind neuerdings alle für den Status Quo: Besser beim Völkerbund bleiben. Zurück nach Deutschland, unter diesen Umständen, wäre Selbstmord.
Das ist alles sehr interessant, sagt Monnier, der sich Notizen gemacht hat, aber es bringt uns nicht weiter. Er hat einen anderen Vorschlag ...
Das muß sie erst mit ihrem Mann besprechen, da kann sie keine Zusage machen. Au revoir, Monsieur.
Sie geht auf dem Bahnsteig auf und ab, bis der Zug einläuft. Das hat sie sich in jüngster Zeit so angewöhnt. Immer sind es Männer, die an Haltestellen auf und ab gehen, Frauen tun so etwas nicht. Sie hat mit Monnier eine Kanne schwarzen Kaffee getrunken. Diese Unruhe jetzt, und heute Nacht wird sie nicht schlafen können.

Paul stellt das Essen auf den Tisch, als Marie hereinkommt.
– Tach, mein Schatz. Hmm, das riecht gut! Marie hebt den Deckel von der Nudelsuppe. Wo ist Jean-Claude?
– Er ist schon gegangen, weil es so spät geworden ist. Ich habe ihn zur Brücke gebracht. Der Papa hat gut gekocht, hat er gesagt. Jetzt bin ich gespannt, was die Mama dazu sagt.
– Die Mama muß erst probieren. Sogar Petersilie hast du noch gefunden, draußen.

– Fleisch ist auch drin. Du siehst müde aus, Liebes!
– Es war ein anstrengender Tag. Erst die Wäsche bei Pierre, dann der Einkauf, Betten beziehen, gekocht für die Kleine, sie liegt mit Halsentzündung im Bett. Lies mir etwas vor, hat Julienne gebettelt. Was soll man machen, ich tue es gern, aber heute war es arg. Dann habe ich ihr vorgesungen. Savez-vous planter les choux. Sie wollte Kinderlieder hören, mich nicht gehen lassen, bis der Papa von der Arbeit kommt; in der Redaktion wird es oft spät. Sie ist jetzt zwölf geworden, da kann man sie mal ein paar Stunden alleine lassen. Sie hat sich angemeldet für die Ferien, möchte mal wieder mit den Mädchen spielen und das neue Haus kennenlernen, in dem sie jetzt wohnen. Wir haben Platz hier, habe ich gesagt, du kannst bei uns in der Hofstraße schlafen.
– Ja, natürlich.
– Dann war ich bei Monnier ... der hat mir starken Café serviert.
– Und, wie war's? Du machst es spannend.
– Kennst du einen Nickel Hackmann?
– Nein, wieso?
– Ein Nazi, soll hier im Ort wohnen, Krappstraße. Ich kenne seine Frau. Vom Frisör. Sie hat neulich eine Putzfrau gesucht, als sie bei der Dauerwelle saß.
– Jetzt erzähl schon!
– Also, er hat in Frankreich acht Monate gesessen. Wegen Spionage. Die Franzosen mußten ihn jetzt laufen

lassen. Milde Strafen für Spionage in Friedenszeiten, wir sind ein liberales Land.

– Und? Was ist mit ihm?

– Monnier hat gefragt, ob ich ihn beobachten könne.

– Warum? Was heißt beobachten?

Marie räumt geräuschvoll das Geschirr zusammen. Sie will noch einen Spaziergang machen, draußen kann man besser über alles reden. Sie verlassen das Haus und schließen die Tür ab. Vor der Brücke biegen sie in den Uferweg. Außer ihnen ist niemand mehr unterwegs.

– Monnier meint, Hackmann wäre weiterhin aktiv. Er ist hauptberuflich Agent, für welche Stelle genau, hat er nicht gewußt oder nicht gesagt. Er hat Einreiseverbot und wird nach Kontaktleuten suchen, um weiter drüben zu wühlen. Monnier meint, ich sei gut geeignet, zwei Sprachen, Verwandtschaft drüben, Passierschein, kleiner Grenzverkehr. Wenn Hackmann mich kennenlernt, wird er mich fragen.

– Viel zu gefährlich.

– Was soll passieren? Noch sind wir sicher. Wenn die Abstimmung schlecht ausgeht, sieht man weiter. Soll man so jemanden einfach machen lassen? Ich könnte so tun als ob ... Hackmann würde mir vertrauen und irgendwann Aufträge geben. Dann weiß man drüben Bescheid, was er im Schilde führt.

– Glaubst du, Hackmann ist auf den Kopf gefallen?

– Das nicht. Ich aber auch nicht.

– Er weiß bestimmt, daß dein Mann nicht zu den nationalen Irren gehört, so etwas spricht sich herum, gerade jetzt, wo sie jeden belauern. Er würde Verdacht schöpfen, dann sind wir geliefert. Im Reich steht die Todesstrafe auf so etwas.

– Im Reich, im Reich, als wären wir schon im Reich! Warum verteilst du Zeitungen gegen Hitler, wenn du nicht an den Erfolg glaubst? Ich habe eine Idee. Vielleicht suchen sie immer noch eine Putzfrau. Aufdrängen würde ich mich nicht. Würde ihn ganz langsam kommen lassen ... Zum Beispiel Zeitungen mitbringen, oder ihm den einen oder anderen Artikel übersetzen, aus einer Fachzeitschrift. Er ist Ingenieur. Alles ganz unverbindlich, harmlos. Und wenn er nach meinem Mann fragt, winke ich ab: Der Dirmel, der wird auch noch Vernunft annehmen ... So oder so ähnlich. Mir wird schon etwas einfallen.

– Schau mal an, was für ein kindlich-unschuldiges Gesicht, dazu ein Schuß Mutterwitz – unwiderstehlich. Wo hast du das gelernt?

– Naturtalent.

– Hast du schon alles festgemacht mit Monnier?

– Nein. Aber beim Erzählen wird mir klar, wie es gehen könnte. Ich kann es auch lassen, wenn du Angst hast.

– Ja, Angst habe ich. Um dich. Nicht um mich. Paul nimmt ihre Hand. Du kannst so leichtsinnig sein.

– Ich hab auch Angst, vor den »nationalen Irren«. Falls es soweit kommt, würdest du mit rübergehen?
– Wovon sollen wir leben, wenn ich die Sprache nicht beherrsche? Und das Haus, die Wohnung ... Dort haben wir nichts, rein gar nichts.
– Ich könnte vielleicht in der Druckerei arbeiten, in der Verpackung. Pierre würde uns helfen. Außerdem, es gibt viele Grenzgänger, die drüben auf der Grube arbeiten.
– Bergleute, ja, aber Schlosser, Elektriker? Und von Aufenthaltserlaubnis kann keine Rede sein. Wir wären Flüchtlinge, nicht anders als die Emigranten, auch wenn du Arbeit finden würdest. Das wäre kein Dauerzustand. Du kannst bleiben, ich fliege raus, ich bin Ausländer, das ist überall so. Umgekehrt wäre es einfacher, der Ehemann zählt mehr.
– Ich kann mich erkundigen, aber wahrscheinlich hast du recht. Es darf nicht soweit kommen. Also zurück zum Ausgangspunkt. Die Sache mit Hackmann reizt mich. Hier wären wir geschützt, wenn es gelingen würde. Und drüben könnte er keinen Schaden anrichten, die Franzosen hätten ihn unter Kontrolle.
– Mein Eheweib, die Meisterspionin. Warst du drüben im Kino? Du bist mir die Liebste, aber hier übernimmst du dich.
– Laß mich machen. Zur Zeit kann mir nichts passieren, und später werden wir weitersehen. Wenn die Abstim-

mung gut ausgeht, kann Hackmann seine Sachen packen und sich anderswo Arbeit suchen, ehrliche Arbeit!

Auf der Höhe des Schleusenhäuschens kehren sie um.

– Camouflage, sagt Marie. Ich hatte schon immer Spaß am Verkleiden. Der Pépé hat mir jedes Jahr ein neues Fastnachtskostüm genäht. Bis der Krieg kam, danach war Schluß ...

– Dein goldiger Bubikopf und das Charlestonkleid – war das auch Verkleidung? Paul zieht Marie zu sich heran. Sie flüstert: Das war kein Bubikopf, du hast wieder mal keine Ahnung von der Mode. Meine Haare sind zu sperrig, die machen was sie wollen. Und goldig bin ich schon gar nicht. Und niemals einen Dutt wie Valerie, das schwöre ich!

– Hackmann, Hackmann ... Gib mir Zeit. Ich weiß nicht, ob ich einverstanden bin.

– Angsthase! Es braut sich etwas zusammen, mit oder ohne Abstimmung. Morgen kommt Jean-Claude, mein kleiner Großer. Er soll es doch mal besser haben ...

In der Nacht wacht Marie auf. Was für ein Traum! Es ist Aschermittwoch, und sie will ihr Faschingskostüm – als Piratin ging sie diesmal und hat wunderbar getanzt auf dem Ball – in die Kiste auf dem Speicher bringen. Da kommt der Pépé herein und sagt, das muß sie anbehalten. 365 Tage im Jahr. Jetzt beginnt der Ernst des Lebens, sagt er betrübt, und läßt sie allein im Zimmer stehen.

Marie rückt an Paul heran, vorsichtig, damit er nicht aufwacht. Sie ist nicht allein. Und sie muß nicht zu Monnier gehen. Nur wenn sie will. Morgen kommt Jean-Claude. Sie wird ihn an der Brücke abholen, er wird sich freuen, wenn er sie schon von weitem am Grenzhäuschen stehen sieht.
Am Tag ist alles heller, leichter.
Ein, zwei Wochen vergehen, oder sind es drei?
Marie steht vor dem Bahnhofsgebäude und drückt die Klinke herunter. Monnier empfängt sie. Tatsächlich, er lächelt, zum ersten Mal. Hat er nicht mehr mit ihr gerechnet? So schnell gibt sie nicht auf. Sie hat ihren eigenen Kopf, hat der Pépé immer gesagt ...

Drei Jahre später.
Marie hat Hackmanns Spionagenetz »hochgehen« lassen, um im Jargon zu bleiben. Und vor wenigen Tagen fand ich in Pauls Prozeßakte die Zeugenaussage jenes Mannes mit den Decknamen Lt. Laplace alias Martin alias von Boersch, Chef des BREM-Außenpostens Forbach, engster Mitarbeiter Doudots.

Ich kaufe mir ein neues Heft, diesmal ein Schulheft mit Linien, im Schreibwaren- und Tabakgeschäft des Dorfes. Das kleine Ritual bringt Ordnung in meine Aufzeichnungen. Die bunten Hefte von den einzelnen Stationen meiner Reise wachsen zu einem beachtlichen Stapel. Immer mehr Informationen fließen zusammen, der Ablauf der Ereignisse gewinnt Konturen.
Und immer wieder die Brücke. Jean-Claude, den die Deutschen nach der Schule hier abgefangen haben, wie ich inzwischen weiß. Wie unter einem Brennglas bündelt sich hier Maries Geschichte. Brûlé: aufgeflogen. Wörtlich: verbrannt.

Herbst 1937.
– Hast du schon gehört, beim NSDAP-Hackmann ist eingebrochen worden. Gestern abend spät. – Deshalb überall die Polizei? – Ja, Zivile und Uniformierte, die fragen sogar die Kunden aus, in den Geschäften. Aber verhaftet hat man noch niemanden. – Hackmann von der NSDAP-Zentrale? Ist der nicht Agent?
Das Gerücht hält sich hartnäckig, seit Hackmann im März 1933 plötzlich in Frankreich verschwand und seine Frau bei der Gendarmerie eine Vermißtenmeldung auf-

gab. Er sei drüben gewesen, gab sie damals zu Protokoll, dann, bei der Rückkehr, an der Grenze völlig grundlos festgehalten worden. Jemand von drüben habe ihn wohl angeschwärzt. Sie wisse von nichts, er sei unschuldig, die Polizei solle doch gefälligst bei den französischen Grenzbehörden einschreiten. Seltsam nur, daß die Polizei nichts in Erfahrung bringen konnte und Frau Hackmann unverrichteter Dinge wieder nach Hause gehen mußte. Grenzgänger berichten später, man habe Hackmann drüben vor Gericht gestellt und für ein Jahr »aus dem Verkehr gezogen«.

– Etwas sickert immer durch, sagt Frau Niederländer an der Theke beim Bäcker und bestellt den Frankfurter Kranz für Erntedank. Spionage, was sonst?

– Das ist schlimm heutzutage, sagt Frau Rosius. Man hat geglaubt, es tritt Ruhe ein, aber von wegen.

– Laßt sie nur kommen, sagt eine höhnische Stimme von hinten, die Franzmänner kriegen was auf die Nase. Bald haben wir den Westwall, das gigantischste Befestigungswerk aller Zeiten. Panzer- und Bunkeranlagen von Aachen bis Basel. Im Mai geht es los. 500 000 deutsche Arbeitsmänner – ab in den Westen. Da fällt auch für uns was ab.

Frau Rosius beißt sich auf die Zunge. Ein Mannskerl beim Bäcker. Den hat sie nicht gesehen. Steht in der hintersten Reihe, kauft nichts, gibt aber einen Zettel ab. Gott sei Dank, eine Bestellung. Kein bestellter Horcher.

Sie kann ihren Mund nicht halten, würde ihr Karl-Heinz jetzt sagen. Man muß aufpassen, jedes Wort kann eines zuviel sein ... Schnell etwas Unverfängliches nachschieben.
– Ich wollte nur sagen, vielleicht macht Hackmann beim Westwall mit. Vielleicht haben französische Spione bei Hackmann die Pläne geklaut. Die Franzosen geben keine Ruhe.
Frau Mohl – der Mann ist im KZ – sagt doch tatsächlich: Wieso die Franzosen? Wer will denn den Krieg?
– Besser heute als morgen, sagt der Kerl.
Frau Rosius will aufbrausen, besinnt sich aber aufs Brot. Ein Gemischtes, bestäubt, sagt sie. Dann geht sie linker Hand hinaus, dreht das Gesicht so, daß der Kerl sie nicht sieht. Die Frau Mohl – von allen guten Geistern verlassen. Frau Rosius schüttelt den Kopf und stolpert auf der Treppe.

Herbst 1937. Pläne nehmen Gestalt an. Hitler sinniert über den günstigsten Zeitpunkt, die Tschechei und Österreich niederzuwerfen, die Flankenbedrohung aus dem Westen auszuschalten. Die öffentlichen Reden sollen derweil beschwichtigen.
Noch jemand hat lange über den günstigsten Zeitpunkt sinniert. Hackmann und seine Frau sind an jenem denkwürdigen Abend, der Maries Schicksal besiegeln wird, mit Bekannten in die Stadt gefahren und ins Kino gegan-

gen. Marie und Paul sind dabei. Währenddessen geht der Einbruch vonstatten, lautlos, keine Fensterscheibe geht zu Bruch, kein Schloß wird demoliert, die Nachbarn schlafen friedlich, die Täter hinterlassen keine Spuren. Immer neue Gerüchte machen die Runde. Geheime Papiere und Unterlagen, die angeblich gut gesichert und versteckt waren, seien verschwunden. Im Flur, verdeckt von einem großen Wandspiegel, habe Hackmann vor Jahren schon einen Safe ins Mauerwerk einbauen lassen, nein, keine Handwerker von hier, die kamen aus dem Reich, die waren von der Partei. – Nein, falsch. Hackmann war besonders raffiniert. Der hat seine wichtigsten Papiere dort versteckt, wo niemand danach suchen würde, nicht im Büro, nein, in der Schublade seines Küchentisches, einer Schublade mit unauffälligem Spezialschloß, darüber ein kariertes Wachstischtuch, schwere Qualitätsware, mit Klemmen befestigt, wie bei einem Balkontisch. Das hat die Frau Lebert mal gesehen, als sie der kranken Frau Hackmann Eier brachte. So was ist doch auffällig, in der Küche Klemmen, wo kein Wind geht, und keine Kinder im Haushalt, die am Tischtuch zerren ...

Wenige Tage nach dem Einbruch bei Hackmann ist die Aufregung groß. Ein Ring von Nazispionen in Frankreich soll aufgeflogen sein. Die Gestapo geht von Verrat aus.

Marie und Paul Doulb sowie fünf weitere Verdächtige sind am frühen Morgen abgeholt und weggeschafft worden, auf die Gestapo, ins Gefängnis?
Es schellt Sturm an Valeries Haustür. Der alte Vatter berichtet atemlos, was passiert ist. Valerie schlägt die Hände über dem Kopf zusammen: Was denn, was denn? – Mehr weiß ich auch nicht. Doch, die Gestapo hat den Radioapparat mitgenommen. – Warum denn das? O Maria, jetzt ist alles zu spät. Jean-Claude – wo ist Jean-Claude? – Der geht seit kurzem in der Stadt auf die Ecole Pratique. Soll man rübergehen und ihn warnen? Aber man wird kontrolliert, macht sich strafbar. – Ach was! Du kannst doch gehen. Dich verdächtigt niemand, du mit deinem krummen Rücken und dem Stock, einen Opa wie dich lassen sie durch. – Ich kann nicht. Sie sehen doch den Namen im Ausweis, ach, ich weiß gar nicht, wo mein Ausweis ist, ob er überhaupt noch gültig ist. Polizei, überall.
Der alte Vatter zittert, muß sich setzen. Nein, der schafft es nicht.
Jean-Claude verläßt die Schule, macht sich auf den Weg nach Hause. Er steigt in den Bus. Bald ist er an der Brücke. Heute ißt er bei Maman. Als er über die Brücke geht, ist alles wie immer. Er hat Hunger, Marie wartet bestimmt schon mit dem Essen auf ihn. Was es heute wohl gibt? Er ist »gut beisammen«, wie man sagt, manchmal wird er gehänselt wegen seiner molligen Figur, aber

das stört ihn nicht besonders. Er ißt gern, und er ißt lieber bei Marie als bei der Oma. Jetzt hat er die Mitte der Brücke erreicht. Hier, auf deutscher Seite, beugt er sich gern mal übers Geländer und spuckt hinunter. – Die ganze Saar ist deutsch, nicht nur die halbe, haben neulich die Jost-Buben geprotzt.
Da treten aus dem Grenzhäuschen drei Männer auf die Brücke. Sie gehen auf ihn zu, zwei sind unauffällig gekleidet, mit Hut, der dritte ein bewaffneter Grenzposten in Uniform. Was soll das? Sein Herz klopft. Darf man neuerdings nicht einmal mehr ins Wasser spucken? Was? Mitkommen? Warum denn das? – Na, mal nicht so forsch, Kleiner. – Was? Marie verhaftet? Paul ebenfalls? Weitere Fragen werden nicht beantwortet.
Jean-Claude wird in das schwarze Auto verfrachtet und auf die Stapostelle am Schloßplatz gebracht. Die Fahrt dauert eine Ewigkeit. Später hat er vergessen, wie oft er verhört wurde, weg, einfach weggerutscht, die Erinnerung. Auch er wird ins Lerchesflurgefängnis gebracht. An Einzelheiten kann er sich nicht mehr erinnern. Er hatte dicke Quaddeln von den Wanzen, als er herauskam, das wird er nicht vergessen und es später erzählen. Marie und Paul sitzen in Untersuchungshaft und erfahren zunächst nichts von seiner Festnahme.
Maries Bruder Pierre stellt bei den deutschen Behörden Nachforschungen an, erfährt, daß auch der Junge verhaftet wurde, schaltet das französische Konsulat ein und

erreicht, daß Jean-Claude, da man ihm nichts nachweisen kann, er minderjährig ist und die französische Staatsbürgerschaft hat, nach zwei Wochen freigelassen wird und nach Frankreich zurückkehren kann.

Jean-Claude bleibt zunächst bei Pierre und dessen Familie. (Julienne: »Der Junge war völlig verstört.«) Mit Marie war er öfter hergekommen, wenn sie die Wäsche machte. Er mag seine Cousine Julienne. Sie ist tagsüber nicht zu Hause, geht ins Mädchenpensionat der Barmherzigen Schwestern. Julienne, die sich heimlich bei ihm beklagt über die strengen Eltern. Abends darf sie nie aus dem Haus, sie könnte sich ja mit Jungen treffen. Julienne versucht ihn aufzumuntern.

Alle respektieren sich, nehmen Rücksicht aufeinander, achten auf gute Tischmanieren, und nie ein lautes Wort oder gar Gezänk. Aber warum nimmt niemand ihn mal in den Arm? Das kennen sie nicht, auch untereinander nicht, oder zeigen sie es nicht, weil er dabei ist? Sind sie deshalb so ernst, weil die Sache mit Marie passiert ist? Wann wird sie zurückkommen? Sie sagen, bald, aber kann er ihnen glauben?

Paul und Marie sind ganz anders miteinander. Immer wieder mal ein Händedruck, ein Scherz, ein liebes Wort. Neulich haben sie in der Küche miteinander getanzt, einfach so, weil gerade ein Schlager im Radio lief. »Donne-moi ton sourire«. Plötzlich hat Marie Paul losgelassen und ihn in den Arm genommen. Tiens, mon petit, hat sie gesagt und ihm einen Kuß auf die Wange gedrückt: Bald machst du das auch so. – Was, singen? Niemals! – Aber tanzen, lächeln, küssen!

Doch, einmal hat Onkel Pierre ihn in den Arm genommen. Als die Männer ihn in dem schwarzen Auto zurück zur Brücke brachten, erkannte er ihn schon von weitem. Er stand auf der anderen Seite und wartete auf ihn, dort, bei den Pappeln, die all ihre Blätter verloren hatten in diesen zwei Wochen. Da brach es aus ihm heraus, mitten auf der Brücke, wo sie ihn nicht mehr zurückholen konnten. Er jaulte, wie er früher zusammen mit dem Hund gejault hatte, damals, als er noch klein war und genau wußte, daß Marie wieder für lange Zeit verschwinden würde, obwohl alle sagten, sie sei nur mal eben in die Stadt gefahren. Am Ende der Brücke angelangt, beugte er sich übers Geländer und wischte den Rotz weg. Er wollte es nicht zeigen, wollte nicht greinen wie ein Baby. Doch als er bei Pierre ankam, weinte er immer noch still in sich hinein. Da hielt Pierre ihn lange wortlos im Arm. – T'es brave, mon petit? flüsterte er. – Was blieb ihm anderes übrig, als tapfer zu sein?

Nun kann er nicht länger bei Pierre und Julienne bleiben. Die Mutter ist herzkrank, nicht belastbar. Eine Putzfrau kommt zweimal wöchentlich, aber Julienne schmeißt den Haushalt. Er kann abtrocknen – Marie bestand darauf –, auch im Garten helfen, aber sonst hat er vom Haushalt keine Ahnung.

Er muß zurück zur Mémé-Oma. Die klagt, jammert, heult den ganzen langen Tag, wie soll er das aushalten? Er will weg, aber wohin? Nach zwei Wochen hat er zehn Pfund abgenommen. Seine Großmutter wandelt das Tischgebet ab. »Unser Herrgott soll euch den Appetit erhalten, aber nicht stärken«, sagte sie bisher. Jetzt sagt sie nur »Iß, Junge, iß!« Er mag nicht. Wann kommt Marie zurück? Maman, wo bleibst du, j'ai grand besoin de toi. Ich brauche dich doch ... Ist er wieder vier Jahre alt und wartet auf den Zug aus Paris?
Fünf Personen sind aus der Untersuchungshaft wieder entlassen worden, sagt die Mémé-Oma, als er aus der Schule kommt. Aber sie macht so ein komisches Gesicht, das bedeutet nichts Gutes. Marie und Paul sind nicht dabei. Sie bleiben in Haft. Einzelzelle, Einzelhofgang, kein Kirchgang, Essen auf der Zelle, Sprechverbot, und jetzt auch Besuchsverbot, wie es in dem Brief Valeries heißt, den sie in der Hand hält. Jean-Claude mag ihn nicht lesen.

Valerie geht in die Hofstraße, packt den Koffer, um Jean-Claudes Kleidung über die Brücke nach Frankreich zu schaffen. Niemand hier glaubt daran, daß Marie so bald zurückkommen wird. Es geht um Landesverrat, das hat die Gestapo bei Valeries Vernehmung vor zwei Tagen rausgelassen. Viele verschwinden jetzt, einfach so, ohne irgendeinen Tatverdacht. Wenn ein Verdacht im Raume

steht, kann man die Hoffnung erst recht begraben. Aber sie ist eine Schwarzseherin. Jupp schimpft sie aus. Jetzt muß man in Ruhe abwarten, sagt er.
Irgend etwas stimmte nicht mit Marie. Sie war so still geworden. Nur mit den Kindern ging sie aus sich heraus. Die Kinder sind gern bei Marie, kein Wunder. Sie fährt ihnen mit der Lockenschere ins Haar, statt die Wäsche zu bügeln, solange sie noch feucht ist.
Wenn sie zu ihrem Bruder fuhr, um dort zu helfen, kam sie abends spät nach Hause, wie der Vatter neulich erzählt hat. Wer weiß, was dort alles ablief, der Bruder kennt doch Gott und die Welt. Aber ein feiner Mann, ein gläubiger Mensch, und sehr gebildet, ohne eingebildet zu sein, hat auf dem Seminar Latein, Griechisch und Hebräisch studiert, hat Juden als Freunde, die bei ihm ein und aus gehen. Das hat die Kleine erzählt, Julienne, die bei Paul und Marie in Ferien war. Na ja, drüben ist das nicht verboten, dort wird man nicht an den Pranger gestellt, gibt es keinen »Stürmer«, der einen namentlich dafür abkanzelt, wie es dem Horst Fritz neulich passiert ist. Sie haben sich gewundert, daß Julienne über so etwas gesprochen hat, ein Kind von dreizehn Jahren. Sie war empört, weil die Buben aus der Nachbarschaft erzählten, zu dem jüdischen Metzger drüben, hinter der Synagoge, dürfe man nicht in den Laden gehen, der schlachte kleine Kinder.
War der Bruder damals nicht sogar Trauzeuge gewesen?

Ja, das war er - als strenger Katholik, obwohl Paul und Marie nicht kirchlich geheiratet haben. Warum eigentlich nicht, hat der Pastor sich gesträubt? Paul geht ja nicht in die Kirche, und bei der Trauung muß man zur Kommunion gehen, sonst spielt der Pastor nicht mit. Das würde Paul nie machen, nur um des Scheines willen. Bruder und Schwester haben immer französisch miteinander geredet. Da ist ein gemeinsamer Horizont, könnte man sagen ... Irgendwie seltsam, jetzt muß man doch sinnieren, wie sich alles zusammenreimt ...
Und noch etwas fällt Valerie ein. Wenn Marie Zither spielt, läßt sie sich auch nicht in die Karten gucken. Sie singt dazu, mit ihrer angenehmen, dunklen Stimme. Die Lieder kann Marie auswendig, das kann ja jeder, da ist nichts dabei. Aber dazu noch ein Instrument ... Letztes Jahr an Pauls Geburtstag: Unter der Zither lag ein Blatt, darauf hatte sie die Abfolge der Töne markiert. Alle dachten, Marie spielt die Lieder auswendig, aber Valerie hat sie ertappt. Marie hätte ja Noten daneben legen können, das hätte genauso imponiert, aber sie kann keine Noten lesen. Da wollte sie sich nicht blamieren. In der Kirche, mit dem Gesangbuch, gewöhnt man sich an die Noten, auch wenn man sie nicht direkt lesen kann, man weiß doch mit der Zeit, wie es rauf und runter geht mit der Melodie. Aber wer nicht in die Messe geht, hat keine Übung. Besitzt Marie überhaupt ein Gesangbuch? Also mußte sie sich ein anderes System ausdenken, hat irgend-

welche Geheimzeichen erfunden ... Ja, Marie hat einen Hang zur Geheimniskrämerei. Valerie erinnert sich an die gemeinsamen Jahre in der Hofstraße, vor dem Umzug ins neue Haus. Nein, eine besonders gute Hausfrau war Marie, ehrlich gesagt, schon damals nicht. Dabei hatte sie jahrelang als Hausangestellte gearbeitet, wie kann so etwas zusammengehen? Einmal gab es Krach. Die beiden Frauen beschwerten sich, weil der Vatter ständig auf dem Wachstuch seine Tabakkrümel hinterließ. Zum einen Ohr rein, zum andern raus. Bis Marie auf die Idee kam, eine Woche lang die Tabakkrümel im Schnapsglas zu sammeln und sie ihm, statt Petersilie, auf den Teller zu streuen. Da war der Teufel los. Das hat sie nur einmal gewagt. Man muß die Kirche im Dorf lassen. Aber faul war sie nicht, nein. Marie ging im Sommer kiloweise Brombeeren pflücken, die Kinder hat sie mitgenommen, die wollten auch mit, komisch, bei Marie wollten sie immer helfen. Sie hat stundenlang, tagelang den Saft durchs Tuch gepreßt, im großen Kessel Gelee eingekocht. Die Kinder haben sich mit dem Saft Fratzen ins Gesicht gemalt und hatten ihren Spaß. Marie lief mit knallroten Händen durchs Dorf, das war ihr egal. Beim Milchmann wurde sie mal darauf angesprochen und soll gesagt haben: Das wäre gut, wenn man's den Mördern an der Hand ablesen könnte. So leichthin, als hätte sie einen Witz gemacht. Sie ist ja gut angesehen im Dorf. Da mußte man erst mal drauf kommen, daß das womög-

lich eine politische Anspielung war – von heute aus gesehen. Riskant.
Aber das ist schon eine ganze Weile her. In letzter Zeit waren die beiden eher zurückgezogen. Und, seltsam, als sie vor ein paar Wochen bei Paul die letzten Stangenbohnen abholte, hat er Auslandssender gehört, als wäre es das Normalste von der Welt. – Hast du keine Angst, mach wenigstens leise, sagte sie, als sie zur Tür hereinkam. – Zuverlässige Nazis dürfen alle Nachrichten hören, sagte Paul. – Wie, bitte? Seit wann bist du ... – Nein, ich bin nicht in der Partei. Darauf grinste er so komisch.
Marie ist mit den Kindern manchmal auf die Almet gegangen, Futter holen fürs Vieh. Der Stock Michel hat dort mal ein Foto gemacht, ein schönes Foto. Aber sie ging nur, wenn sie Lust hatte, jawohl, so ist es gewesen! Etliche Male mußte der Vatter sagen: Das Vieh braucht Grünzeug.
Dafür hat sie dann gute Laune, wenn Paul abends nach Hause kommt. Ein Späßchen ist ihm lieber als gründlich gewaschenes Geschirr. Da ist Paul das gerade Gegenteil von Jupp. Sein einziger Spaß: Dumme Pappkragen, die er ausschneidet und der Katze um den Hals hängt. Da kann er sich kaputtlachen. »Goebbels muß weg!« hatte er sich mal ausgedacht. Aber das war vor dem Anschluß und ungefährlich, damals.
Nein, Schluß jetzt. Valerie schiebt die Vergleiche beiseite, ertappt sich dabei, mit Marie strenger ins Gericht zu

gehen als mit sich selbst, und das will etwas heißen. Sind da etwa Neidgefühle? Marie, so ein armes, gestraftes Ding. – Schäm dich, sagt sie halblaut zu sich selbst. Morgen werde ich ihr schreiben. Und wenn der Brief wieder nicht durch die Zensur geht, fahre ich hin. Ich laß mich nicht wieder an der Pforte abwimmeln. Die sollen mich kennenlernen! ... Aber jetzt der Kleine, der arme Junge ...

Valerie schließt den Koffer mit Jean-Claudes Hemden, Hosen, Socken und einem Holzschiffchen, das auf der Kommode stand. Sie trägt ihn in den Hof und hebt ihn auf den Handwagen. Schwer ist er. Dann zieht sie los, über den Schotterweg, die Bahngleise, zur Brücke. Das darf sie eigentlich nicht, von der Feldarbeit hat sie es mit dem Kreuz. Aber Jupp darf erst recht nicht. Sie mußte den Antrag stellen. Als Beamter bei der Reichsbahn darf er in dieser »Affäre« keinen falschen Schritt tun.

– Gebrauchte Kleider, sagt sie. Eine Privatangelegenheit. Der Grenzer liest die Bescheinigung, schaut kurz in den Koffer und läßt sie durch.

Am Abend liegt sie stöhnend auf der Couch, kommt nicht mehr hoch. Die Bandscheiben. Und der Jammer drüben, bei Maries Mutter, als sie den Koffer abgegeben hat. Aber das sagt sie nicht. Jupp und die Töchter tragen sie ins Bett, ziehen sie aus. Könnte ich doch beten, klagt Valerie. Sie greift in die kleine Weihwasserschale mit dem Palmzweig, die über dem Nachttisch hängt. Noch nie hat sie Weihwasser hineingetan, sie hängt nur dort, weil es ein Erinnerungsstück an die Mutter ist.

Valerie kann nicht beten.

Die eine Tochter nimmt die Schuhe in die Hand, die andere zieht den geblümten Vorhang zu.

– Nein, protestiert die Mutter. Laß die Schuhe hier stehen. Mach den Vorhang wieder auf, ich brauche Luft.

Und was brauchen die Töchter? Sie sind doch noch Kinder.

Nach ihnen fragt jetzt niemand.

Aus den Kassibern (IV)

In einem großen Umschlag befinden sich mehrere Dokumente:
– ein aufgebrochener Briefumschlag mit Maries Handschrift, adressiert an ihre Schwester; der Wohnort wurde nachträglich dick rot unterstrichen und »Frankreich« hinzugefügt.
– ein Brief Maries an ihre Schwester
– ein Brief Maries an einen Herrn Martin (alias Laplace) in Frankreich
– ein Brief Maries an eine Frau J.
– ein Brief der angeblichen Schwester dieser Frau J., mit der Marie die Zelle teilte und der sie die Kassiber anvertraute.

Brief der Zellengenossin Maries an deren angebliche Schwester:

Liebe Schwester!
Ich habe Deinen Brief dankend erhalten. Anbei liegt ein Brief (im geschlossenen Umschlag) von einer Frau, die bei mir liegt. Diese Frau ist von Frankreich und möchte Eltern und Geschwister benachrichtigen, wo sie sich befindet. Bitte besorge diesen Brief durch Johann auf die andere Seite und frankiere ihn. Also, es EILT. Sei aber sehr vorsichtig mit dem Brief. Wenn Johann durch den

Zoll geht, muß er ihn verstecken. Also nochmals, liebe Schwester, besorge den Brief so schnell wie möglich, damit ihre Angehörigen wissen, wo sie ist, und ihr das Nötige schicken.
Sei bitte vorsichtig und erwähne nur nicht, daß Du auf diesem versteckten Wege einen Brief von mir bekommen hast.
Sonst alles beim Alten. Ich wünsche Kurt eine gute Besserung.
Deine Schwester. Gute Nacht.

Brief Maries auf der Rückseite:

Geehrte Frau J.!
Unbekannterweise danke ich Ihnen herzlich, daß Sie mir diesen Brief an meine Anverwandten weiterleiten. Ich bin bereits sechs Wochen hier, während meine alte Mutter drüben ohne jede Nachricht ist. Sie können sich vielleicht an meinen Platz stellen, wie es einem da zumute ist. Nur dem großen Glück und der Gnade Gottes hab ich es zu verdanken, daß ich zu Ihrer Schwester in die Zelle kam. Sonst wäre es mir ja unmöglich, meine Mutter zu benachrichtigen. Deshalb bitte ich Sie, geehrte Frau, lassen Sie so schnell wie möglich diesen Brief besorgen – aber vorsichtig! Für das Porto komme ich später auf. Wenn es Ihnen nicht möglich sein sollte, das Couvert mit französischen Marken zu frankieren, dann soll er drüben

einfach so weggeschickt werden, wie er ist. Ich bin Ihnen auf alle Fälle recht dankbar dafür.
Mit dem größten Respekt
grüßt Sie
Frau Doulb

Marie an ihre Schwester Evelyne:

Liebe Schwester!
Will Dir schnell und versteckterweise ein paar Zeilen schreiben. Es geht mir soweit noch gut, hoffe dasselbe auch von Euch allen. Evelyne, ich habe eine Bitte an Dich, welche Du mir doch hoffentlich nicht abschlagen wirst. Du weißt ja, daß Paul und ich hier im Gefängnis sitzen. Man hat uns hauptsächlich verhaftet, weil bei Euch so viele Leute eingesteckt wurden, und weil hier bei dem Hackmann eingebrochen wurde. Da sagt man uns einfach auf den Kopf zu, ich hätte mit den Franzosen gearbeitet. (Aber es ist ja nicht wahr.) Ich habe nichts eingestanden und werde es auch nicht tun. Paul ebenfalls.
Liebe Evelyne! Du glaubst nicht, was wir auszustehen haben. Man behandelt uns wie Schwerverbrecher. Man nimmt uns zu jeder Tageszeit heraus zum Verhör, schon bis nachts halb drei Uhr war ich bei der Gestapo, ob wir gegessen haben oder nicht. In der Nacht hatten mich drei höhere Herren aus Berlin im Verhör. Ich blieb aber stark, ich weiß von allem nichts. Die größten Frechheiten muß

man sich ins Gesicht sagen lassen. Und sie sagten, wir kämen nie mehr aus ihren Händen, wenn wir nicht eingestehen würden.
Deshalb, liebe Evelyne, bitte ich Dich, fahre mit diesem Brief nach S. zur Spezialpolizei und verlange Herrn Martin (Du kennst ihn ja). Zeige ihm das Schreiben und sage ihm, er könnte uns retten, bevor man uns von hier fortschleppt nach Berlin. Anbei die Papiere, die dazu notwendig sind. Durch eine Vertrauensperson, der unser Schicksal sehr nahe geht, habe ich mir dieselben beschaffen können. Formulare, die vorgelegt werden müssen, wenn ein Häftling auf die Gestapo zum Verhör geholt wird. Allerdings geht alles unter dem größten Wagnis und auf dem verstecktesten Wege vor sich.
Beide Briefe in diesem Couvert werden von dieser Frau hinausgeschmuggelt und von deren Verwandten an Dich geschickt. Die Frau ist schon ein Jahr hier und genießt das größte Vertrauen im Haus, weiß auch in allem sehr gut Bescheid. Darum keine Angst, ihr lauft nicht in eine Falle. Bitte Herrn Martin, daß er uns hilft, es geht ja so leicht. Man soll mich zuerst herausholen, hier, im Frauengefängnis. Dann zeige ich ihnen den Weg zum Männergefängnis, wo der arme Paul ist.
Evelyne, zeige niemand sonst diesen Brief und schreibe auch keine Antwort darauf, weil alles mit größter Vorsicht gehen muß.
Sage Du der Polizei unser Geburtsdatum, Paul am ... in

... und ich, wie Du weißt, am ... in ... Das Geburtsdatum und der Ort müssen auf dem beiliegenden Schein eingetragen sein!
Wenn die Polizei nicht gewillt ist, mich zu befreien, dann nimm Du den Schein und befreie uns durch irgend jemanden. Wir wollen dann direkt über die Grenze zur Oma.
Wir lassen hier alles im Stich.
Viele Grüße
Marie

Marie an Herrn Martin alias Laplace:

Geehrter Herr Martin!
Dieses Schreiben wird für Sie von großem Interesse sein. Uns beiden will man unbedingt alles Vergangene zur Last legen. Aber wir wollen standhalten und nicht mürbe werden. Nur darf es nicht zu einer Verhandlung kommen, da man neuerdings all diese Gefangenen nach Berlin schleppt und dann so stickum verschwinden läßt.
Anfangs war ich so richtig im Zweifel.
Die Gestapo sagt, wenn ich nicht eingestehen würde, dann bringen sie mir einen sauberen Franzosen her, Laplace (Martin) würde er sich auch nennen, der sagt für tausend Mark alles aus, was sie hören wollten. Man hat mir Ihr Photo gezeigt und gefragt, ob ich Sie kenne. Ich konnte doch nur nein sagen. Aber daraufhin sagt man,

jetzt könnte ich sehen, was die Franzosen übrig hätten für die Leute, die für ihr Land arbeiten. Und viele solcher Frechheiten muß ich mir bei jedem Verhör anhören. Aber auch manches sehr Wichtige für Sie habe ich gehört.
Darum heißt es, schnell handeln. Es ist bei weitem halb so gefährlich wie das andere (zur Sache).
Das Wichtigste ist der Schein, den ich besorgt habe.
Es kann einer von Euch Gestapo markieren, das geht so einfach. Anbei der Schein, den man braucht, um eine Person zum Verhör herauszufahren. Laßt Euch bitte zwei solcher Scheine nachdrucken. Füllt sie aus auf unsere Namen, genauso wie der andere. Kommt hier an das Tor, drückt kurz auf den Klingelknopf. Darauf kommt die Beamtin ans Fenster und fragt, was sei. Dann sagt der »Gestapo« unten »Heil Hitler, Doulb zum Verhör, bitte!«. Die Beamtin fragt nach einem Schein. Dann zeigt Ihr ihn von unten schon vor und sagt »Ja«. Daraufhin werde ich ohne weiteres herausgeführt.
Wenn ich unten aus dem Tor herauskomme, kommt die Beamtin mit, nimmt den Schein entgegen und dreht sich um, um ins Haus zurückzugehen. Dann muß der »Gestapo« wieder kurz mit »Heil Hitler« grüßen und mit mir davongehen.
Wache ist keine da, und auffallen könnt Ihr nicht, weil soviel Gestapo hier herumläuft, wie man für ganz Europa benötigen würde.

Der beste Moment bei uns ist abends drei Viertel sechs. Dann ist es schon dunkel, dann besteht keine Gefahr, erkannt zu werden.
Bei meinem armen Mann dann ebenfalls, das gleiche Vorgehen.
Wie gesagt, Ihr riskiert gar nichts dabei. Ich habe schon oft gedacht, wenn Ihr nur wüßtet, wie leicht das ginge. Aber stellt Euch nachher die Gesichter der Barbaren vor!
Mit größter Hochachtung
Frau Doulb (Bergmann)

Ich habe Julienne einen zusammenfassenden Bericht über meine Recherchen versprochen. Außerdem wartet sie darauf, daß ich die Dokumente, die wir in Paris von Hand abgeschrieben haben, in eine lesbare Fassung bringe.

Sie hat mich eingeladen, sie will mir das Land zeigen, dessen Bewohner in zwei Jahrhunderten achtmal die Nationalität wechselten.

Wir sind über fünf oder sechs Ecken miteinander verwandt, »cousines par alliance« wie man in Frankreich sagt. Wir nehmen das wörtlich.

Ich sehne mich nach einer Reise ohne Zweck und Funktion, nach traumlosen Nächten.

Vorgestern habe ich meinen Bericht beendet. Nach Durchsicht korrigierte ich die eine oder andere Stelle und war versucht, den letzten Satz zu streichen, »Versöhnung und Freundschaft« – klang das nicht nach Sonntagsrede? Ich ließ den Satz so stehen. Manchmal sind große Worte angemessen.

In meinem Brief an Julienne gab ich der Hoffnung Ausdruck, daß die ausführliche Schilderung der Ereignisse sie nicht seelisch belaste. Auch hier der gleiche Impuls:

Als ich den Satz niedergeschrieben hatte, wollte ich ihn wieder streichen. War es nicht diese Furcht gewesen, die uns über Jahrzehnte hinweg in Schweigen und Resignation verharren ließ?
Es war mir doch gelungen, aus der Kette auszubrechen?
Ja und nein. Ich ließ den Satz so stehen.

Ich steckte die Papiere in einen großen Umschlag und brachte sie zur Post, zugegeben, ein altertümliches Verfahren in Zeiten von Internet und e-mail. Länger als ein Jahr war ich unterwegs gewesen, was ist da schon ein Mouseclick?
Am Schalter suchte ich mir die schönsten Briefmarken aus; einen Teil klebte ich, Querformat, eine an die andere gereiht, in einem weit geschwungenen Bogen über den Briefumschlag, die anderen hochkant als Stützpfeiler darunter. Marie, deine Bogensteinbrücke. Sah nur ich den Fluß?
Jetzt noch die Aufkleber »Par avion/Prioritaire« in Französischblau – oder war es Preußischblau?
Es war das internationale Blau des Himmels über unserer Erde.

Ich gab den Brief der Postangestellten. Ich lächelte beschwichtigend, als sie mich kritisch musterte, bevor sie zum Stempeln ansetzte.

Ellen Widmaier

Marie Catherine K. - Spionin gegen Hitler

»Vor allem möchte ich denjenigen Gefährtinnen und Gefährten meine Ehre erweisen, die unter der Folter, der Axt des Henkers, im Feuer der Erschießungskommandos, am Galgen oder nach langer Agonie in den Vernichtungslagern ihr Leben verloren haben.«

Joseph Doudot

Marie Catherine K. wird 1899 in einem kleinen Ort an der deutsch-französischen Grenze geboren. Nach dem Ende des Ersten Weltkrieges geht sie nach Paris, wo sie als Hausangestellte arbeitet. Aus der gescheiterten Beziehung mit einem Leutnant des französischen Zolls geht ein Sohn hervor. 1925, bei einem Besuch im Elternhaus, lernt sie einen Deutschen aus dem Nachbarort kennen, nennen wir ihn Paul. Ein Jahr später heiraten sie. Sie sind nicht wohlhabend, aber auch nicht arm. Ein Fluß bildet die Grenze zwischen ihren Ländern, eine Brücke schafft die Verbindung zwischen ihren Familien. Die große Politik, die die Grenzregion immer besonders getroffen hat, soll endlich draußen bleiben. Diese Hoffnung erweist sich als trügerisch. Durch Hitlers Machtantritt 1933 und die Errichtung der nationalsozialistischen Diktatur in Deutschland werden die Weichen anders gestellt.

Der Spion Nikolaus H. und die deutschen Geheimdienste

Marie und Paul wurden am 4. Oktober 1937 von der Gestapo unter dem Verdacht des Landesverrats verhaftet. Vorausgegangen war ein folgenschwerer Einbruchdiebstahl in Büro und Wohnung des Nikolaus H., eines führenden Geheimdienstagenten des militärischen Nachrichtendienstes Berlin, der sogenannten »Abwehr«. Nickel H., wie er in den französischen Quellen genannt wird, soll, Berichten von Zeitzeugen und Prozeßunterlagen zufolge, gleichzeitig Mitglied der SS gewesen sein und für den Sicherheitsdienst (SD) der NSDAP gearbeitet haben. In der Mehrzahl der bisher zugänglichen deutschen und französischen Quellen wird H. lediglich dem militärischen Nachrichtendienst, dem Service de Renseignements, S.R. allemand, der Abwehr zugeordnet. Die zahlreichen deutschen Geheimdienste wurden nach 1933 einer Revision unterzogen, nur zwei blieben machtpolitisch bedeutsam: die »Abwehr« und der SD, wenn man von der polizeilichen Abteilung, der Gestapo absieht. Beide deutschen Geheimdienste, der SD der NSDAP und der militärische Nachrichtendienst, arbeiteten trotz immer wieder aufflackernder Kompetenzstreitigkeiten von Januar 1935 bis zum Kriegsbeginn eng zusammen. Der SD, 1931 gegründet, galt als das »Gehirn von Partei und Staat«. Sein Erfinder, Organisator und Leiter,

Himmlers engster Vertrauter R. Heydrich, baute ihn schrittweise zum Sicherheitsdienst des Reichsführers-SS aus. Himmler hatte bereits im März 1934 sein Programm formuliert: »Ich habe nicht Gerechtigkeit zu üben, sondern zu vernichten und auszurotten.« Im Mai 1937 verfügte das SD-Hauptamt über 3000 hauptamtliche Mitarbeiter und 50 000 Informanten, darunter allerdings nur wenige Spionageprofis.
Der Geheimdienst der Reichswehr, kurz die »Abwehr« genannt (später Amt Ausland/Abwehr beim Reichskriegsministerium), gewann ab Januar 1935 unter der Führung von Wilhelm Canaris rapide an Bedeutung. Canaris und Heydrich hatten ausgehandelt, daß allein die Wehrmacht zuständig sein sollte für militärische Spionage und Gegenspionage. Dem SD wurde jedoch die Mitarbeit beim Grenznachrichtendienst zuerkannt. Es gab auch einzelne Agenten, die für beide Dienste arbeiteten. Ein ausgebauter Apparat für die Nachrichtenerfassung spielte beim SD bis 1936 kaum eine Rolle.
Nickel H. war den Franzosen seit 1933 bekannt. Colonel Doudot vom Geheimdienst BREM mit Sitz in Metz, Chef der Sektion Gegenspionage im Osten Frankreichs, hatte H. als Mitarbeiter der Abwehrstelle Köln enttarnt. Bei einem Grenzübertritt wurde er verhaftet, wegen Spionage an der Maginotlinie angeklagt und zu acht Monaten Gefängnis und einer Geldstrafe verurteilt – eine milde Strafe im Vergleich zu den Gepflogenheiten der

Nazis, »die 1933 bereits ihre Blutspur legten und mit dem Hackbeil in den Reihen der Unsrigen wüteten«, wie Doudot das Urteil gegen Nickel H. kommentierte. (Bis 1937 benutzten Scharfrichter in Deutschland noch das Handbeil.)

Frankreich, das 1930 freiwillig das Rheinland geräumt hatte, in dem es noch fünf Jahre hätte bleiben können, das 1932 auf seine noch ausstehenden Reparationsforderungen verzichtet hatte, beobachtete mit wachsender Sorge die Entwicklung des deutschen Nachbarn.

Mit Hitlers Bruch der Verträge von Versailles und Locarno, der Wiedereinführung der allgemeinen Wehrpflicht 1935, der überfallartigen Besetzung des entmilitarisierten Rheinlandes 1936 und der hektischen Rüstungsexpansion wurde auch die Auslandsspionage intensiviert und ausgeweitet. Canaris schmiedete das Bündnis mit Franco und dessen Geheimdiensten. 1937, zum Zeitpunkt der Verhaftung Pauls und Maries, war Deutschland mit einem Netz alter und neu gegründeter personalstarker Abwehrstellen überzogen. Mit knapp 150 Mitarbeitern war die »Abwehr« in die Hitler-Ära eingetreten, im Juni 1937 zählte sie an die tausend Offiziere, Beamte und Angestellte, hinzu kamen tausende von Agenten, V-Männern und Zuträgern aller Art. Siebzehn Hitler-Canaris-Besprechungen in der Reichskanzlei sind allein für die Zeit zwischen Dezember 1935 und März 1936 überliefert. Das Amt verfügte bei der Abteilung I (Geheimer Meldedienst) über eine Arbeitsgruppe West. Seine Aufgabe war u.a. »die Beschaffung von militär-, rüstungs- und kriegswichtigen Nachrichten im Ausland; Agentennetze mit Leit- und Anlaufstellen; Briefkästen, Funk- und Kurierverbindungen im Ausland«.

Heydrich und Canaris, seinerzeit noch eng verbunden, reisten gemeinsam zu den einzelnen Abwehr-, SD- und Stapostellen und schworen die Dienste auf »engste Zusammenarbeit« ein.

Nickel H. erhielt nach seiner Entlassung aus französischer Haft 1934 von seinem Auftraggeber in Berlin eine Haftentschädigung. Er wurde nun der Abwehrstelle Wiesbaden unterstellt mit dem Auftrag, ein Spionagenetz in Frankreich aufzubauen. Wiesbaden errichtete 1936 einen Außenposten in Trier, der H.s neue Anlaufstelle wurde. Bevorzugtes Operationsgebiet für die regelmäßigen Treffen mit Auslandsagenten und die Kontaktaufnahme mit Kandidaten, die rekrutiert werden sollten, waren Belgien und Luxemburg, auch die Schweiz.

Die von der französischen Gegenspionage (C.E.) 1936/37 dokumentierten Aktivitäten H.s stimmen mit der Aufgabenbeschreibung des Geheimen Meldedienstes des Abwehramtes unter Canaris überein; auch ging H. dazu über – entsprechend der neuen, expansiv-aggressiven Taktik des NS-Spionagedienstes, »Spannungsagenten« auf französischem Territorium zu rekrutieren, die in Krisenzeiten Truppenbewegungen beobachten und im Falle einer Mobilmachung Frankreichs halbstündliche Meldungen nach Berlin »absetzen« sollten.

Ein Einbruchdiebstahl mit Folgen

Bei dem Einbruch in Nickel H.s Büro im Herbst 1937 wurden geheime Unterlagen samt Namenslisten entwendet. Unmittelbar darauf wurde ein Nazi-Spionagering in Frankreich enttarnt, es kam zu zahlreichen Verhaftungen. Ein herber Rückschlag für die Berliner »Abwehr« in Frankreich.

Gestapo und Geheimdienst gingen von Verrat aus und verhafteten sieben Personen aus K., unter ihnen Paul und Marie. Fünf von ihnen wurden kurz darauf wieder freigelassen. Marie und Paul wurden während der Untersuchungshaft im Gefängnis Lerchesflur mehrere Wochen lang von Beamten der Gestapo Saarbrücken und Berlin verhört. Zu den Verhören wurden sie unter strenger Bewachung auf die Gestapozentrale am Schloßplatz gebracht.

Dann wurden sie ins Untersuchungsgefängnis Berlin-Moabit verlegt. Am 19. Juli 1938 wurden sie vor dem Volksgerichtshof in Berlin wegen »Landesverrat (Spionage)« angeklagt. Marie Catherine K. wurde zum Tode verurteilt und am 3. Oktober abends aus dem Frauengefängnis Barnimstraße, in das sie nach dem Urteil verlegt worden war, ins Strafgefängnis Plötzensee gebracht.

Dort wurde sie am folgenden Tag, dem 4. Oktober 1938, in den frühen Morgenstunden hingerichtet. Sie starb wahrscheinlich unter dem Fallbeil, möglicherweise unter dem Handbeil. Die Todesart ist auf der Hinrichtungsurkunde nicht vermerkt. Paul wurde zu 15 Jahren Zuchthaus und 10 Jahren Ehrverlust verurteilt. Er verbüßte seine Strafe im Zuchthaus Siegburg, wo er bis zur Befreiung durch die Alliierten im Mai 1945 als politischer Häftling geführt wurde.

Zur Quellenlage: Archive, Sperrfristen und »Fonds Moscou«

Was genau war geschehen?
Der Fall lag lange Zeit im Dunklen, private und wissenschaftliche Nachforschungen blieben ohne Ergebnis. Sowohl die deutschen als auch die französischen Akten waren nach 1945 verschwunden oder nicht zugänglich, wichtige Zeugen tot, verschollen, oder sie schwiegen. Nicht einmal Maries Bruder, ein Journalist aus dem katholisch-konservativen Milieu Lothringens, nach dem Krieg politischer Redakteur beim France Journal, also recherchegeübt, konnte Auskunft geben. Er hatte vor der Verhaftung mit Marie und Paul engen Kontakt, war bei der Flucht jüdischer Emigranten aus Nazideutschland behilflich und versorgte einige Jahre später in der Résistance flüchtige französische Kriegsgefangene und

Zwangsrekrutierte mit Papieren. Er berichtete, daß Marie mit ihm zusammengearbeitet und für jüdische Flüchtlinge Geld und Schmuck nach Frankreich geschmuggelt habe. Er nahm an, sie sei denunziert oder an der Grenze erwischt worden. An Spionage glaubte er nicht. Vielleicht wußte oder ahnte er etwas, hielt sich aber an das Schweigegebot, das Grundgesetz der Geheimdienste.

Die französischen Geheimdienste praktizierten auch nach dem Krieg strikten »Quellenschutz« und gaben die Identität ihrer Mitarbeiter nicht preis.

Einzelne Akten und Dokumente sind erst seit jüngster Zeit zugänglich, für andere gilt nach wie vor eine Sperrfrist von hundert Jahren. Ausnahmegenehmigungen sind mit komplizierten Antragsverfahren verbunden. Die Akten der NS-Geheimdienste über ihre Einsätze wurden systematisch vernichtet.

Seit der »Wende« in den neunziger Jahren werden schrittweise die umfangreichen NS-Aktenbestände der ehemaligen DDR-Archive gesichtet, ins Bundesarchiv Berlin überführt und zugänglich gemacht. Die Hauptverfahrensakte des Prozesses vor dem Volksgerichtshof konnte bisher nicht gefunden werden, doch ein offizieller, zensierter Briefwechsel der Verhafteten sowie eine Reihe von Kassibern und einige Gnadengesuche stammen aus diesem Bestand.

Wichtige Informationen über den Fall finden sich auch

in den Akten des Wiedergutmachungsverfahrens. Diese werden im Saarländischen Landesarchiv aufbewahrt und standen Jahrzehnte unter Datenschutz. Sie gelten als »sensibel« und politisch brisant. In den Entschädigungsurteilen vieler Verfahren spiegelt sich die wechselvolle Nachkriegsgeschichte der Bundesrepublik Deutschland, am Beispiel Pauls zusätzlich die Geschichte des Grenzlandes Saargebiet vor und nach der Eingliederung in die Bundesrepublik.

Bekanntlich ist die Bewältigung der Nazijustiz in Deutschland über Jahrzehnte gründlich mißlungen oder war nicht gewollt. Nach dem Ende der Diktatur mangelte es an demokratischen Juristen, außerdem setzte der Kalte Krieg andere Prioritäten. Ehemalige Nazirichter saßen nicht selten zu Gericht über die Täter, ihre alten Parteigenossen, sowie über die Opfer, entsprechend fielen die Urteile aus. Ein Entschädigungsgesetz von 1956 hatte den Opfern Hoffnung gemacht, doch führten restriktive Definitionen und Ausschlußbestimmungen zu langwierigen Verfahren und manch bitterer Niederlage. Der Zivilprozeß, den Paul angestrengt hatte, wurde erst 1966, einundzwanzig Jahre nach Kriegsende, abgeschlossen.

Die französischen Akten über Marie C. K. wurden 2003 zur Konsultation freigegeben. Es handelt sich um Akten zentraler und regionaler Nachrichtendienste, des 2° und des 5° Bureau, des französischen Verteidigungsministe-

riums, des Generalstabs der Armee, des Außenministeriums, des Innenministeriums (Sûreté Nationale), vor allem des BREM, der dem Service Central in Paris unterstand. BREM hatte seinen Sitz in Metz, der damaligen »militärischen Hauptstadt Frankreichs«.
Es sind Akten, die die Wehrmacht bei der Besetzung Frankreichs zunächst vergeblich gesucht, dann aber doch erbeutet und nach Berlin geschafft, später womöglich nach Osten ausgelagert hatte. Die Rote Armee wiederum hat – soweit sie fündig wurde – diese Dossiers 1945 beschlagnahmt und nach Moskau geschafft.
Die russische Regierung hat vor kurzem damit begonnen, die Akten (zunächst der Periode 1937-42) an Frankreich zurückzugeben. Sie werden unter dem Sammelbegriff »Fonds Moscou« im Pariser Militärarchiv im Schloß Vincennes aufbewahrt. Dort befindet sich das Dossier über Marie Catherine K. alias M. Bergmann. Eine Akte über Nickel H., vom französischen Geheimdienst »le singe«, der Affe genannt, ist ebenfalls vorhanden und enthält ergänzendes Material.

Legenden, Schutzbehauptungen, Teilgeständnisse

Nach der Verhaftung streiten Marie und Paul zunächst ab, in den Fall verwickelt zu sein. Die Kassiber, die sie in der Untersuchungshaft schmuggeln, werden anfangs von der Gestapo nur kopiert und nicht abgefangen. Paul, unruhig und mißtrauisch, mahnt zur Vorsicht. Marie wiegt sich bald in Sicherheit und will nicht wahrhaben, daß ihre Zellengenossin und der Überbringer sie im Dienst der Gestapo bespitzeln. Es gab, in der Tat, in den Gefängnissen immer wieder ehrliche Helfer unter dem Wachpersonal und vor allem unter den Mithäftlingen, die für die politischen Gefangenen Kassiber schmuggelten. In einem hochbrisanten Spionagefall wie diesem war solch eine Hoffnung illusorisch.

Marie hat am Ende – in grober Fehleinschätzung der Situation, aus Angst und Verzweiflung, geschwächt und verwirrt durch die vielen Gestapoverhöre – aus der Haft heraus versucht, mittels eines Kassibers an ihre Schwester Kontakt zu einem Verbindungsmann des französischen Geheimdienstes aufzunehmen. In den beiden Briefen an ihn und die Schwester entwirft sie einen – naiven oder abenteuerlichen – Plan der Gefangenenbefreiung.

So unrealistisch dies auch im Nachhinein erscheinen mag, richtig ist: Nur ihre Kontakte nach Frankreich hätten sie vor der drakonischen Nazijustiz, die drei Jahre zuvor die Todesstrafe auf Landesverrat in Friedenszeiten eingeführt hatte, noch retten können. Vielleicht hoffte sie auch, in Frankreich würde man ihren Hilferuf anders umsetzen: durch einen Austausch von Agenten.

Marie war also seit den geschmuggelten Briefen an die Schwester im November 1937 in Erklärungsnotstand.

Vermutlich hat die Gestapo sie mit diesen Briefen konfrontiert, und sie konnte angesichts der neuen Beweislage nicht länger leugnen.
Sie legte am 19. November 1937 ein Teilgeständnis ab. Als man Paul zur Gegenüberstellung holte, bat Marie ihn um Verzeihung. Er hatte keine Chance mehr, auch er leugnete nicht länger. Marie gab zu, an der Vorbereitung des Einbruchs in H.s Geheimdienstzentrale beteiligt gewesen zu sein. Sie habe tatsächlich mit dem französischen Nachrichtendienst zusammengearbeitet, allerdings nur einmalig für diese Aktion und nur, weil sie nach Verrat in die Enge getrieben und bedroht worden sei. Eine Schutzbehauptung, die sie auch im Prozeß aufrechterhielt, vermutlich um Paul vor dem Schlimmsten zu bewahren. Durch ihre Aussage schrumpfte sein Tatbeitrag auf eine einmalige Hilfestellung für seine in Bedrängnis geratene Frau. Sie selbst gab an, lediglich herausgefunden zu haben, wo H. seine wichtigen Papiere aufbewahrte, sie habe dann einen Wachsabdruck von H.s Schlüssel besorgt und in ihrer Verzweiflung Paul gebeten, einen Nachschlüssel anzufertigen.
Wie aus einem Schreiben des Pflichtverteidigers indirekt hervorgeht, hielt der Senat des Volksgerichtshofes ihre Darstellung für nicht besonders glaubwürdig, gab sich aber mit dem Tatgeständnis zufrieden und verhängte die Höchststrafe. Im Jahr 1938 sollen viele Verfahren vor dem Volksgerichtshof oberflächlich und kurz gewesen sein.

Marie hielt bis zum Schluß diese Legende aufrecht. In einem letzten Akt der Verstellung schrieb sie ein Gnadengesuch in Sütterlinschrift, wie die Behörden es erwarteten, und nicht, wie die Kassiber, in lateinischer Schrift. Darin betonte sie, daß sie alles bereue und ihr nicht bewußt gewesen sei, welch großen Schaden sie dem deutschen Reich mit ihrer Tat zufügen würde. Sie verfaßte es auf Anraten des Pflichtverteidigers, der, wie in solchen Fällen üblich, innige Reue empfahl. Sie gab vor (wahrscheinlich auch auf seinen Rat hin, da sich diese Schutzbehauptung in Gnadengesuchen beim Volksgerichtshof häufiger findet), durch ihre Familie »erblich belastet« zu sein. Man habe bei ihr zeitweilig eine »Kopfkrankheit« festgestellt (reine Erfindung, wie die Recherche ergab). Für sie, die die Nazibarbarei verabscheute, muß es belastend gewesen sein, mit dieser Legende in den Tod zu gehen, doch war es das einzige, was sie für Paul noch tun konnte, um ihn nach ihrem ersten Geständnis nicht erneut in Gefahr zu bringen.
Die Furcht, ihr Kind, ein Junge von fünfzehn Jahren, könnte beide Eltern durch solch einen schrecklichen Tod verlieren, war womöglich ein weiteres Motiv für diese Entscheidung.
Auf ihre Schwägerin wirkte sie beim letzten Besuch »krank, zerrüttet, um Jahrzehnte gealtert« nach den zusätzlichen Vernehmungen in Berlin durch die Gestapo und andere hohe Beamte im Umfeld des Oberreichs-

anwalts, des Volksgerichtshofes und womöglich auch des Amtes Abwehr (das in Spionagefällen zwecks Erstellung eines Gutachtens zu den Vernehmungen hinzugezogen werden konnte).
Marie wußte von Anfang an, was ihr bevorstand, doch das Gnadengesuch, einen Tag nach Verkündung des Todesurteils aufgesetzt, gab Anlaß zu – wenn auch noch so winziger – Hoffnung.

Was nach ihrem Tod mit Marie geschah, konnte bisher niemand in Erfahrung bringen. Maries Bruder beantragte im Auftrag der Mutter die Überführung ihres Leichnams nach Frankreich, doch das wurde abgelehnt. Wie in vielen ähnlichen Fällen, wurde Marie nach ihrem Tod wahrscheinlich der Anatomie übergeben und anschließend anonym begraben oder verbrannt.
Die Nazis erfuhren erst später, nachdem sie die versteckten französischen Geheimdienstakten gefunden hatten, die ganze Wahrheit. Ob sie dazu kamen, Maries Dossier systematisch auszuwerten, ist unklar. Paul entging während der Haft, in der er zur Zwangsarbeit für die Dynamit AG im Zuchthaus Siegburg abgestellt war, dreimal nur knapp der Deportation ins KZ Buchenwald. Sein Meister schützte ihn, befand ihn für unabkömmlich, da er eine gute Fachkraft für spezielle Fertigungsteile in der Rüstungsindustrie sei. Ein Zusammenhang zwischen der Auswertung der erbeuteten Geheim-

dienstakten über Marie und den Deportationsanweisungen ist nicht auszuschließen.

Marie Catherine K. im Dienste der französischen Spionageabwehr

Marie war von Anfang an eine entschlossene Hitlergegnerin. Über ihre Familie, besonders den Bruder, den sie jede Woche in der französischen Garnisonsstadt an der Grenze besuchte, hatte sie einen großen Bekanntenkreis und war gut informiert. Als Chefredakteur titelte ihr Bruder 1933, kurz nach Hitlers Machtantritt: »Deutschland – ein großes Gefängnis« oder, Pfingsten 1934: »Allerlei aus dem 3. Reich – Über die Hitlerei in der Katholischen Kirche.« Die Zeitung, die im östlichen Frankreich bis weit ins Bitcher Land gelesen wurde, berichtete 1934 ausführlich über eine Nazi-Spionageaffäre in Kehl. Marie wußte wahrscheinlich, daß Nickel H. 1933 als Spion verhaftet und verurteilt worden war, auch wenn der Prozeß nicht öffentlich war.
Marie erlebte tagtäglich die illegale, schleichende Machtergreifung der Nazis im Saargebiet, wie sie auch von der Regierungskommission des Völkerbundes – resignierend – festgestellt wurde. Sie erlebte die Einschüchterung und den Terror, noch vor der Saarabstimmung 1935. So kam es, daß sie eines Tages »spontan, aus eigener Initiative« bei der Police Spéciale in S. vorsprach,

um »Umtriebe und Machenschaften« der Nazis im Saargebiet zur Anzeige zu bringen, wie es im Dossier über sie – »Très secret!« – zu lesen ist. Durch den Kontakt mit der Police spéciale entwickelte sich schrittweise eine Zusammenarbeit mit den französischen Nachrichtendiensten, bis sie von BREM in den Dienst übernommen (»mise en service«), dann zur festangestellten und (bescheiden) entlohnten Agentin der französischen Contre-espionnage befördert wurde (»titularisée/rétribuée«). Marie wurde alias M. Bergmann. Ihr Führungsoffizier war wahrscheinlich Leutnant P. O. alias Laplace alias von Boersch, Chef der »Antenne« Forbach, dem 1936 gegründeten BREM-Außenposten. Laplace war ein langjähriger, enger Mitarbeiter Doudots.
Paul war mit der Entscheidung seiner Frau, sich in den Dienst der französischen Spionageabwehr zu stellen, einverstanden und bereit, von Fall zu Fall mitzuwirken. Beide entschieden sich, mit den ihnen möglichen Mitteln gegen den Nationalsozialismus und seinen Expansionskurs zu wirken.

Blickfeldarbeit eines »Maulwurfs«

Marie wurde, wie aus dem Dossier hervorgeht, von den Franzosen gezielt als »Maulwurf« in H.s Zentrale eingeschleust: »Auf unseren Vorschlag hin trat sie in Kontakt mit dem Spion Nickel H. mit dem Ziel, ihn zu überwachen.«

Nach Verbüßung seiner Haftstrafe war H. der Grenzübertritt nach Frankreich verwehrt, deshalb suchte er dringend geeignete Kontaktpersonen. Besonders wählerisch konnte er nicht sein. Das mag erstaunen, doch bis zum Kriegsbeginn war es, nach der Aussage international renommierter Geheimdienstexperten, beim deutschen Geheimdienst nicht üblich, Bewerber streng zu prüfen.

Maries Auftrag war es, sich in H.s Blickfeld zu spielen, ihn dann, wenn der Kontakt hergestellt war, in einer ersten Phase mit kleinen, harmlosen Gefälligkeiten »anzufüttern« (z.B. französische Zeitungen mitzubringen, wie es im Dossier heißt). Schrittweise sollte sie versuchen (trotz ihres »politisch unzuverlässigen« Ehemannes, der sich hartnäckig weigerte zu flaggen und den Arm zum Hitlergruß zu heben), H.s Vertrauen zu gewinnen. Auf keinen Fall sollte sie sich selbst bewerben, sondern H. dazu bringen, seine Funktion zu bekennen und sie anzuwerben. Sein Angebot sollte sie dann (zum Schein) annehmen. An diesem Punkt angelangt, wäre das erste Etappenziel erreicht: ihn zu kontrollieren, zu überwachen (»... aux fins de le surveiller«).

Und in der Tat, mit großem Geschick gelang es ihr, dieses Ziel zu erreichen. Einige Zeitzeugen berichten, Marie habe bei Nickel H. geputzt, vielleicht war das ihr Weg, sich bei ihm Einlaß zu verschaffen.

Marie, die, bedingt durch ihre Familiensituation, täglich mit ihrem Passierschein von hüben nach drüben pendeln konnte und in beiden Sprachen zuhause war, schien ein idealer Fang für Nickel H. Mit der Zeit wurden seine Aufträge umfangreicher und komplizierter. H. war scharf auf militärische Informationen.

In der Kartei der Contre-espionnage wurde Marie inzwischen als fähige und absolut loyale Doppelagentin im Dienste Frankreichs geführt.

Ob Marie von Nickel H., für den sie zum Schein »arbeitete«, von Fall zu Fall bezahlt wurde für ihre »Lieferungen«, geht aus den bisher zugänglichen Quellen nicht hervor, ist aber wahrscheinlich, da es zum »Handwerkszeug« des Doppelagenten gehört, beim Gegner materielle Beweggründe vorzugeben, um keinen Verdacht zu erregen. Viel kann es nicht gewesen sein, da es in den Kassibern einmal heißt, H. habe »nur immer viel versprochen und nichts gehalten«.

Doppelagenten

Nach Laienvorstellung, hat der Doppelagent etwas Zwielichtiges. Tatsächlich ist er für die Geheimdienste der wertvollste überhaupt. Paul mußte in seinem Anerkennungsverfahren als Verfolgter des Naziregimes, zwei Jahre nach Kriegsende, den Nachweis erbringen, daß er nicht etwa »für zwei Mächte gleichzeitig gearbeitet habe, so daß der Verdacht einer gewinnsüchtigen Handlung gegeben sei«.

Als Zeuge dafür, daß seine Frau 1934 den Kontakt zur Police Spéciale suchte und, auf deren Vorschlag hin, mit H. in Verbindung trat, um sich – zum Schein – von ihm anwerben zu lassen, wurde M. Commissair Spécial Mercier aus S. angeführt und gesucht.

Wo war Mercier? In der Entschädigungsakte findet sich keine Zeugenaussage. Wer war Mercier? War es der Deckname von Maurice Veillard, oder Gérôme Willig, Sous-chef du Service de Renseignements? Willig flüchtete bei der Annektion Lothringens vor den Nazis nach Clermont-Ferrand. Seine Geschwister wurden in Konzentrationslager deportiert und mißhandelt. Er selbst galt lange als vermißt. Beide, Veillard und Willig, waren Mitarbeiter des Colonel Doudot. Doudot ging noch in den siebziger Jahren davon aus, daß auch Willig in Plötzensee hingerichtet worden sei. Später hieß es, Willig habe sich retten können.

Doudot selbst galt als berüchtigter Profi für die »Penetration« des gegnerischen Dienstes und war selbst bis Kriegsbeginn bei verschiedenen Außenstellen der Berliner Abwehr als hochrangiger Doppelagent tätig, der sich in den unterschiedlichsten Verkleidungen auf neutralem Territorium mit seinen deutschen »Auftraggebern« traf. Er galt als Spezialist für Desinformation, Lieferung von täuschend echtem Spielmaterial, mit dem es ihm gelungen sein soll, die Nazi-Geheimdienste zu binden, abzulenken, in die Irre zu führen und in spektakulären Aktionen zahlreiche Spione zu fangen. In den Außenstellen, den sogenannten »Antennen«, hatte Doudot nach 1936 mehr als dreißig Mitarbeiter.

In den Akten des Wiedergutmachungsverfahrens heißt es in einer Erklärung Pauls unter Anrufung des Zeugen Mercier:

»Meine Ehefrau ... übte die Tätigkeit für Nickel H. nur zum Schein aus ... Sie lieferte durch ihre Verbindung mit H. den Franzosen Material über Deutschlands Waffen, Militär und dergleichen ... Ihr Arbeitsgebiet (erstreckte sich) auch auf den Besuch nationalsozialistischer Versammlungen, Kundgebungen und Parteieinrichtungen ... Ich versichere ausdrücklich, daß die Tätigkeit meiner Ehefrau wie auch meine Beihilfe ausschließlich unserer Einstellung gegen das Naziregime entsprungen ist. Unsere Einstellung war von jeher antinazistisch, und aus diesen Gründen haben wir uns in den Spionagedienst für Frankreich gestellt.«

Wie sollte Paul diese Darstellung beweisen? Der Zeuge Mercier konnte nicht gefunden werden, und es gab kaum gerichtsverwertbare Unterlagen. Die Kommissare der Police spéciale waren 1934 noch nicht so spezialisiert, wie der Name vermuten lassen könnte, erst 1936 wurden sie stärker in die eigentliche Geheimdienstarbeit einbezogen. Der Ausschuß für Entschädigungsverfahren lehnte Pauls Anerkennung ab. Er legte Berufung ein.

»Exzellente Verdienste« in der Spionageabwehr gegen Nazideutschland

Marie wurde eine erfolgreiche Doppelagentin der französischen Gegenspionage («Agent double en service«). Nach heutiger Aktenlage sah Maries »Arbeit« für den deutschen Geheimdienst folgendermaßen aus: Nickel H. beauftragte sie, anhand zahlreicher, detaillierter Fragebögen, die teilweise im Dossier archiviert sind, Informationen über die französischen Truppen und Waffensysteme zu sammeln, z.B. die Ausrüstung der Panzerabwehreinheiten; Neuerfindungen bei den verschiedenen Waffengattungen; die Rolle der Renaultfabriken bei der Motorisierung der Armee; die Offiziersausbildung; die Beschaffenheit der französischen Gasmasken usw.

Marie sollte Soldaten und Offiziere der französischen Armee kontaktieren, die bereit wären, gegen gute Bezahlung die Antworten auf diese Fragebögen zu »liefern«. Im nächsten Schritt sollte sie versuchen, diese Truppenangehörigen auf Dauer für den deutschen Geheimdienst zu gewinnen. Sie sollten umfassendere Aufträge annehmen, wie z. B. die regelmäßige Berichterstattung über die französische Armee, die Reaktionsabfolge der Truppen in den Garnisonen Metz, Reims, Verdun, Nancy, Châlons-sur-Marne usw. im Falle einer Mobilmachung oder eines deutschen Angriffs.

Zu dieser Zeit war die »Abwehr« bereits interessiert an

gut getarnten Spannungs- und Kriegsagenten französischer Nationalität, die bei Kriegsausbruch nicht sofort aus Frankreich ausgewiesen werden könnten. Sicherheitshalber schlug Nickel H. diesen Agenten vor, ihre deutschen Verbindungsleute in der Schweiz zu treffen. Im Dossier über H. heißt es 1937, er habe einen Agenten in Versailles.

Nach Akteneinsicht und den detaillierten Beschreibungen Doudots in seinen Memoiren kann man sich die Durchkreuzung dieser Machenschaften folgendermaßen vorstellen:

Doudot und seine Mitarbeiter, die mit dem Generalstab der französischen Armee und dem Verteidigungs- bzw. Kriegsministerium in enger Verbindung standen, versorgten Marie mit Legenden über angebliche Kontakte zu angeblichen Truppenangehörigen und einer kontrollierten Mischung aus echten und fiktiven Antworten auf H.s Fragebögen. Diese Antworten wurden von höchster Stelle autorisiert, um zu verhindern, daß echte Geheimnisse preisgegeben würden. Doudot: »Zu Anfang waren die gelieferten Antworten stets absolut korrekt, um das Vertrauen des Gegners zu gewinnen. Im Allgemeinen entsprachen diese Informationen dem, was die Abwehr bereits wußte. Nach und nach, in sorfältig dosierten Täuschungsmanövern, begannen wir dann damit, die deutschen Geheimdienste in die Irre zu führen.«

Marie leitete in ihrer Funktion als Doppelagentin dieses Material an H. weiter, der es wiederum zur Prüfung nach Berlin schickte. Berlin prüfte, wünschte Präzisierungen, glaubte oder zweifelte und verlangte Beweise, z.B. Fotos. Maries Führungsoffizier forderte daraufhin bei seinen zuständigen Armee-Verbindungsstellen »verbesserte Lieferungen« an, gefälschte Fotos usw.

Bis hierhin war geraume Zeit vergangen, H. erfolgreich abgelenkt und die »Abwehr« in die Irre geführt worden. Die Franzosen wußten, wofür der deutsche Geheimdienst sich interessierte und konnten ihre Schlüsse daraus ziehen.

Marie lieferte Frankreich indessen Informationen über den militärischen Aufmarsch der Nazis in der Region, erwähnt werden z.B. Beobachtungen über die Errichtung von Kasernen der Wehrmacht im Raum Idar-Oberstein und St. Ingbert und über Herbstmanöver der Wehrmacht 1937. Marie hatte Kontakte zur Abwehrstelle Trier und dort einen festen konspirativen Treffpunkt im Café Ch. Sie konnte zahlreiche Decknamen und -adressen von Naziagenten des Abwehrpostens Trier enttarnen, was im erstmals zugänglichen Dossier über sie im Pariser Militärarchiv lobend erwähnt wird.

Doch die Zeit drängte, ein anderes Ziel der Spionageabwehr trat in den Vordergrund: »Spione fangen«. Hitlers kriegerische Absichten wurden von Tag zu Tag deutlicher, auch wenn er versuchte, seine Ziele zu verschleiern. Hatte die unsichtbare Armee der Nazispione in Frankreich bereits die Stellungen für den Tag X bezogen?

1937 bat man Marie laut Dossier um ihre Einwilligung (»permission«) zur Verhaftung von zwölf bis vierzehn Nazispionen in Frankreich, über deren Identität man noch im Unklaren war, über die man sich Aufschluß in Nickel H.s Papieren erhoffte. Marie war einverstanden. Von diesem Zeitpunkt an stand die Organisation des Einbruchs in die Geheimdienstzentrale H.s sowie die aktive Mitarbeit Pauls für die Herstellung des Nachschlüssels im Mittelpunkt der Arbeit. Es mußte geklärt werden, wie man H. und seine Frau bei Dunkelheit aus der Wohnung locken beziehungsweise, wie man eine Gelegenheit herbeiführen könnte, bei der Marie und Paul nicht unter Verdacht gerieten. Es sollte ein gemeinsamer Kinobesuch sein.

Die Arbeit hatte eine neue, gefährliche Dimension erreicht.

War Marie sich im Klaren über ihr persönliches Risiko? War sie genügend aufgeklärt worden? Man muß davon ausgehen, denn all diese Entscheidungen traf sie gemeinsam mit Paul. Am Vorabend ihrer Verhaftung soll sie in Frankreich noch gewarnt worden sein, nach Deutschland zurückzukehren. Was sollte sie tun? Ihren Mann im Stich lassen? Hätte man nicht weitergehende Vorsorge für beide treffen müssen? Hat man ihr entsprechende Vor-

schläge gemacht? Kritische Fragen, die zur Zeit nicht beantwortet werden können.
Vierzehn Spione als Ziel dieser Operation, ein Spionagenetz, das, gesamtstaatlich betrachtet, eher bescheiden anmutet, doch für die Sicherung der französischen Ostgrenze strategisch wichtig war, oder besser: schien, denn Hitlers Pläne gingen dann ja ganz andere Wege ...
Und Doudot, der die Nazispione »nur so auf die Schippe nahm«, wie es in einer späteren Würdigung heißt? Sein »operativer Erfolg« vom Herbst 1937, der Marie letztlich das Leben kostete, konnte »Fall Gelb«, Hitlers »Blitzkrieg« gegen den Westen nicht verhindern. Daß der Gegner den mit riesigem Aufwand errichteten Verteidigungswall im Osten Frankreichs, die Maginotlinie ignorieren würde, sich von hinten und durch die Luft nähern, die neutralen Länder (auch Belgien hatte Grenzfestungen errichtet) massiv bombardieren und überwältigen würde, war nicht vorgesehen. Dennoch, der französische Geheimdienst und Frankreichs bedrohte Bündnispartner hatten im Januar 1940 sogar davon Kenntnis erlangt. Doudot dazu später: »Der Mangel an ernsthaften Reaktionen auf höchster Ebene war sehr deprimierend für diejenigen, die an der geheimen Front gegen die Deutschen arbeiteten, um ihre Absichten zu durchkreuzen. Wozu gute Informationen liefern, wenn weder die Generalstäbe noch die Regierungen sie nutzen wollen?«
Und daß Frankreich nach der ersten Niederlage kapitu-

lieren würde, hätte sicherlich auch Marie nicht für möglich gehalten.
So scheinen alle Abwehranstrengungen und Opfer umsonst gewesen zu sein. Doch dieser Gedanke wäre kurzsichtig und kann auch nicht Gegenstand dieser Darstellung sein.
Die Unterlagen, die man bei Nickel H. fand, enthielten, wie erhofft, Beweise und Namenslisten. Marie und Paul wurden von Nickel H., der nach Auffliegen seines Spionagerings Verdacht schöpfte, der Gestapo und Terrorjustiz ausgeliefert. Nach dem Todesurteil wurden sämtliche Gnadengesuche, auch das ihres sechzehnjährigen Sohnes an Hitler persönlich, verworfen. Marie konnte ihren Henkern nicht entkommen.
Unmittelbar nach der Verkündung des Todesurteils in Berlin wurden auf Veranlassung des Deuxième Bureau verschiedene Pariser Ministerien aktiv. Wegen Maries »exzellenter Verdienste« wurden diplomatische Schritte gefordert.

Der französische Botschafter in der Wilhelmstraße

Unter einem Dringlichkeitsaufruf (»Urgent!«) schrieb der Chef des Geheimdienstes BREM in Metz an den Chef des Service de Renseignement et de Liaisons, Section S.C.R. in Paris und bat um sofortige Demarchen beim

Außenministerium. Man sollte Deutschland einen Agentenaustausch vorschlagen. Er nannte konkrete Namen deutscher Spione, die in Frankreich zu hohen Haftstrafen verurteilt worden waren, man sollte, »wen auch immer«, im Austausch für Marie freilassen.

Der französische Botschafter in Berlin, André François-Poncet, wurde im August 1938 beauftragt, in der Wilhelmstraße vorzusprechen. Man kann sich vorstellen, daß er sehr vorsichtig vorgehen mußte, da man in Frankreich nicht wußte, wie weit Maries Geständnis gegangen war. Auch war nach wie vor Paul gefährdet, der inzwischen ebenfalls in der Kartei der französischen Gegenspionage geführt wurde.

François-Poncet sondierte zunächst »streng vertraulich« in der Staatskanzlei, doch die Nazifunktionäre warnten Frankreich vor einem diplomatischen Vorstoß, da dieser nur »Unmut und Argwohn« auf der deutschen Führungsebene heraufbeschwören würde. Dennoch wurde der Reichsminister für Justiz, Gürtner, von der Demarche des französischen Botschafters in Kenntnis gesetzt. Er hatte bei Hitler das Vorschlagsrecht für Gnadenerweise.

Ob er selbst die Empfehlung aussprach, das Todesurteil zu bestätigen, oder Hitler, bei dem die endgültige Entscheidung lag, es durchsetzte, ist ungeklärt. Auch der Volksgerichtshof als rein politisches Sondergericht sah seine Aufgabe nicht darin, Agenten abzuurteilen, damit

sie anschließend von der Bürokratie ausgetauscht würden, sondern, wie sein damaliger Präsident Otto Thierack (der spätere Reichsjustizminister) es formulierte, darin, »die Gegner des Dritten Reiches restlos auszurotten.«
Marie wurde nicht ausgetauscht, das Todesurteil bestätigt.
Die Zurückweisung der französischen Regierung könnte aber auch ein Hinweis auf den Schadensumfang sein, der Nazideutschland durch die Sprengung des Spionagerings entstanden war. Doch ist hier Vorsicht geboten, in der Bewertung von Spionagefällen gerät der/die Forschende leicht auf spekulative Abwege.

Erfolg und Würdigung

Den Nazispionen – einer von ihnen war Leutnant der Armee in Toul, die anderen kamen aus G. und F. – wurde 1938 vor dem Militärtribunal in Metz der Prozeß gemacht. Sie wurden zu einer Gesamtstrafe von hundertundzwanzig Jahren Zuchthaus bzw. Festungshaft verurteilt. Nickel H. bekam – in Abwesenheit – zwanzig Jahre. Frankreich hatte erst kurz zuvor die Strafen für Spionage verschärft, zwanzig Jahre waren nunmehr die Höchststrafe.
Nickel H. kam ungeschoren davon, da er nach seiner ersten Verhaftung strikt jeden Grenzübertritt vermied. 1945, nach dem Ende des Krieges, versuchten Doudot

und die französische Justiz H. in Deutschland aufzuspüren, um ihn nachträglich seiner gerechten Strafe zuzuführen, doch er war verschwunden, eine Auslieferung nicht möglich. Vielleicht ist er, wie so viele SD-Funktionäre, Agenten und Gestapobeamte, später ins Bundesamt für Verfassungsschutz übergewechselt, vielleicht hat er sich dort geborgen gefühlt, im ehemaligen Rudolf-Heß-Viertel in Pullach. H.s Todesdatum ist bekannt. Er verstarb in hohem Alter in Bayern oder Baden-Württemberg.

Colonel Doudot wurde ein hochdekorierter Held der Gegenspionage nicht nur in Frankreich, auch bei den alliierten Armeen, mit denen er zurückkehrte.

Maries Sohn war im Juni 1944 bei den ersten Landungstruppen in der Normandie.

Doudots führende Geheimdienstoffiziere der dreißiger Jahre werden heute in Buchveröffentlichungen sowohl namentlich als auch mit ihren diversen Decknamen erwähnt. Der Fall Marie Catherine K., wie man ihn nennen könnte, der Hitlers »Abwehr« empfindlichen Schaden zufügte, wird als Erfolgsgeschichte des französischen Geheimdienstes geschildert, doch Marie und Paul werden namentlich nicht genannt (Henri Koch-Kent: Doudot, Figure légendaire du contre-espionnage français, Paris 1976). Sollte das Verschweigen der Namen auch hier wieder dem Quellen- und Datenschutz geschuldet sein?

Sicherlich, formaljuristisch war der Einbruchdiebstahl bei Nickel H., ausgeführt von französischen Strafgefangenen, die nachts über die grüne Grenze geschleust wurden, illegal und strafbar. Kein Geheimdienst gibt seine Arbeitsmethoden oder die Identität seiner Mitarbeiter ohne Genehmigung von höchster Stelle preis, schon aus Rücksicht auf elementare Schutzbedürfnisse der Betroffenen und ihrer Familien. Auch Doudot bekennt sich nicht ausdrücklich zu diesem Einbruch, doch er verweist undementiert, quasi mit listigem Augenzwinkern auf ein Vernehmungsprotokoll des Gestapobeamten Cramer, dem zufolge er selber, Doudot, der Urheber dieser Operation war. (Dieses Protokoll Cramers stammt zweifelsohne aus einem Verhör Maries.)

Wie viele, die ohne besondere Vorkenntnisse, Ausbildung, Beamtengehälter und sonstige Sicherheiten im Kampf gegen das Naziregime alles riskierten, in ständiger Angst um sich und ihre Angehörigen lebten und am Ende mit ihrem Leben bezahlten wie Marie, blieben bis heute namenlos?

Ist es nach so vielen Jahren nicht unangemessen, um nicht zu sagen ungerecht, daß nur die Führungsoffiziere dieser Erfolgsgeschichte namentlich genannt werden? Mit Verwunderung stellt man fest, daß es in den Familien der Betroffenen zum Teil heute noch ängstliche Vorbehalte gegen eine Veröffentlichung der Namen gibt.

Doudot gedenkt der vielen namenlosen Mitstreiter. Dabei soll es wohl bleiben.

Wiedergutmachung?

Im weiteren Verlauf von Pauls Wiedergutmachungsverfahren konnte ein wichtiger Zeuge ausfindig gemacht werden: Lt. Laplace vom B.C.R. (Bureau Central de Renseignements), Pauls ehemaliger Führungsoffizier von der »Antenne« Forbach. Laplace bescheinigte Paul, daß er bis zum Tag seiner Verhaftung mit ihm zusammengearbeitet habe. Dort heißt es:
»Die Auskünfte und Angaben, die er erteilt hat, haben es der Police Spéciale in F. und S. ermöglicht, die Tätigkeit eines deutschen Spionagenetzes unschädlich zu machen und acht nazistische Spione festzunehmen. Ich füge hinzu, daß Herr K. nicht bezahlt wurde und daß seine Haltung auf seinen Haß gegen das Hitlerregime zurückzuführen ist. Infolgedessen kann er als Opfer des Faschismus angesehen werden.« (gez. Laplace SP ... Nr ..., den 30. August 1948. Für die Richtigkeit der Übersetzung firmiert ein amtlich vereidigter Dolmetscher).
Weitere Zeugen konnten gefunden werden. Der Verwaltungsgerichtshof stellte in Pauls Berufungsverfahren fest, daß seine Bestrafung »als Vergeltungsmaßnahme des NS-Staates wegen aktiver politischer Betätigung gegen den

Nationalsozialismus angesehen werden muß« und daß »Gewinnsucht in keiner Weise nachgewiesen« werden könne. Da er auch vor seiner Tätigkeit für den französischen Geheimdienst aktiv als Gegner des Nationalsozialismus in Erscheinung getreten sei, wurde Paul als Opfer des Naziregimes anerkannt und erhielt als Wiedergutmachung eine Haftentschädigung. Das war zweifellos ein wichtiger, auch moralischer Erfolg für ihn. Ein Antrag im Namen seiner Frau wurde aus formaljuristischen Gründen abgelehnt, obwohl sie zur Zeit ihrer Verhaftung die deutsche Staatsbürgerschaft hatte.

Als Paul später eine Rentenanpassung für die Jahre der Haft und die dort erlittenen Gesundheitsschäden beantragte, wurde das Verfahren wieder aufgerollt. Zahlreiche alte und neue Zeugen wurden geladen, die alle zu seinen Gunsten aussagten, hier nur einige Beispiele:

Zeuge K. B., ehemaliger Delegierter des Landesrates beim Völkerbund in Genf, Landtagsabgeordneter und Bürgermeister von K., sagte aus, er könne »mit Bestimmtheit sagen«, daß Paul »weltanschaulich sozialistisch eingestellt« war. Zeuge F. P. sagte aus, daß Paul immer »jegliche Diktatur abgelehnt« habe. Andere Zeuginnen und Zeugen sagten aus, er habe Flugblätter und Zeitschriften gegen den Nationalsozialismus verteilt, als dies noch möglich war. Zeuge E. W., bis 1935 Vorsitzender des SPD-Ortsvereins in K., sagte aus, daß Paul »ein entschiedener Gegner des Nationalsozialismus war«. Paul habe ihm »einmal mitgeteilt, daß er für den französischen Geheimdienst arbeite ... auf meine Warnung hin äußerte (er), es sei ihm gleich, er tue es nicht des Geldes wegen, sondern nur deshalb, weil er sich verpflichtet fühle, die Nazis zu beseitigen ... er sagte mir auch damals, daß es ihm im wesentlichen darauf ankäme, den Agenten für den Deutschen Sicherheitsdienst, Nickel H. zu erledigen. Ich bin persönlich der sicheren Überzeugung, daß der Kläger und seine Ehefrau ihre Tätigkeit bei dem französischen Geheimdienst nicht aus materiellen Gründen, sondern ihrer politischen Einstellung zufolge ausgeübt haben.«

Das Landgericht hielt alle Zeugen für glaubwürdig, dennoch wurde die Rente abgelehnt. Die Begründung ist nicht nachvollziehbar, jenseits aller Logik. Paul ging erneut in Berufung. Die Rente wurde 1966 in letzter Instanz – dieses Mal mit skandalösen politischen Begründungen – abgelehnt. Eine detaillierte Schilderung und Bewertung dieser Vorgänge würde den Rahmen dieser Darstellung sprengen.

Resümee

Spionage, jenseits von James-Bond-Entertainment, hat generell den Ruch des Unehrenhaften. Und in der Tat, ein genauer Blick auf den Einzelfall ist erforderlich.

Marie und Paul – hierzulande mag es manch einem

schwerfallen, ihr Handeln als legitimen Widerstand gegen das Naziregime zu begreifen. »Landesverrat bleibt Landesverrat«, bekam ich in so manchem Gespräch mit Zeitzeugen zu hören. Oder: »Man liebt den Verrat, man haßt den Verräter«. Griffige Formeln, die Allgemeingültigkeit reklamieren. Hitler und sein Regime schrumpfen zur harmlosen Episode.

Justiz und politische Institutionen der Bundesrepublik Deutschland taten sich lange Zeit schwer, klare Worte und einer Demokratie würdige Beschlüsse für die widerständigen Opfer zu finden, während viele Täter und die Todesrichter straffrei blieben.

In Deutschland wurden erst im Sommer 2002, das heißt siebenundfünfzig Jahre nach Ende der Diktatur, die NS-Urteile gegen die Deserteure der Wehrmacht vom Parlament aufgehoben. Auch das nicht ohne Protest.

Marie für Frankreich, ihr Mann für Deutschland – vereint in der Ablehnung des verbrecherischen Naziregimes. Es gilt, auch hier, Abschied zu nehmen von alten Feindbildern.

Bleibt zu wünschen, daß ihre gemeinsame, grenzüberschreitende Aktion am Vorabend des Zweiten Weltkrieges als Beitrag zur Verteidigung von Frieden und Freiheit wahrgenommen wird. Möge dieser Beitrag die Versöhnung und Freundschaft zwischen den Menschen ihrer beiden Länder fördern.

Nachwort und Dank

In diesem Roman mischen sich Fakten und Fiktion. Die Hauptfiguren sind historisch verbürgt, der Handlung liegt ein authentischer Fall deutsch-französischer Spionage und Gegenspionage in der Nazizeit zugrunde. Eine gesonderte Darstellung des Falles findet sich im Anhang. Namensgebung und Ausgestaltung der Figuren, Ereignisse und Schauplätze des Romans sind frei erfunden. Bei bekannten Personen der Zeitgeschichte oder realen Orten wurden die Originalnamen beibehalten bzw. abgekürzt. Ich-Erzählerin und Autorin sind nicht identisch, auch wenn es Ähnlichkeiten geben mag.
Die Auszüge aus den Kassibern sind nach Notizen zitiert und halten sich weitestgehend an die Originalvorlagen im Besitz des Bundesarchivs Berlin. Der Spionage-Fragebogen ist zitiert nach einem Dokument der Akte Nikolaus H. im Besitz des Militärarchivs Paris.

Zahlreiche Menschen in Deutschland, Frankreich und Österreich haben mich bei diesem Projekt begleitet und auf vielfältige Weise unterstützt. Ihnen allen, auch denjenigen, die anonym bleiben wollen, gilt mein herzlicher Dank.

Besonderer Dank geht an Madame Renée Dany für ihre Erinnerungsarbeit, ihre Freundschaft, Geduld und tatkräftige Hilfe; an Madame Léone Michel für die Wärme und Herzlichkeit, mit der sie mich aufgenommen hat; an Marianne Brentzel, Alfons Brettar, Regine Pfeiffer und Ralf Thenior für Ermutigung, wertvolle Anregungen, Rat und Kritik.
Dank auch dem Saarländischen Künstlerhaus Saarbrücken für großzügig gewährte Gastaufenthalte, sowie den MitarbeiterInnen folgender Institutionen für ihre Hilfsbereitschaft und findige Kompetenz:
Bundesarchiv Berlin; Service Historique de l'Armée de Terre/Ministère de la Défense, Paris, Château Vincennes; Centre des Archives Contemporaines (Archives Nationales), Fontainebleau; Gedenkstätte Deutscher Widerstand Berlin; Politisches Archiv des Auswärtigen Amtes, Berlin; Dokumentations- und Forschungsstelle der Justizakademie des Landes Nordrhein-Westfalen (Dr. Holger Schlüter); Saarländisches Landesarchiv; Landesarchiv Berlin; Archives Départementales de la Moselle, Saint-Julien-lès-Metz; Archives Municipales de Sarreguemines (besonders Monsieur Didier Hemmert); Gemeindearchiv Kleinblittersdorf; Archiv der Saarbrücker Zeitung; Archiv des Saarländischen Rundfunks; Regionalgeschichtliches Museum im Saarbrücker Schloß; Institut für Zeitungsforschung Dortmund; Militärarchiv Freiburg.

Impressum

Buchgestaltung und Satz: Timo Pfeifer
Schrift: New Caledonia, Univers und WilhelmKlingspor
Papier: Munken Print 90 g
Druck: Saarbrücker Druckerei & Verlag GmbH
Bindung: Buchbinderei Schwind GmbH

Printed in Germany
ISBN 3-935731-71-X

www.gollenstein.de